www.tredition.de

AF185098

www.tredition.de

© 2015 Jacques Rémond

Verlag: tredition GmbH, Hamburg

ISBN
Paperback: 978-3-7323-7550-9
Hardcover: 978-3-7323-7501-1

Printed in Germany

Jacques Rémond

Deutschland

Erfahrungen eines Franzosen

DEUTSCHLAND

Erfahrungen eines Franzosen

Aus dem Französischem „Mes Allemagnes"

Übersetzung : Jacques Rémond

Meinen besten Dank an meinen Freund Jean Jacquin, der den Text nachgelesen hat

Dieser Text besteht aus authentischen Erinnerungen und Überlegungen über Deutschland und die Deutschen, die ich im Laufe eines langen, schon in meinen Kinderjahren angetretenen Weges sammelte.

Er setzt sich nicht aus einer linearen Erzählung zusammen, bildet keine einheitliche, logische Konstruktion. Vielmehr treten durch die berichteten Episoden und die analysierten Erfahrungen einige Themen kultureller, psychologischer, wirtschaftlicher und politischer Art in Erscheinung.

Als ich geboren wurde, waren die Kanonen nicht einmal fünf Jahre früher in Europa verstummt.

Als Kind hörte ich oft von dem Krieg und den Deutschen. Was meine Eltern und Großeltern in jener für mich entfernten Zeit erlebt hatten, schien mir schrecklich und von entscheidender Bedeutung gewesen zu sein.

Parallel entdeckte ich in einer französischen Übersetzung die Zauberwelt der Grimms Märchen.

Später wurde mein Großvater für mich zu einem Initiator, der mich deutsche klassische Musik hören ließ, die von Mozart, Beethoven, Schubert, Schumann, Brahms. Dank einem Musiklehrer entdeckte ich Wagner. Diese musikalische Welt wurde für mich zu einer Offenbarung, ich nahm immer mehr Bezug auf sie.

Meine Beziehung zur deutschen Sprache, die ich im Gymnasium lernte, fiel mir nicht so leicht wie die, die ich zum Englischen hatte. Darum kann es als ein Paradox erscheinen, dass ich beschloss, Deutsch als Hauptfach an der Universität zu wählen.

Ohne mir dessen bewusst zu sein, folgte ich einem unsichtbaren roten Faden, der sowohl die Wahl meines Berufs als auch die meiner Ehefrau und auch eine bestimmte Lebens- und Denkweise bestimmen sollte.

Durch meine Muttersprache bin ich Franzose und ich werde

stets Franzose bleiben. Die Liebe zu meinem Land, dessen Kultur und dessen Geschichte wohnt für immer in mir.

Am Anfang nährte sich wahrscheinlich meine Liebe zu Deutschland von einem Unbehagen in meiner Familienumgebung. Ich hörte von Deutschland und den Deutschen wie von einem Universum, einem Volk, die grundsätzlich anders seien, sowohl für das Positive als auch für das Negative. Deutschland war das Fremdartige, das Fremde schlechthin. Aber ganz sicher ließen die germanische Empfindsamkeit und Mentalität aus unbekannten Gründen tiefliegende Saiten in mir erklingen. In Deutschland selbst, so meinten oft manche Leute, hätte ich dem Bild des Franzosen, wie sie sich ihn vorstellten, wenig entsprochen.

Deutschland ist zu meiner zweiten Heimat geworden, ohne dass ich dafür mein Vaterland verleugnet habe. Darum ist mein Leben seit meiner Jugend von einer Spannung zwischen den zwei Kulturen gekennzeichnet. Es ist ein Reichtum und ein Leid zugleich. Ich wurde mir der guten wie der schlechten Seiten des französischen und des deutschen Volkes durch eine alltägliche Konfrontation bewusst.

Solche Betrachtungen mögen vielleicht als uninteressant erscheinen zur Zeit der Globalisierung, in der Stunde, da die Kulturen sich mischen, Englisch als Weltsprache herrscht, die ehemaligen Nationen der Gefahr der Auflösung ausgesetzt sind.

Aber angenommen, Deutschland und Frankreich würden jemals verschwinden, wird der Schatz der zwei Kulturen weiter bestehen.

Und ich bin stolz und glücklich, der Erbe von beiden zu sein.

„ Deutschland, Erfahrungen eines Franzosen „ ist eine autobiographische und leidenschaftliche Erzählung.

DIE UNIFORM DER WEHRMACHT

Wir sitzen um den Tisch für das Mittagessen in Steinbach. Zu meiner Linken meine Frau und unsere Töchter Elisabeth und Gabrielle, zu meiner Rechten unser Sohn David. Die Stimmung ist entspannt und freundlich. Die Katze schnurrt beim Kochenherd. Draußen strahlt die Sonne über die grüne Landschaft Niederbayerns. In der Ferne ist der Bogenberg sichtbar.

Plötzlich geht die Tür der Küche auf. Michael erscheint, mit einem Lächeln über den Lippen. Er trägt eine Jacke, die für ihn viel zu groß ist, eine feldgraue Jacke, die der Landser der *Wehrmacht*! Sie ist etwas zerknittert, aber sogleich erkennbar : die einfachen Schulterklappen, die silbernen Knöpfe, der kleine rote Streifen mit weißen und schwarzen Rändern, der Adler mit dem Hakenkreuz in seinen Krallen.

Da fange ich an zu zittern und empfinde plötzlich eine spontane, irrationale Angst.

Nun tritt auch mein Schwiegervater in das Zimmer ein. Er lächelt gutmütig, als würde er die Sache amüsant finden. Er zieht die Jacke von den Schultern meines Sohnes weg, der sich sehr freut am Spaß, den er uns gerade gemacht hat.

Wie Millionen Deutsche seiner Generation hat mein Schwiegervater einst diese Uniform getragen, als er ein junger Mann war, in Frankreich, in Italien, in Ungarn. Im Frühjahr 1945, als er in sein Dorf zurückkehrte, hat er sie zusammengerollt und in seinem Keller versteckt, bevor er sich wieder zivil anzog, um der Gefangenschaft in den Lagern der Alliierten zu entkommen.

Ich habe mir Hunderte von Kriegsfilmen angeschaut, Tausende von Aufnahmen, auf denen deutsche Soldaten diese Uniform tragen, die in ganz Europa, ja sogar bis im Kaukasus und in Nordafrika gehasst wurde. Aber niemals hatte ich eine so große Angst empfunden, die aus den Tiefen von meiner Seele hochkommt.

Wie lässt sich eine solche Reaktion erklären? Der Krieg ist sehr weit, meine Frau und meine Adoptivfamilie sind Deutsche, die Bundesrepublik ist ein gastfreundliches Land...

Nun? Habe ich von meinen französischen Vorfahren die Angst vor der Uniform der Wehrmacht *genetisch* geerbt? Vielleicht. Denn in dieser Minute handelt es sich nicht mehr um einen Film, um alte, tote Bilder. Es ist ein echtes Objekt, ein vom Schweiß und Staub durchdrungener Stoff, der von einem Mann getragen wurde, der auch ein Gewehr in der Hand hatte, das er wirklich gebraucht hat. Mein Schwiegervater hat auf den Schlachtfeldern geschossen und andere Menschen getötet. Wie alle seiner Landsleute aus der damaligen Zeit hat er Furcht, ja vielleicht Schrecken geweckt.

Er nimmt seinen üblichen Platz am Tisch, füllt sein Glas mit hellem Bier.

Wir sprechen eine Danksagung zusammen und beginnen zu essen.

Frieden.

DER FEIND

Meine Beziehungen zu Deutschland und den Deutschen ist eine Liebesgeschichte. Wie alle großen Leidenschaften hat diese Geschichte verschiedene Phasen gekannt, vom ängstlichen Staunen zur Bewunderung, von der Verwunderung zur Enttäuschung, vom Zorn zur Begeisterung, bis sie in einer späten Zeit einem inneren Frieden wich. Ein großes Abenteuer eigentlich, von dem ich einige entscheidende Etappen erzählen möchte.

Meine Mutter sagte mir einmal, als ich zweiundzwanzig war : " Wie komisch ist das Leben! Zur Zeit der deutschen Besatzung hätte ich mir nie vorstellen können, dass ich eines Tages einen Sohn haben würde, der *dorthin* arbeiten gehen würde..."

Dieses *dorthin* war ein ganzes Programm für die Generation meiner Eltern, und *im Nachhinein* für die meiner Großeltern. Für sie war Deutschland ein entfernter Kontinent, der Feind, das Ausland schlechthin. Deutschland war vor allem Synonym für Krieg, Invasion, Zerstörungen, Barbarei.

Und dennoch spürte ich schon in meiner jungen Zeit einen Unterschied zwischen der Wahrnehmung, die meine Großeltern einerseits, mein Vater und meine Mutter andererseits von ihm hatten. Mein Großvater väterlicherseits, in der Stadt Autun geboren, empfand gegen die Deutschen eine Art ruhigen Hasses, die ihm als selbstverständlich erschien; darin war er in voller Eintracht mit seiner Frau. Für ihn hatten die *Boches* genug Beweise ihrer Bosartigkeit gegeben, so dass man sie nur hassen konnte. Dagegen war der Ton der Worte meines mütterlichen Großvaters über dieses Thema etwas anders. Er sagte nicht " *Les Boches* ", sondern " *Les Allemands* " und redete über sie weder mit Bitterkeit noch Groll. Ich hörte ihn einmal sagen : " Während des Ersten Weltkriegs hatten sie ja keinen Wahnsinnigen als Oberbefehlshaber... ". Dieser Wahnsinnige war natürlich Hitler; damals verfügte ich jedoch über keine Informationen über diesen Mann...

Viel später, als ich meine erste Reise in die BRD machte, schrieb mir mein Großvater, er habe an der französischen Besatzung im Rheinland nach dem Waffenstillstand von 1918 teilgenommen, das Rheintal und den Loreleifelsen bewundern können, die Landschaft sei grandios gewesen. Seine offene Geisteshaltung, besonders gegenüber Deutschland, war vielleicht zum Teil darauf zurückzuführen, dass er eine ziemlich große Allgemeinbildung besaß.

Während meine beiden Großväter an den Kämpfen zwischen 1914 und 1918 teilgenommen hatten, wurde mein Vater 1939 nicht einmal mobilisiert. Wie alle seine Landsleute wurde er vom Zusammenbruch 1940 traumatisiert, ließ in einer passiven Haltung die vier " dunklen Jahre " der Besatzung über sich ergehen, trat der Widerstandsbewegung nicht bei und entkam der Zwangsarbeit in Deutschland. Niemals aber hörte ich ihn mit Verachtung über die Deutschen reden. Aus seinen Worten kam ihnen gegenüber eine merkwürdige Mischung von retrospektiver Angst und Achtung. Ich bekam eines Tages ein Gespräch zwischen ihm und meiner Mutter mit : " Die deutsche Wehrmacht ", so sprach mein Vater, mit ein bisschen Bewunderung im Tonfall, " Das war schon etwas! ".

Worauf sie mit sichtbarer Verwirrung erwiderte : " Schon, schon, der Krieg war zwar eines, aber alle diese Folter... Warum? " Da ließ mein Vater mit ratloser, ohnmächtiger Miene die Hände fallen und murmelte : " Ja, also... "

Es war das erste Mal, dass ich in Bezug auf die Deutschen vor einem scheinbar unüberwindlichen Widerspruch gestellt wurde. Einerseits hatten sie nämlich den Ruf, bemerkenswert gute Eigenschaften zu besitzen, und zwar Stärke, Kampffähigkeit, Mut, Disziplin, Sinn für Organisation... Andererseits hörte man von furchtbaren Missetaten, deren sie sich zwischen 1939 und 1945 schuldig gemacht hatten, als sie Frankreich besetzten : Erschießungen, Zerstörungen... Der Hinweis " Während der deutschen Besatzung " kam allerdings oft vor in den Gesprächen der Erwachsenen. Für meine kindliche Psychologie war jedoch die erwähnte Zeit uralt, da diese Ereignisse vor meiner Geburt stattgefunden hatten.

Wenn einige Aussagen oder Anekdoten bezüglich des Krieges mir als sehr – oder ziemlich klar – erschienen, blieben andere für mich rätselhaft. Zwar fiel es mir leicht, mir die feldgrauen Uniformen der deutschen Soldaten vorzustellen, wenn meine Mutter sagte : " Ach, wir hatten doch diese feldgraue Farbe total satt! ". Ich zitterte, wenn meine Oma von Kolbenschlägen erzählte, die besoffene *SS-Leute* in einer Nacht gegen die Tür ihres Hauses versetzt hatten, weil sie " Frauen finden wollten " (" Wozu denn? ", fragte ich mich...) Ich bewunderte die Bildung meines Vaters, der dank seinen Erklärungen in abgebrochenem Deutsch sie hatte informieren und somit besänftigen können.

Ich wusste jedoch nicht, was diese berüchtigten SS-Leute von den anderen germanischen Soldaten unterschied. Eines Tages wurde ich aber beunruhigt von der Bemerkung eines komischen Lehrers, die er vor meiner eigenen Lehrerin der ersten Klasse machte. Zum Spaß tat ich oft die Finger in die Tintenfässer des Schulzimmers. Die nette Frau tadelte mich sehr, trocknete meine Finger mit einem Lappen ab, aber die violette Farbe war hartnäckig und blieb mehrere Tage lang.

" Nicht so schlimm! ", sagte der Lehrer, " Um ihm die Finger zu reinigen, braucht man nur so machen, wie die SS-Leute machten, mit einem Feuerzeug nämlich! "

Da hatte die Lehrerin einen abweisenden Gesichtsausdruck und erwiderte : " Sagen Sie das doch nicht! ". Dafür wurde ich ihr dankbar, denn, ohne zu wissen, was diese geheimnisvollen SS-Leute machten, mit einem Feuerzeug nämlich, wurde ich von einem Gefühl der Angst erfüllt. Wenn ich mir den Tadel meines väterlichen Großvaters wegen irgendwelcher für mich typischen begangenen Dummheit zuzog, so sagte er, als wollte er mich erschrecken : " Wenn die *Boches* hier wären, dann würdest Du dich nicht so aufführen... "

Nach unserem Umzug in das Städtchen La Machine, erklärte uns auch mein Grundschullehrer der vierten Klasse, der mich begeisterte, wenn er über die französische Geschichte erzählte, Hitler sei " eine Art Wahnsinniger gewesen ", und vor dem Krieg " hätten die Deutschen viele Spione nach Frankreich geschickt; nach ihrem Sieg hätten sie auf dem Hauptplatz jeder Stadt, jedes Dorfes eine Fahne aufgezogen, auf der ein enormes schwarzes Kreuz zu sehen gewesen sei ". Ich hatte mir zuerst ein Kreuz vorgestellt, wie man es in den Kirchen sieht, aber später fragte ich meinen Vater, wie diese Fahne ausgesehen habe. Er brachte mir dann eine von ihm während seiner Arbeitszeit gewissenhaft gemalte Zeichnung, und fügte hinzu, einer seiner Kollegen habe ihn überrascht gefragt : " Na, sind Sie jetzt ein *Nazi*? "

Nun, war das Wort *Nazi* ein Synonym für *Deutscher*? Ich wusste es nicht. Die Zeichnung, die farbig war, hatte einen roten Hintergrund, von dem eine weiße Scheibe abstach, die Vati mit einem Zirkel gezeichnet hatte! Inmitten dieser Scheibe stand ein schwarzes Kreuz mit hakenförmigen Armen an jedem Ende. Endlich wusste ich Bescheid über die berühmte Fahne, von der mein Lehrer gesprochen hatte.

Ein schwarz-weißer Film, den ich im Alter von zehn Jahren sah, machte auf mich einen starken Eindruck. Der Titel war *Die grüne Ernte*. Um welche Ernte handelte es sich denn? War es eine Anspielung auf die Uniformen der Deutschen, oder auf etwas anderes?

Ein Priester erzählte die tragische Geschichte einer Gruppe von Gymnasiasten, die es versucht hatten, Widerstandshandlungen zu organisieren, welche einen Motorradfahrer der Wehrmacht das Leben gekostet hatte. Eine Ermittlung wurde von der Gestapo gemacht, die Verantwortlichen entdeckt und zum Tode verurteilt. Obwohl ich die Kriegszeit nicht erlebt, niemals einen Deutschen gesehen hatte, spürte ich, dass es etwas Erschütterndes, Authentisches gab in dieser Erzählung und diesen Bildern. Die letzten Sequenzen insbesondere waren eindrucksvoll : Die Entdeckung des Revolvers des getöteten Soldaten, der versteckt war in einem kompliziert aussehenden Gerät, die brutalen Verhöre der Verdächtigten, schließlich deren Gestalten, die sich im Ton einer zugleich sanft und tragischen Musik entfernten, und das Wiedererscheinen der vom Winde gebeugten Kornhalme, die man am Anfang des Filmes schon gesehen hatte...

Was mir die deutschen Eindringlinge als menschlicher erscheinen ließ, war eine Erzählung meines Vaters, der mir die " *Schlacht um Autun* " beschrieb, als ich sieben oder acht Jahre alt war. Während jener Kampfhandlungen war ein Massaker von Kosaken verübt worden, die in die Wehrmacht eingezogen worden waren; es hatte jedoch auch viele deutsche Opfer gefordert. Auf dem Bürgersteig hatte mein Vater einen jungen Soldaten liegen sehen, dessen Blut den Leib Brot, den er mitzunehmen versuchte, rot gefärbt hatte. Dieses Bild hatte ihn tief geprägt, und er hatte mir die Erschütterung übermittelt, die er bei jenem traurigen Anblick empfunden hatte. Bei ihm war keine rachsüchtige Freude, sondern eher eine Art Mitleid zu spüren.

Ich möchte zum Schluss einen positiven Aspekt der Deutschen erwähnen, der sowohl von meinem Vater als auch von meiner Mutter betont wurde : Wenn die Deutschen marschierten, so sagten sie, *sangen diese oft, und zwar sehr gut!* Diese Bemerkung hätte wohl einen grinsen lassen. Wie dem auch sei, das faszinierte mich sehr früh. Bei dieser oder jener Radiosendung über den Krieg konnte man ihre gut skandierten Marschlieder hören, zum Beispiel mit dem Refrain *Ha! Hi! Ha! Ho!...* Allerdings waren diese Melodien von allen Franzosen bekannt, die zur Zeit der deutschen Besatzung gelebt hatten.

Und in meinen Augen ist es bezeichnend und bedeutungsvoll, dass schon bei meinen ersten Kontakten mit der germanischen Welt die Musik eine wichtige Rolle spielte, auch wenn es sich damals nur um militärische Musik handelte...

DEUTSCH LERNEN

Die Anfänge

Ich war gerade in die neunte Klasse gekommen. Der Deutschlehrer war ein Mann, der an die fünfundvierzig Jahre alt sein konnte, er hatte schon eine etwas kahle Stirn und eine rosarote Hautfarbe; seine Augen schielten ein bisschen, er trug einen banalen grauen Anzug und eine gewöhnliche Kravatte. Er grüßte unsere Klasse. In gutmütigem Ton sagte er auf Französisch mit sanfter Stimme : " Also, wir wollen mit einem neuen Fach beginnen... "

Für mich war der Augenblick wichtig. Mit einem neuen Fach anzufangen war zwar immer eine kleine Herausforderung, aber dieses Fach stellte etwas Besonderes dar : Einerseits war die deutsche Sprache die einzige, die mein Vater im Gymnasium gelernt hatte ; andererseits, da ich mich seit zwei Jahren leidenschaftlich für den Zweiten Weltkrieg interessierte, konnte ich es mir nicht erlauben, den Idiom zu ignorieren, den die furchterregenden Eroberer und Besatzungstruppen Europas zwei Jahrzehnte früher gesprochen hatten.

Als ich ein kleiner Junge war, hatte ich oft meinen Vater einen Satz wiederholen hören, den er in seiner jungen Zeit auswen--dig gelernt hatte :

" Still, still! Kein Geräusch gemacht! "

Nun aber sprach er nicht von ungefähr so, sondern erst, wenn ihm die Aufregung seiner Kinder auf die Nerven ging. Dieser Satz war also schon ein ganzes Programm : Er verband die deutsche Sprache mit den Begriffen Ordnung und Disziplin; die Kehllaute machten vermutlich mehr Eindruck als gleichbedeutende Worte auf Französisch.

Andere Wörter, die allgemein bekannt waren, wurden entweder zu Hause von den Erwachsenen gebraucht, oder von uns Kindern auf dem Schulhof, wenn wir unseren Spielen eine befehlende oder militärische Färbung geben wollten :

" Raus! Raus! Schnell! ", das *Raus* wurde sogar auf lustige Art ins Französische *Raouste!* umgewandelt, was eigentlich bedeutete, man müsse sofort abhauen.

Der Lehrer klopfte mit dem Finger auf den Tisch und fragte :

" Was ist das? Das ist der Tisch! "

Dann fügte er nach einer Pause hinzu :

" Ist das der Tisch? Ja, das ist der Tisch! "

Alles war klar : Seine Gestik, und das *Ja*, das ein jeder kannte, ermöglichten es uns sofort - denn wir wussten genau, was wir taten - die Antwort zu wiederholen, die der Lehrer seiner Frage gerade gegeben hatte. Gleich nachher sprach er weiter, indem er auf einen links von der schwarzen Tafel stehenden Schrank zeigte; dabei verwendete er sehr pädagogisch die gleiche Methode wie vorher, nur führte er dieses Mal das Wort *Schrank* ein und setzte gleich ein neues Element hin, das *nicht* nämlich, um die Verneinung des Satzes zu formulieren : es handelte sich nicht mehr um einen *Tisch*, sondern um einen *Schrank*. Dann schrieb er an die Tafel, was er eben gesagt hatte; nun hatten die Schüler die Aufgabe, es auf die erste Seite ihres ganz neuen Heftes nachzuschreiben.

So lernte ich meine ersten deutschen Wörter im Gymnasium. Die Vorstellung, dass ich eines Tages Goethe, Schiller, Wagner, Nietzsche, Thomas Mann... im Originaltext lesen, Deutschlehrer werden und eine Deutsche heiraten und somit mich viel später in eine deutschstämmige Familie eingliedern würde, war damals sehr weit von mir.

Einige Tage nach dieser ersten Erfahrung, warf mein Vater einen Blick auf mein Buch, einen kleinen Band der Sammlung *Bodevin et Isler*, in dem jede Lektion nach einer feststehenden Gliederung aufgebaut war : Auf der linken Seite gab es als Einleitung ein schwarz-weißes Bild und einen kurzen Text, in dem die neuen Vokabeln dick gedruckt waren, auf der rechten den Wortschatz, Übungen und Grammatikregeln in einem Rahmen. Mein Vater hatte ein paar Erinnerungen an seine ehemaligen Deutschstunden und konnte mich die erste Lektion wiederholen lassen, dann aber musste ich mir allein helfen.

Obwohl sie sehr nüchtern waren, übten die Bilder einen besonderen Reiz auf mich aus, den ich mir nicht gut erklären konnte. Wir hatten drei Stunden pro Woche und vor jeder Stunde mussten wir den neuen Wortschatz lernen und eine bzw zwei schriftliche Übungen machen, eine Aufgabe, die ich eigentlich gewissenhaft erfüllte. Ich hatte sagen hören, dass die deutsche Sprache wie die lateinische ein Deklinationssystem besaß, was mich hätte erschrecken können, da ich seit der sechsten Klasse mit ständigen Schwierigkeiten in dem Idiom Ciceros konfrontiert worden war. Der Schrecken war jedoch diesmal fehl am Platze : Ich wollte im Fach Deutsch erfolgreich werden, und es gelang mir auf eine ganz akzeptable Weise. Übrigens setzten wir uns erst ab der achtzehnten Lektion mit der Deklination auseinander.

In der Zwischenzeit hatten wir schon die erste Prüfungsfrage abgelegt; dabei hatte ich nur eine Zwei bekommen, auch wenn ich mir eine Eins als Ziel gesetzt hatte. Als der Lehrer meldete : " Recht viele haben es mit einer Eins geschafft! ", da wartete ich vergebens darauf, meinen Namen zu hören und wurde enttäuscht, zumal einer meiner Schulkameraden meine Note mit etwas Sadismus betonte. Ich machte jedoch kein Drama daraus : Das nächste Mal wollte ich das schon wieder gut machen...

Der Lehrer trieb das Programm in einem zügigen Tempo voran, nicht zu langsam, aber auch nicht zu schnell. Im Juni hatten wir jedoch nur knapp fünfzig Prozent der Lektionen gelesen... Deshalb hielt er es für richtig, das gleiche Schulbuch mehrere Monate lang in der zehnten Klasse wiederum zu gebrauchen, damit wir ausreichende Grundlagen besäßen, bevor wir den dem Niveau dieser Klasse entsprechenden Band benutzen könnten. Die ersten Lektionen des neuen Buches, das wir daher erst im Frühling entdeckten, behandelten Themen, die mit dem alltäglichen Leben überhaupt nichts zu tun hatten : Die Germanen und ihre Mythologie, Zwerge, Elfen und andere Nixen, was aber ganz angebracht war, um mich zu begeistern. Somit entdeckte ich die Gestalten Wotans und der Walküren, der Lorelei und Siegfrieds, des Drachentöters. Einer meiner Schulfreunde, dessen Lateinlehrer verachtungsvoll gesagt hatte : " Deutsch ist eine barbarische Sprache! Du solltest lieber Altgriechisch als neues Fach wählen! ", hielt es einmal für seine Aufgabe, über den Idiom unserer Vetter von jenseits des Rheins zu spotten. Er nahm einen melodramatischen Gesichtsausdruck und artikulierte mit dunkler Stimme : " *Siegfried tötete den Drachen mit einem Baum, der aus dem Boden arrachiert war!*"

Der Effekt war so lustig, dass ich die Episode niemals vergaß. Seine Art *tötete* zu sagen - vom Verb *töten* im Preteritum - die kehligen Konsonanten zu betonen, indem er sich räusperte, zum Beispiel, als er *Drachen* sagte, vor allem das Verb *arrachiert*, eigentlich eine Wortbildung von ihm, wirkten höchstamüsant, was einem jeden recht gegeben hätte, der keine Ahnung von Deutsch gehabt hätte und hätte hören sagen - was relativ häufig vorkommt - dass es sich um eine rauhe Sprache handelt, die nicht die geringste Schönheit besitzt.

Jedenfalls stand ich auf einer Lernstufe, die es mir nicht erlaubte, das Genie der deutschen Sprache zu schätzen, nämlich ihre Vielseitigkeit, ihre Musikalität, ihre mathematische Genauigkeit und die verblüffenden Wortbildungen, die sie ermöglicht. Als fleißiger Schüler begnügte ich mich damit, meine Lektionen zu lernen und in den Übungen die Grammatikregeln anzuwenden. Die berühmt berüchtigten Deklinationen, die zwar weniger Fälle aufweisen als im Latein, bereiteten mir doch nie irgendwelche Sorge. Ohne jede Schwierigkeit setzte ich die *trennbaren Partikeln*, sowie die Verben in der Infinitivform und die Partizipien, wo sie hingehörten. Die Struktur des Satzes, die grundsätzlich anders ist als die französische, erschien mir nicht als schwer verdaulich.

Was den Wortschatz anbetraf, so lernte ich ihn sehr genau, sowohl das Wort selbst als auch dessen Artikel und Plural.

Eine Irrtumsquelle ergab sich jedoch aus der Tatsache, dass viele Vokabeln nicht das gleiche Geschlecht haben im Deutschen wie im Französischen. *LA table?* DER Tisch...

LA fille? DAS Mädchen... *LE chat?* Die Katze... Wollte man einen Vergleich mit einer anderen Sprache ziehen, dann waren die Dinge viel einfacher im Englischen! Aber diese Unterschiede bei den Artikeln, die bei gewissen Schülern Aufregung, bei mir aber nur Erstaunen auslösten, ließen mich bei den Deutschsprachigen eine andere Wahrnehmung der Realität als die meiner Muttersprache vage vermuten : Dass eine Katze als ein weibliches Lebewesen betrachtet wurde, wie auch die meisten Bäume, war wahrscheinlich nicht belanglos, und dass der Krieg und der Tod durch zwei Wörter ausgedrückt würden, die ungemein kurz und stark und noch dazu männlichen Geschlechtes waren, auch nicht.

Der Deutschunterricht in der zehnten Klasse begann mit einem schlechten Omen. Unser Lehrer, Herr Müller, war ein Elsässer bescheidener Statur; er hatte einen Schnurrbart, war nervös und hatte einen Teil des Krieges als Kriegsgefangener in deutschen Lagern verbracht. Sein Verhältnis zu Deutschland schien besonders leidenschaftlich, und er war ein eifriger Anhänger der Einigung der Völker Europas. Er erklärte uns, wir würden die deutsche Geschichte im siebzehnten Jahrhundert anschneiden; beginnen würden wir mit dem Dreißigjährigen Krieg. Der Text stand in gotischer Schrift, was dessen Lesung etwas erschwerte. Dennoch gelang es allen Schülern, es mehr oder weniger zu lesen nach einer kurzen Anpassungsphase. Nun aber unterbrach der Lehrer plötzlich seinen Unterricht, angeblich aus gesundheitlichen Gründen. Er wurde von einer jungen, runden Frau vertreten, die zwar mit ihrer *Licence d'Allemand* noch nicht fertig war, aber genug Kompetenzen und Autorität besaß. Im Frühling erfuhren wir, dass Herr Müller Selbstmord begangen hatte. Einige sagten, er habe unter Depressionen gelitten. So ließ er aber eine Frau und drei Kinder allein, unter denen ein reizvolles Mädchen mit unschuldigem Lächeln, das für mich die absolute Reinheit verkörperte.

In der elften Klasse wurde eine fünfundzwanzigjährige Frau, die an ein *Gretchen* erinnerte und ihre Ausbildung an der Uni gerade abgeschlossen hatte, damit beauftragt, uns ihre sprachliche und kulturelle Kost zu verteilen. Sie war schlank, braunhaarig, hatte ein schönes Gesicht und einen Zopf. Ihr hinreißender Schwung hatte etwas Sympathisches. Das Programm an sich bezog sich immer noch auf Literatur. Eine Katastrophe brach über mich herein bei der ersten Übersetzung, die ich der Lehrerin zum Korrigieren gab : Ich bekam nämlich eine Sechs! Nun begriff ich, dass ich in einer oberen Klasse war; ich würde von nun an schwierigere Aufgaben im Fach Deutsch erledigen müssen, denn das Abitur stand vor der Tür. Ich beschloss dementsprechend , meine Leistungen zu verbessern, die bisher doch immer gut gewesen waren. Meine Anstrengungen wurden mit Erfolg gekrönt. Meine Lehrerin fing an, mich mit Wohlwollen zu betrachten, als sie entdeckte, dass ich für die nordische Mythologie, Wagner und im Allgemein für die deutsche Kultur schwärmte.

In einem spezifischen pädagogischen Bereich brachte sie mich jedoch in Verwirrung. Bisher bestand unsere Aufgabe fast ausschließlich darin, schriftliche Arbeiten zu schreiben, und wir fragten uns nicht einmal, weshalb unsere Lehrer es nie versuchten, uns sprechen zu lassen. Allerdings war für uns diese große pädagogische Lücke kein Grund zur Unzufriedenheit, da die Deklinationen und der Satzaufbau ein geistiges Training von uns erforderten, das wir schon mit gewisser Schwierigkeit praktizierten, wenn wir ein paar Zeilen verfassten. Eines Tages las uns Fräulein Rösler einen Text mit dem Titel *die Küchenuhr* von einem Autor namens Borchert vor. Sie gab uns aber nicht den gedruckten Text, und wir sollten ihr den Inhalt mündlich nacherzählen.

Ich verstand aber nichts davon!

Dieser kleine Misserfolg war symptomatisch für die Probleme, mit denen ein junger französischer Germanist damals konfrontiert werden konnte. Zwar war er über die Biographie des Soldatenkönigs, Friedrichs des Zweiten oder Bismarcks perfekt informiert, aber unfähig zu begreifen, was ein Deutschsprachiger sagte, es sei denn, er hatte schon einen oder mehrere Aufenthalte in Deutschland hinter sich.

Der Aufsichtsbeamte unseres Gymnasiums organisierte jedes Jahr eine Reise nach Berlin. Daran teilzunehmen wäre für mich, den kleinen Franzosen, der seine Provinz nie verlassen und die französischen Grenzen nie überschritten hatte, ein erstrangiges

Erlebnis gewesen. Mein Großvater bot großzügig an, die Reise-kosten zu übernehmen, aber mein Vater lehnte das Angebot ab. Das war für mich eine große Enttäuschung.

In der Abschlussklasse machte ich keine bedeutenden Fort-schritte. Der Lehrer war ein kleiner, freundlich aussehender Mann mit etwas dickem Bauch. Er hatte aber keine hohen An-sprüche, ja sogar den Anstrich eines Anarchisten. Wir verbrach-ten das Schuljahr damit, Texte von Autoren aus dem Zwanzigsten Jahrhundert zu lesen und zu übersetzen. Genau wie in den Klas-sen der vorangegangenen Jahre blieben wir im Unterricht stumm, wenigstens wenn es darum ging, Deutsch zu sprechen, aber wir konnten schon sehr geschwätzig sein in der Sprache von Descar-tes, wenn der Lehrer uns den Rücken zukehrte.

Dann kam der große Tag der mündlichen Prüfung beim Abi-tur. Ich sollte dem Lehrer, der uns prüfte, die Liste der Texte vor-legen, die wir im Laufe des Jahres durchgenommen hatten. Er würde dann einen dieser Texte auswählen und meine Aufgabe würde darin bestehen, eine Zusammenfassung des Textes zu ma-chen und Fragen zu beantworten. Es war ja eine enorme Heraus-forderung für jemanden, der nicht das mindeste Training dafür hatte. Ich war dennoch vertrauensvoll. War es Leichtsinn von mir? Nein, ich glaube, der Grund für mein Vertrauen war eher meine unbegrenzte Liebe zur Sprache, dazu die herrliche Per-spektive, sehr bald einen ersten Aufenthalt jenseits des Rheins zu machen mit dem Verein *Inter-échanges*, dessen Adresse mir meine Lehrerin vom vorigen Jahr mitgeteilt hatte. Ein paar Tage vor der Prüfung hatte sie eine hochsympathische Geste gemacht, indem sie ganz unerwartet in meiner Wohnstätte erschienen war, um mir ein Paket Broschüren und Magazine über Deutschland zu bringen. Ich hatte nämlich Fräulein Rösler über meinen Plan in-formiert, mich für den ersten Semester an der Uni im Fach Ger-manistik einzutragen. Meine Eltern, die bei ihrer Ankunft etwas misstrauisch gewesen waren, wurden ihr jedoch im Nachhinein, genauso wie ich, sehr dankbar dafür.

Während der Kandidat, der vor mir geprüft wurde, ein paar Worte über die Wirtschaftskrise 1929 peinlich herausbrachte, schmiedete ich meine Waffen : ich musste nämlich einen Text von Borchert mit dem Titel *Das Brot* präsentieren und spickte meine Nacherzählung mit vielen idiomatischen Redewendungen; übrigens war ich dadurch ermutigt, dass die Geschichte während des Zweiten Weltkrieges spielte.

Ich begann zuversichtlich. Und da geschah das Wunder : das Gesicht des Lehrers erhellte sich allmählich, während ich sprach. Scheinbar war ich an jenem Vormittag einer der wenigen Kandidaten, der sich so leicht ausdrücken konnte, was in meinen Augen um so erstaunlicher war, als es eine Premiere war! Er fragte mich, ob ich schon mal nach Deutschland gefahren sei : Ich antwortete nein, sagte aber, ich würde bald dorthin fahren.

Ich hätte meine Leistung ohne jeden Schatten abschließen können, wenn ich nicht auf eine unvorhersehbare Schwierigkeit gestoßen wäre : Der Lehrer wollte meine Grammatikkenntnisse etwas erforschen und stellte mir deshalb eine Frage über die Konjugation des Imperativen... Ich konnte nicht antworten!

" Es ist doch dumm! ", sagte er mit Bedauern, " aber nicht so schlimm! "

Ich bekam eine Zwei und bildete mir ein, es wäre eine Eins gewesen ohne diese dumme Lücke in meinen Grammatikkenntnissen. Jedenfalls war ich mit mir höchst zufrieden.

Konkrete Erfahrungen

" Wir sind eine Gruppe..." war der erste Satz, den ich, mich an einen Angestellten der *Bundesbahn* wendend, auf deutschem Boden im Kölner Bahnhof aussprach, als ich mich vom Fenster des Abteils hinunterbeugte, in dem ich früh am Morgen im Pariser *Gare du Nord* Platz genommen hatte.

" Ach, die Gruppe nach Bielefeld! " sagte der Mann gutmütig. Das erste Gesicht, das Deutschland mir bot, war ermutigend.

So war es auch dann am Bielefelder Bahnhof, wo zwei deutsche Lehrer, die für die Dauer unseres Aufenthaltes unserem Begleiter, einem jungen, ernsthaften französischen Studienrat aus Paris helfen sollten, mit Freundlichkeiten wetteiferten und zwei Fähnchen schwenkten, ein französisches und ein deutsches : Eigentlich ein Symbol für das Wunder des wiederhergestellten Einvernehmens zwischen den zwei Völkern... Sechs Jahre früher hatten sich De Gaulle und Adenauer im Elyséepalast umarmt nach der Unterzeichnung des Freundschaftsvertrags, die die deutsch-französische Aussöhnung besiegelte.

Meine Gastfamilie war von der Mutter, einer warmherzigen und umfangreichen Dame, und zwei ihrer Kinder vertreten, Albin, einem Jungen meines Alters, und Erika, einer Halbwüchsigen, die ihre schönsten Kleider angezogen hatte, um mir eine Ehre zu erweisen.

Wir stiegen in den Wagen ein, einen hellblauen Käfer, und da wurde mir gleich die Frage gestellt : " *Sprichst Du Deutsch?* ", worauf ich antwortete : " *Ich habe keine Gewöhnlichkeit, Deutsch zu sprechen!* ". Erst später wurde ich mir dessen bewusst, dass ich ein Wort erfunden hatte, das wahrscheinlich meine Gäste zum Lachen gebracht hatte; ich hätte nämlich " *Gewohnheit* " sagen sollen. Ich versuchte aber, mich zu überzeugen, ich würde mich nicht durch derartige Irrtümer meinerseits traumatisieren lassen... Das Wichtigste war in meinen Augen, ich sollte mich so oft wie möglich auf Deutsch ausdrücken. Die bescheidenen Kenntnisse, die ich fünf Jahre lang im Gymnasium erworben hatte, erlaubten es mir gewissermaßen. Ich war aber besorgt über meine frequente Unfähigkeit, das zu verstehen, was man mir sagte.

Als ich den Hausherrn, einen harten Menschen mit tief eingeprägten Gesichtszügen, kennenlernte, war er dabei, den Zugang zu seiner Haustür mit Steinblöcken zu verzieren. Eingeschüchtert bemühte ich mich, so höflich wie möglich zu sein und ließ mich in mein Zimmer führen, das im ersten Stock lag. Da wurde ich aber plötzlich von einem Anfall der Entmutigung heimgesucht, der sowohl auf die Müdigkeit der Reise als auch auf meine ersten sprachlichen Schwierigkeiten zurückzuführen war. Meinen Eltern schrieb ich auf der Stelle einen Brief, in dem ich ihnen meine Verwirrung mitteilte, und auch den Zweifel, der mich bezüglich meiner Fähigkeit, Deutsch an der Uni studieren zu können, nun erfüllte.

Albin tauchte dann auf und wollte mir eine Einrichtung zeigen, die er selber im Untergeschoss des Hauses gebaut hatte. " *Diskothek!* ", sagte er mir stolz. Für mich, der überhaupt nicht im Bilde war über die *junge Kultur*, konnte dieses Wort ja nur eine Schallplattensammlung betreffen! Ich entdeckte also, dass diese Stätte tanzenden Abenden gewidmet war, wo Musik gespielt wurde, die von meiner eigenen Kultur so entfernt war wie Banturythmen es sein können von einem Mozartkonzert, sowie Schlageridolen, die mit völlig unbekannt waren, Mireille Matthieu ausgenommen; von ihr stand an der Wand ein Poster an guter Stelle, und Albin war verwundert, dass ich sie nicht sofort wieder erkannt hatte.

In den folgenden Tagen fragte er mich öfters " *Kommst Du mitfahn?* ", was ich nach manchen Anstrengungen schließlich als *mitfahren* deuten konnte. Hätte er *mitfahren* richtig ausgesprochen, da hätte ich ja kein Problem gehabt. Meine Schwierigkeiten, um den Sinn der von den Leuten gesprochenen Worte zu begreifen, war noch größer, wenn ich fernsah. Einen Gesprächspartner konnte ich nämlich immer darum bitten, er möge wiederholen oder langsam sprechen... Der *Fernsehsprecher* aber, der jeden Abend über die Aktualität Bericht erstattete, war außer meiner Reichweite! Zwar verstand ich im Großen und Ganzen, aber es befriedigte mich überhaupt nicht.

Nach einigen Tagen hatte ich das positive Gefühl, im Mündlichen beachtliche Fortschritte gemacht zu haben. Frau König stellte mir ihre älteste Tochter und deren Mann vor, der allerdings unter einer Gehbehinderung litt, und ich wurde bei diesem Anlass überrascht darüber, mit welchem Luxus beide angezogen waren, auch dass sie im Begriff waren, in Urlaub zu den Kanarischen Inseln zu fliegen! Somit entdeckte ich jenes reiche und bürgerliche Deutschland, von dem ich in meiner französischen Provinz keine Ahnung hatte. Ich fühlte mich dennoch wohl mit diesen Leuten, bemühte mich, *gut zu sprechen*, brachte Sätze heraus, wie etwa : " *Die Gesellschaft will ich nicht zerknicken...* ", deren Wortschatz den wagnerschen Textbüchern bestimmt mehr verdankte als dem gewöhnlichen Sprachgebrauch meiner Gäste... Man machte mir Komplimente über meine sprachlichen Talente. Und die Lehrer, die vormittags den Kurs hielten, sagten mir, meine Grammatik sei gut. Solche Bemerkungen halfen mir, eine bessere Laune zu gewinnen.

Im gleichen Moment trieben mich schwierige Beziehungen

zu ein paar Jungs aus der Schülergruppe dazu – deren Motivation, am Kurs teilzunehmen ja grundsätzlich anderer Art war als die meine! - am Unterricht nicht weiter teilzunehmen. Somit würde ich die meiste Zeit mit meiner Gastfamilie verbringen. Diese ließ mich mehrere interessante Stätten entdecken, das *Hermannsdenkmal* im Teutoburger Wald, eigentlich einen äußerst mythischen Ort, Minden und die *Porta Westfalica*, den Hannover Flughafen... Bei dieser Gelegenheit fuhr ich zum ersten Mal auf dem berühmten Autobahnnetz, dessen erster Bauherr Hitler gewesen war. Schon am Anfang meines Aufenthaltes hatte mir Frau König gesagt, ich sollte mich als volles Mitglied der Familie betrachten, ein Rat, dem ich ohne jede Schwierigkeit folgen konnte, so groß waren nämlich meine Ansprüche auf dem Gebiet der Gefühle und der Beziehungen. Was aber ihren Ehemann, einen eingefleischten Nationalisten, anbetraf, so verpasste dieser keine Gelegenheit, um mir die angebliche Überlegenheit der Deutschen über die anderen Europäer vor die Augen zu führen. Da mein Niveau im Sprachverständnis sich verbesserte, begriff ich immer besser, was er sagte, und somit nahm ich zum ersten Mal in meinem Leben die deutsche Einbildung angesichts des Auslandes zur Kenntnis.

"Wir haben zwei Kriege verloren, und jetzt ist Deutschland wieder gebaut!"

" In Frankreich gibt es noch Trümmer aus dem Krieg..."

" England ist sehr prätentiös, aber nicht so mächtig, wie es scheint..."

Trotz der Probleme, denen ich während dieses ersten Aufenthaltes in Deutschland begegnet war, kam ich voller Dankbarkeit heim und versprach mir, das nächste Jahr die Familie König nochmals zu besuchen, die mir den Vorschlag davon gemacht hatte. Leider sollte dieser Plan nie in Erfüllung gehen, denn nach einem kurzlebigen Briefaustausch mit ihr bekam ich nie wieder

Nachrichten aus Bielefeld. Bei der Verfassung meines ersten Schreibens hatte ich mich sehr bemüht, richtig zu schreiben und mich herumgequält, um zu wissen, welchen Platz im Satzbau bestimmte Wörter, wie etwa das Reflexivpronomen *sich* einnehmen mussten. Ich hatte das gleiche Problem, um meinem jüngsten Bruder, der sich abrackerte, " Ferienaufgaben im Fach Deutsch " zu schreiben, eine Hilfe in der Grammatik zu leisten, damit er sein armseliges Niveau verbessern könne. Mein Vater war empört : Er habe mir einen Aufenthalt im Ausland bezahlt, und das ohne das mindeste Resultat! Ungeschickterweise versuchte ich ihm klarzumachen, ich hätte zwar in Bielefeld Fortschritte gemacht für den mündlichen Ausdruck, aber ich sei weit davon entfernt, die gesamten Syntaxregeln zu beherrschen. Ich wurde mir jetzt dessen bewusst, dass es eines war, eine gebrochene Sprache zu reden, mich verstehen zu lassen und sie mit ein paar Fehlern hier und da zu schreiben, ein ganz anderes aber, diese Sprache wirklich zu beherrschen... Dies würde bestimmt ein langatmiges Unterfangen werden!

Schon bei meinen ersten Vorlesungen an der Uni sollte mir das klar und peinlich erscheinen.

Die Uni

Mein erstes Jahr an der Universität stand für mich unter einem widersprüchlichen Omen. Zwar waren meine Liebe zur deutschen Sprache und zu Deutschland immer noch so stark wie früher, aber ich war zu gleicher Zeit verwirrt wegen neuerer Aspekte und schwer zu bewältigender Schwierigkeiten, was das Lernen anbelangt. Die Arbeit beruhte auf zwei Hauptpfeilern, den Vorlesungen in den Amphitheatern einerseits, den praktischen Übungen, die in kleineren Räumen stattfanden, andererseits. Aber wenn ich mich in Geschichte und Erdkunde sehr gut auskannte, auch gewissermaßen in der Übung der Rückübersetzung, so war es gar nicht mehr der Fall bei der Übersetzung ins Französische und auch bei den Vorträgen, die deutschsprechende Lehrer hielten, und vor Allem bei der Linguistik, die mir als völlig überflüssig erschien und mich anwiderte.

Das Merkwürdige dabei war aber, dass mancher Unterricht in meiner Muttersprache erteilt wurde, als würden sich die Lehrer nicht trauen, Deutsch zu sprechen...

Ich stand wiederum vor einer seltsamen Erscheinung, die ich schon im Gymnasium erlebt hatte : War ein französischer Lehrer, auch ein Germanist, eigentlich fähig, wenn auch nicht vollkommen, doch fließend Deutsch zu sprechen? Traf das nicht zu, dann brauchte einer sich nicht mehr darüber zu wundern, dass ganze Generationen von Gymnasiasten nie einen Satz hatten aussprechen können, wenn sie sich mit Deutschsprachigen trafen. Mochten wir wohl so stolz sein auf unser eigenes kulturelles Erbe, so waren wir doch überrascht, wenn wir hörten, wie unsere Mitstudenten von Jenseits des Rheins sich ausgezeichnet auf Französisch ausdrückten, auch über so komplexe Themen wie Politik, Geschichte oder Literatur. Wie gelang es ihnen, dabei so großen Erfolg zu haben?

Im Rahmen gewisser praktischer Übungen schlugen Studenten schüchtern vor, wir könnten mal Deutsch sprechen. Als Antwort bekamen sie vom Lehrer zu hören, so etwas würde sehr künstlich sein, und das beste Mittel, um das zu machen, sei ganz einfach, nach Deutschland zu fahren!

Angesichts dieser Lage fragte ich mich schließlich, wie es um das Verhältnis der Franzosen zu den Fremdsprachen im Allgemeinen und mit der deutschen insbesondere stand. Ein paar Leute begnügten sich mit folgender Erklärung : " Die Franzosen sind für Sprachen nicht so begabt wie etwa die Deutschen, die Russen oder die Araber...".

Einverstanden, aber weshalb?

Es wurde mir klar, dass dieses Problem zu einem guten Teil auf die Beziehung zurückzuführen ist, die wir zu unserer eigenen Sprache unterhalten : Im Lande von Molière und Châteaubriand muss einer *gut sprechen* und *gut schreiben*, was lange Zeit unser ganzes Schulsystem bedingt hat. Der Sprach- oder Rechtschreibefehler wird bei uns nicht geduldet. Infolgedessen wurden auf Fremdsprachen rein französische Kriterien angewendet. Alles, was nicht in die Logik unseres Idioms passte, verwirrte einen zu sehr, wurde ja als eine Abnormität empfunden. Nun aber war das nur die Folge von einer Überzeugung, die alle kultivierten Franzosen seit dem achtzehnten Jahrhundert teilten : Ihre Sprache wäre die logischste und die schönste der Welt! Diese Eitelkeit und falsche Perspektive hatten zwar eine historische Grundlage : Zur Zeit der *Aufklärung* wurde an den Höfen von Petersburg, Wien und Berlin Französisch gesprochen. Friedrich II. sprach lieber Französisch, die Sprache der *Civilisation*, als Deutsch. Bis in den letzten Jahren galt bei vielen Franzosen die Sprache Goethes und Luthers als rauh und übelklingend.

An der französischen Uni der siebziger Jahre waren wir noch zum großen Teil durch diese Denkart bedingt, so dass es in unseren Deutschbüchern im Gymnasium von der " Zurückstellung " des Verbs am Ende eines Nebensatzes die Rede war, als wäre das eine schwer zu verdauende Ungehörigkeit gewesen!

Ein anderer problematischer Faktor, der allerdings mit dem letzten verbunden war, war meines Erachtens die sehr theoretische, intellektuelle und literarische Art und Weise, sich mit der Fremdsprache auseinanderzusetzen, als hätte es sich um ein strenges Studienobjekt oder um eine Altsprache gehandelt. Dieser Zugang nahm selbstverständlich eine wesentliche Komponente nicht in Betracht, nämlich dass eine Sprache ein lebendiger, sich entwickelter Organismus ist, dessen Wesen in erster Linie darin besteht, dass er gesprochen wird, bevor er geschrieben werden muss. Die ganze spielerische und musikalische Seite des Lernprozesses wurde daher lange Zeit beiseite gelassen. Letzte Komponente entsprach übrigens der in Frankreich üblichen " Vorlesung „ vollkommen, während deren die Schüler die meiste Zeit passiv sind.

Es schien mir, eine Sprachstunde hätte in ihrem Geist und ihrer Organisation grundsätzlich anders sein sollen als eine Französischstunde, eine Geschichtsstunde oder eine Mathestunde... Das Lernen sollte einen spielerischen Aspekt haben, der Lehrer müsste es akzeptieren, wenn die Schüler Fehler begehen, wobei die Hauptsache ist, dass sie auf Deutsch singen und über sehr praktische Themen kommunizieren können.

Dass ich seit der elften Klasse für das wagnersche Drama schwärmte, wurde mir auf paradoxe Weise zu einer Hilfe auf dem sprachlichen Gebiet, eigentlich nicht für die Vokabel, da Wagner oft archaische Termini in den Textbüchern seiner Opern gebraucht, sondern im poetischen und musikalischen Bereich. Wegen des Musikers blieb für mich Deutsch trotz aller meiner Schwierigkeiten ein Gegenstand der Liebe und der Begeisterung.

Im Schriftlichen machten wir viele Hinübersetzungen, was ein heikles Unterfangen war : einen Text ins Deutsche zu übersetzen war für mich ein Kunstwerk, keineswegs eine nützliche Tätigkeit. Und in dieser Hinsicht hatten wir uns nicht zu beschweren! Hugo, Proust, Gide, Saint Exupéry ließen uns stundenlang schwitzen... Wie konnten wir ihre schöne Prosa in *die Sprache der Denker und der Dichter* übertragen?

Die Übung konnte als sinnlos erscheinen, und dennoch wurde sie von niemandem in Frage gestellt. Und was die Zensuren angeht, die ich in diesem besonderen Bereich bekam, so waren sie oft mittelmäßig, wenn nicht gelegentlich katastrophal. Aber nichts konnte mich entmutigen...

Was die absolut notwendige Verbesserung meiner mündlichen Leistungen anbetraf, so verstand ich, ich müsste Aufenthalte in Deutschland machen, und somit fing ich an, nach derartigen Möglichkeiten für die Sommerzeit zu suchen.

Ein positiver Faktor in diesem ersten Jahr ist jedoch der Universität zuzuschreiben, nämlich die Phonetikstunde, die wöchentlich im Sprachlabor gegeben wurde. Wir hatten einen Kopfhörer, hörten aufgezeichnete Texte und bemühten uns, sie zu wiederholen und Fragen zu beantworten. Dadurch lernte ich endlich die Grundregeln der Betonung, die ich bisher ignoriert hatte.

Auf dem Weg zur Meisterschaft

Der einzige kurzfristige Aufenthalt in der Bundesrepublik, den ich vor meinem zweiten Jahr an der Universität machte, fand dank dem Deutsch-Französischen Jugendwerk statt, das Praktika für Jugendliche der beiden Länder sehr preisgünstig organisierte. Auf diese Weise entdeckte ich das bayerische Allgäu, reizvolle Landschaften, das Bühnenfestspiel der *Passion Christi* im Dorf Oberammergau, und vor allem die von König Ludwig II. errichteten Königsschlösser *Neuschwanstein* und *Hohenschwangau*.

Während meiner Gespräche mit Deutschen hatte ich das Gefühl, ich hätte beträchtliche Fortschritte gemacht, bis eine Französin mich einmal darauf aufmerksam machte, ich hätte eine stark geprägte französische Betonung, wenn ich sprach. Merkwürdigerweise gab es nämlich unter den Franzosen eine Art Wettbewerb auf diesem Gebiet : Der eine " sprach ganz toll ", ein anderer " machte Grammatikfehler ", ein Dritter " hatte eher einen englischen Akzent!" Das alles war ein wenig lächerlich, zeigte jedoch, dass wir alle vom Ehrgeiz getrieben waren, tolle Leistungen zu vollbringen...

Auf lange Sicht strebte ich danach, für einen Deutschsprachigen zu gelten, so groß war damals meine Sehnsucht, mich mit den Deutschen zu identifizieren. Deshalb war ich überglücklich, wenn ich bei meinen Gesprächspartnern, nachdem ich einen oder zwei Sätze gesprochen hatte, nicht als Ausländer auffiel, und wenn sie mich fragten, ob ich Schweizer wäre... Diese Freude war aber kurzer Dauer. Ich wurde nämlich schnell durch diese oder jene Betonung verraten.

Die drei Arbeitsaufenthalte, die ich während der folgenden Sommer in Stuttgart machte, erlaubten mir, einen wichtigen Schritt nach vorn zu machen. Ich verbesserte nicht nur meine Betonung dermaßen, dass ich mir die schwäbische Färbung derselben aneignete, sondern ich lernte ebenfalls manche übliche Redewendungen, so dass ich schließlich das Gefühl hatte, fließend zu sprechen. Es war in meinen Augen ein großer Erfolg, wenn ich mich an meine schwierigen Anfänge erinnerte. Es gelang mir, in komplexen Situationen des Alltags auszukommen, und mir wurden oft lobende Zeugnisse über meine Fähigkeiten gegeben, die mich darin bestätigten. Ein Mann, mit dem ich zwei Sommer in Stuttgart arbeitete, sagte mir eines Tages : " Sie sollen doch nicht im Unterrichtswesen arbeiten... Die Jungs werden Sie verrückt machen, und Sie werden dann allmählich Ihr jetziges gutes Niveau verlieren. Wählen Sie doch eher einen Beruf als

Übersetzer oder Dolmetscher... "

Es wurde jedoch nicht mein Weg. Nach vier Unijahren , während derer ich mich manchmal schwitzend abrackerte, Werke aus der deutschen Literatur zu übersetzen und zu lesen, begann ich mit Begeisterung zu unterrichten. Aber obwohl ich mich bemühte, das nicht zu wiederholen, was meine Lehrer gemacht hatten - nämlich immer Französisch zu sprechen - konnte ich es leider nicht verhindern, dass ich bei mancher Gelegenheit in diesen Fehler verfiel, insbesondere für die grammatischen oder kulturellen Fragen. Nur ein paar Klassen ausgezeichneten Niveaus, in denen ich gelegentlich unterrichtete, stimulierten mich genug, als dass der mündliche Austausch natürlich und dynamisch aussehen konnte. Die Prophezeihung meines Arbeitskollegen in Stuttgart erfüllte sich jedoch - und glücklicherweise - nicht : Den " Jungs " gelang es nie, mich " verrückt zu machen ", denn im Grunde liebte ich sie, und mein Niveau litt nicht unter meiner Berufstätigkeit. Im Gegenteil, es verbesserte sich ständig im Laufe der Jahre, meiner Reisen und meiner Praktika in Deutschland, und zwar so sehr, dass ich im Alter von vierzig Jahren endlich sehr gute Hinübersetzungen machen und fast perfekt sprechen konnte. Als ich meine Frau kennenlernte, sprach sie mir einen Lob aus, von dem ich bei meinen peinlichen Anfängen nie zu träumen gewagt hätte.

" Ich habe noch nie einen Ausländer kennengelernt, der so gut Deutsch spricht wie Du..."

Dennoch hatte ich zur Einsicht endgültig kommen müssen, dass ich nie zweisprachig sein würde. Um das zu erreichen, muss man seit der früheren Kindheit in gleichem Maße in zwei sprachlichen Welten untergetaucht sein, die im besten Fall von dem Vater und der Mutter verkörpert sind.

WAGNER

Eine Entdeckung

Als ich an einem Samstag im Februar des Jahres 1967 in ein Schallplattengeschäft der Stadt Montceau-Les-Mines ging, um eine von mir bestellte Platte zu holen, ahnte ich nichts vom Abenteuer, in die ich mich einließ.

Auf dem Cover waren ein schwarzweißes Abbild des Musikers und dessen Name zu sehen

RICHARD WAGNER

dann die Titel der aufgenommenen symphonischen Stücke in grüner Farbe, mit schemenhaft künstlerischer Schrift abgedruckt :

Tannhäuserouvertüre

Walkürenritt

Götterdämmerung : Trauermusik

Unten standen, sogar in größeren Buchstaben als der Name des Meisters selbst, derjenige des Interpreten und der des Orchesters, das er dirigierte :

WILHELM FURTWÄNGLER

Wiener Philharmoniker

Gewissenhaft las ich zuerst den auf der Rückseite des Covers stehenden Kommentar. Er enthielt Sätze, die mich unmittelbar in die Wagnerwelt eintreten ließen. Der Verfasser, ein gewisser Jean Cotte, betonte die Eigentümlichkeit Wagners in der Musikgeschichte, erwähnte auch Nietzsche und den Mythos " des schönen blonden Tieres ", der nach seiner Meinung mit dem Musiker und dem Philosophen " seine furchterregende Laufbahn " begonnen hätte. Er erwähnte kurz das Thema des *Tannhäuser*, von dem ich schon wusste dank der Musiklehrerin, die ich in der vierten Klasse des Gymnasiums gehabt hatte, ließ einem das Wasser in den Mund fließen mit einem Zitat über den berühmten *Walkürenritt*, " einen Prolog voller Lärm und Raserei ", machte ein paar Anspielungen auf den Inhalt der *Tetralogie*, die mir sofort die Lust gaben, mehr über dieses Thema zu erfahren.

Ich legte die Schallplatte auf das alte Grammophon, das mir mein Großvater zwei Jahre früher geschenkt hatte, warf einen Blick durchs Fenster.

Erwartung, feierlicher Augenblick.

Der Himmel war bedeckt, die Bäume kahl. In der Küche ging meine Mutter Haushaltsbeschäftigungen nach.

Der erste musikalische Auszug, den ich wählte, war die *Tannhäuserouvertüre*. Der Pilgerchor ertönte : Diese Töne hatten mich schon mal in ihren Bann geschlagen, zuerst in der Musikklasse im Gymnasium, dann bei meinem Großvater, den ich gebeten hatte, mir das Stück noch einmal hören zu lassen. Endlich war dieses Meisterwerk Teil meiner Schallplattensammlung geworden!

Auch der *Walkürenritt* entsprach meinen Hoffnungen. Gelenkt hatte mein Vater an einem fernen Tage meine Aufmerksamkeit auf dieses wilde Tongemälde, das damals vom Rundfunk übertragen wurde; bei dieser Gelegenheit hatte er mir gesagt, es handele sich um die germanische Mythologie.

Was die *Trauermusik* anbetraf, so war sie für mich eine Überraschung und eine Verzauberung zugleich. Eine Überraschung, denn ich hatte mir etwas anderes erwartet : ein Schulfreund hatte nämlich einmal vor mir eine Melodie hingesummt, von der er behauptete, es wäre die sogenannte Trauermusik - Ich entdeckte später, dass es sich in Wirklichkeit um den letzten Satz der *Symphonie der neuen Welt* von Dvorak handelte. Eine Verzauberung war es aber auch, wegen des am Anfang ertönenden Trommelschlages, der dunklen Klangfarbe der symphonischen Entwicklung, und des glänzenden *Schwertmotivs*, das mir an einem Abend im Ohr erklungen war, während ich eine Radiosendung über König Ludwig II. hörte.

Als ich die Platte in ihr Cover wieder steckte und das Gerät ausschaltete, war ich ganz zufrieden und versprach mir, sie am Wochenende wieder einmal zu hören.

Der Zufall wollte, dass ich am folgenden Tag im Kino einen Dokumentarfilm über den National-Sozialismus sah; ein Auszug aus der berühmten *Trauermusik* illustrierte bestimmte Bilder des Filmes. Diesem Dokumentarfilm folgte ein Kriegsfilm mit dem Titel *Der Zug*. Er erzählte von einer heldenhaften Tat des französischen Widerstandes gegen die Nazis. Ich sah in dieser Koinzidenz einen gewissen Zusammenhang.

Wagner war in mein Leben eingetreten und sollte es nie mehr verlassen, aber ich war mir dessen noch nicht bewusst. Damals blieben Beethoven und Mozart für mich die unübertrefflichen Genies in der Galerie der bekannten Musiker.

In den darauf folgenden Monaten kaufte ich mir andere Schallplatten. Schon die Bilder auf den Covers ließen mich träumen : Einmal war es eine finstere mittelalterliche Ruine, die von einer rosa-orangenfarbenen Dämmerung abstach, ein anderes Mal eine grandiose Inszenierung von *Parsifal* bei den Bayreuther Festspielen, oder noch eine Elfenbeinbüste des Komponisten, die sich von einem grünen Laubhintergrund und Fragmenten eines bläulichen Himmels hervorhob.

So entdeckte ich die berühmtesten symphonischen Werke Wagners : Das *Lohengrin*vorspiel, die Ouvertüren zum *Fliegenden Holländer* und zu den *Meistersingern*, das Vorspiel und den Liebestod aus *Tristan und Isolde*, das Vorspiel und den Karfreitagszauber aus *Parsifal*.

Was mit mir geschah, war etwas Merkwürdiges : Die Titel der verschiedenen Opern, ohne dass ich deren Themen schon gekannt hätte, übten schon eine eigenartige Macht auf mich aus. Und was die Musik selbst anbetraf, auch wenn ich besondere Stücke vorzog, so stand es für mich außer Frage, darüber zu debattieren : Wagner hatte sie geschrieben, und es reichte, um ihr etwas Adeliges zu verleihen. Ich hegte dennoch für meine erste gekaufte Platte eine besondere Liebe. Parallel begann ich mich zu informieren über den Inhalt der Textbücher, die Wagner selbst verfasst hatte. Und das wiederum war für mich ein Grund zur Bewunderung für den Komponisten. Ich blätterte stundenlang alte und dicke Enzyklopädien der Sammlung *Larousse* durch und lieh mir Musikgeschichten oder Biographien aus der Bibliothek des Gymnasiums aus.

Da bekam ich zwei Schocks, die meinen Bund mit Wagner endgültig besiegelten. Am Donnerstag, dem 7. April, erwarb ich eine Platte, welche die bekanntesten, in Bayreuth aufgenommenen Chorstücke aus den Opern vom " alten Zauberer ", zusammenfasste.

Die Matrosenchöre im *Fliegenden Holländer*, der Einzug der Gäste in *Tannhäuser* rissen mich durch ihren Schwung mit. Und die Hochzeitsmusik in *Lohengrin* bewegte mich durch ihren sanften Charakter und ihre melodische Schönheit. Das mächtige Ensemble der Gibichungen in der *Götterdämmerung* war bestimmt für meine Ohren weniger schmeichelhaft, aber ich setzte meinen besten Willen ein, um zu lernen, wie man diesem Stück zuhören sollte.

Ich kaufte dann andere Aufnahmen, bis zum Zeitpunkt, da meine ganzen Ersparnisse aus waren. Erich, mein bester Freund, lieh mir dann Auszüge aus der *Götterdämmerung*, die sein Vater gerne hörte. Bevor ich die Platte in die Hände bekam, malte ich mir aus, wie das Bild auf dem Schallplattencover aussehen würde, da Erich es mir mit allerhand Details schon beschrieben hatte. Es schilderte, so erzählte er, den Mord an Siegfried durch Hagen, den Verräter. Ich hatte mir den blonden, zu Tode getroffenen Helden mit einem Ausdruck des Schreckens und des brutalen Leides auf dem Gesicht vorgestellt. Als ich das Bild sah, war ich etwas enttäuscht : Es entsprach meinen Erwartungen nicht. Aber was kümmerte mich das! Die Musik verzauberte mich, vor allem die von Kirsten Flagstad gesungene Schlussszene der Oper. Zwar verstand ich kein einziges Wort von allem, was sie sang, aber ihre herrliche Stimme, die Verkettung der Akkorde, die Folge der *Leitmotive*, von denen einige mir schon bekannt waren, bildeten ein so meisterhaftes Tongemälde, dass es mir überhaupt nicht schwerfiel, den Zusammenbruch der Walhalla und das Ende der Götter mitzuerleben, ja sogar fast zu sehen.

Ich war zu einem Wagnerianer geworden.

In jenem Frühling, der mir die Türen zur Romantik eröffnete, verliebte ich mich in ein Mädchen meiner Klasse. Ich sah überhaupt keinen Zusammenhang zwischen dieser geheimen Leidenschaft und meiner ganz neuen Liebe zu Wagner, aber zweifellos war die Gleichzeitigkeit der zwei Ereignisse kein Zufall.

Ich hatte ein so brennendes Bedürfnis, mir eine ausführliche Dokumentation über die wagnerschen Dramen zu verschaffen, dass ich mir im Herbst, kurz nach meinem Eintritt in die elfte Klasse, ein Buch vom Musikkritiker Jacques Bourgeois bestellte. Dieses Buch war für mich die zweite Offenbarung : Darin war für jede Oper die musikalische Thematik gründlich analysiert. Somit entdeckte ich das *Leitmotivsystem*, womit ich mich bisher nur flüchtig auseinandergesetzt hatte. Andererseits brachte der Autor diese Analyse der Partituren in Zusammenhang mit dem dramatischen und philosophischen Inhalt der Werke. Das Buch erweiterte meinen Horizont ungemein. Ich nahm nämlich zur Kenntnis, dass Wagner nicht nur ein musikalisches Genie gewesen war, sondern auch ein Dichter und ein großer Dramatiker. Dazu ging ich zum ersten Mal in meinem Leben an existentielle, ja metaphysische Fragen heran, insbesondere mit dem *Ring* und *Parsifal*.

Parallel zu dieser Lektüre las ich einen Text von Marcel Schneider durch, einem hervorragendem, den Deutschen gut gesinnten Intellektuellen, der ebenfalls eine sehr akute Wagnerstudie verfasst hatte. Darin schrieb er Folgendes :

" Der Mythos, den Wagner geschaffen hat, eine zeitlose Realität eigentlich, wiederholt sich jedesmal, wenn eines seiner Dramen aufgeführt, ein Fragment davon im Konzert gespielt wird, wenn wir für uns selbst eines der Themen, die unser Gedächtnis besessen, vor uns hinsummen : Der Grund dafür ist, dass der Mythos in unser Unterbewusstsein hineinschleicht und dort mit Hilfe von Bildern innewohnt. Die Bilder von Wagner, der Liebestrank, das Schwert, der Graal, der Wald, der Sturm, der Nebel gehören zur Welt der sakralen Dinge. Sie finden bei

uns einen schon bereiteten Boden, dringen tief in uns hinein und werden mit unseren Träumen, unseren Wünschen, unseren Schrecken, unseren Hoffnungen identisch. Unsere Bewunderung für den Künstler, den Dichter und den Musiker nährt sich vom Sinn für das Heilige, den ein jeder in sich trägt. Wagner hat genau den Punkt getroffen, der getroffen werden musste; wir trennen nicht mehr seine Musik von unseren geheimsten Sehnsüchten, wir verbinden sie mit allem, was tief in uns ewig wünscht, ruft und wächst."

Wenig Zeit nach dieser Lektüre bestellte ich mir Auszüge aus dem *Rheingold*, die mir die Welt des *Ringes* noch tiefer entdecken ließen.

Tristan und die Walküre

Wagner zu lieben, bedeutete selbstverständlich auch einen neuen Reiz an der deutschen Sprache zu finden. Meine Deutschlehrerin, eine begeisterte Anfängerin, die ihr Studium gerade abgeschlossen hatte, und noch sehr von literarischen Werken schwärmte, sprach von der germanischen Dichtkunst des Mittelalters, die auf dem Stabreim basierte; sie fügte hinzu, dass Wagner dieses Alliterationssystem in den Textbüchern seiner Opern wieder angewendet habe. Ihr fiel schnell auf, dass ich auf dem musikalischen Gebiet gebildet war, und sie brachte mir deshalb zwei Textbücher, das von *Lohengrin*, leider in der französischen Fassung, um das sie freundlicherweise ihren Kollegen der Musikklasse gebeten hatte, und das, in der Originalsprache, von *Tristan und Isolde*, das sie aus ihrer eigenen Bibliothek genommen hatte. Sie sagte, sie leihe es mir, solange ich es brauchen würde. Zu dieser Zeit besaß ich noch keine Gesamtaufnahme einer Wagneroper. Zwar war mein Niveau in der deutschen Sprache noch recht ungenügend, als dass ich fähig gewesen wäre, den Text von Wagner im Detail verstehen zu können, aber die Tatsache , dass ich in den Händen eine der Dichtungen meines Idols hatte, war für mich von großer Bedeutung. Ich las die ersten Verse mit einer paradoxerweise um so größeren Freude als ich den Sinn davon nur ab und zu begriff.

Westwärts

schweift der Blick :

ostwärts

streicht das Schiff:

Frisch weht der Wind

der Heimat zu :

mein irisch Kind,

Wo weilest du?

Abgesehen von zwei oder drei gereimten Texten wie etwa *Ô Tannenbaum* oder noch *Die zwei Grenadier* von Heinrich Heine, hatte ich noch keine Dichtung in der Goethesprache gelesen. Wagner, der mir die Tore des Mythos und des musikalischen Zaubers eröffnet hatte, wurde dann wiederum zum Vermittler. Mit Schwung unternahm ich auf der Stelle, das Textbuch von *Tristan* nachzuschreiben. Ich hätte das Gleiche bei Hieroglyphen getan, wenn ich Ägyptologe gewesen wäre. Hier und da begriff ich jedoch flüchtig den Sinn einiger Wörter, die eine wahnsinnige Leidenschaft ausdrückten :

Endlich! Endlich!

An meiner Brust!

Fühl ich dich wirklich?

Seh ich dich selber?

Dies deine Augen?

Dies dein Mund?

Hier deine Hand?

Hier dein Herz?

Ich schrieb die zwei Drittel des Textes vom Drama nach und sagte mir, ich würde sowieso früher oder später die ganze Tristanpartitur entdecken. Das Buch von Jacques Bourgeois hatte mir nämlich etwas Bestürzendes durchblicken lassen : Ich konnte mich nicht mehr damit begnügen, einige symphonische Stücke von Wagner zu hören. Das gesamte Werk des Meisters wollte ich nun kennen! Und dieses Unternehmen würde wahrscheinlich mehrere Jahre in Anspruch nehmen...

Meine vorrangige Wahl fiel jedoch nicht auf *Tristan und Isolde*, sobald ich wieder ein paar Groschen in der Tasche hatte, sondern auf die *Walküre*. Ich ahnte nämlich, dass die Musik, die die Leidenschaft der ewigen Liebhaber zum Ausdruck brachte, sowie deren langen Duette, einem musikalischen Dilettanten wie ich nicht leicht zugänglich sein sollte. Meine Intuition war allerdings bestätigt durch die Kommentare, die ich las : " *Tristan* ist ein Strom ununterbrocherer Dissonanzen, die offene Tür zur Zwölftonmusik des Zwanzigsten Jahrhunderts, usw... ".

Nun aber hatte Regine Crespin ein Jahr zuvor unter dem Stab von Herbert Von Karajan die Rolle der Brünnhilde in einer neuen Aufnahme der *Walküre* interpretiert, die einer unvergeßlichen Aufführung dieser Oper bei den ersten Osterfestspielen in Salzburg gefolgt war. Meine Mutter hatte im Radio gehört, es sei wunderbar. Ihre Beurteilung war für mich einleuchtend. Ich beauftragte meinen Vater damit, die Aufnahme von einem seiner Arbeitskollegen, der ab und zu ein Orchester dirigierte und dazu ein großer Schallplattenkäufer war, bestellen zu lassen. Bei solchen Bestellungen kriegte dieser Mann immer eine beträchtliche Preisermäßigung.

Zwei Wochen vor Ostern, in jenem Frühling 1968, der bald Zeuge des Ausbruchs einer unvorsehbaren Studentenrevolte in Frankreich sein sollte, sah ich an einem Abend meinen Vater kommen, der ein Paket unterm Arm hielt. Mein Herz klopfte. Die Kassette, die ich im Begriff war zu öffnen, machte mir mindestens so viel Eindruck wie der Schatz, der im Roman von Alexandre Dumas *Der Graf von Monte-Cristo* von Edmond Dantès auf der Insel gleichen Namens entdeckt worden war. Auf schwarzem Hintergrund war ein goldener Ring primitiven Aussehens gedruckt. Der Opertitel in deutscher Sprache lautete *DIE WALKÜRE*. Hochzufrieden, mir eine solche Freude zu bereiten, wohnte mein Vater der Szene bei.

Ein schönes Porträt Wagners, von Lenbach gemalt, erschien. Es dekorierte den Umschlag des Albums, das das Textbuch, einige Fotos und Artikel über die Aufnahme enthielt.

Nun kam aber die Überraschung : Unter dem Album fand ich ein zweites, ganz ähnliches Exemplar... Dann ein drittes, ja ein viertes! Ungläubig musste ich feststellen, dass die Kassette nicht die mindeste Schallplatte enthielt! Ein paar lange Augenblicke waren mir nötig, damit ich mir ganz im Klaren werden konnte : Bei der Einpackung der Kassette war ein Fehler begangen worden! Der Einpacker hatte nicht zu sehr aufgepasst auf das, was er in die Kassette getan hatte...

Nachdem mein Vater die Bestellung sofort in das Schallplattengeschäft zurückgebracht hatte, musste ich noch eine gute Woche warten, bis ich meine fünf Platten hören durfte. Dieser Termin ließ meine ängstliche Ungeduld noch mehr wachsen.

Es war am Karfreitag, einem Tag der Stille und der Nüchternheit. Außerdem verbrachten meine Großeltern das Wochenende bei uns zu Hause. Als er die Wagnerkassette gesehen hatte, hatte mein Großvater zuerst ein gewisses Interesse gezeigt, aber nachdem er aus meinem Mund erfahren hatte, dass die Oper auf Deutsch gesungen wurde, erklärte er, er würde die *ostgotische Sprache* nicht verstehen und sprach nicht mehr davon. Trotzdem erlaubte ich mir, den ersten Aufzug zu hören, obwohl die Hörbedingungen nicht ideal waren. Dann legte ich die Kassette wieder beiseite und verbiss bis Montag meinen Ärger. Als meine Großeltern wieder weggefahren waren, konnte ich mich stundenlang mit Leib und Seele dem Zuhören des *Ring des Nibelungen* hingeben.

Diese Erfahrung überstieg meine Erwartungen.

Ich kannte den Kommentar von Jacques Bourgeois fast auswendig und, um die Bedeutung des Textes des Librettos in deutscher Sprache zu entschlüsseln, hatte ich ihn mit Hilfe der französischen Übersetzung schon im Voraus gelesen, um mich gut vorzubereiten. Sollte ich die fünf Stunden Musik, in die ich untertauchte, mit wenigen Worten zusammenfassen, dann würde ich von *Feinfühligkeit, Empfindlichkeit, Stärke, Tiefe und Magie* sprechen. Für die Feinfühligkeit und die Empfindlichkeit, da war doch offenbar, dass Karajans unheimlich differenzierte Orchesterleitung viel dazu beitrug. In gewissen Momenten hatte ich fast den Eindruck, Kammermusik zu hören, vor allem in den ersten Szenen zwischen Siegmund und Sieglinde. Die Anspielungen des Orchesters auf die aufkeimende Liebe, die mehr besagten als die Worte der zwei Helden, ergriffen mich mit ihrer diskreten Lyrik.

Aber die *Stärke* war auch präsent in Augenblicken des Paroxismus, der Leidenschaft, der Gewalt oder der Verzweiflung, insbesondere am Ende jedes Aufzuges.

Ende des ersten Aufzuges : Siegmund hat gerade das Schwert *Nothung* aus dem Eschestamm herausgezogen. Er zeigt es Sieglinde, die sich dann in seine Arme wirft. Leuchtende Arpeggios, Klangapotheose, ungebändigte Begeisterung : Der Bruder und die Schwester flüchten aus dem Haus der Knechtschaft, tauchen in die warme, vom Mond erhellte Frühlingsnacht.

Ich bin von diesem Finale wortwörtlich verblendet : Macht, Sieg über die Not.

Vorspiel zum zweiten Aufzug : Wilde, rötliche Stimmung, spannungsvolle, ängstliche Liebe des Bruders und der Schwester zueinander, Fanfare mit dem Thema des Rittes der kriegerischen Jungfrauen, die im Augenblick erschallt, da der Vorhang sich öffnet und der Gott Wotan vor Brünnhilde, seiner geliebten Tochter, erscheint. Wiederum *Stärke*, aber auch Würde.

Der Mittelpunkt der Tragödie ist die Verzweiflung Wotans, der der Walküre seine Todessehnsucht, seinen Verzicht auf jede göttliche Pracht anvertraut. Es geht hier um eine unsägliche Not. Die Szene ist ein dramatischer Höhepunkt. Noch einmal haben wir hier eine unvergleichbare Kraft des musikalischen Ausdrucks, die um so deutlicher ist als die Szene in einer dämmerhaften Stimmung und fast einem Geflüster begonnen hat.

In alten Kommentaren aus den Jahren 1900 hatte ich gelesen, die Dialoge des ersten Teiles des zweiten Aufzuges wären " zu langwierig, ja langweilig ". Es war nicht meine Meinung. Dass es so gestaltet war, so spürte ich es, war eine dramatische Notwendigkeit. Dazu kam, dass die Sänger sich voll und ganz mit den Figuren der Oper identifizierten und bei ihrer Interpretation erschütternd authentisch waren.

Die *Tiefe* und das Gewirr der Gefühle wird auch in der Szene der *Todesverkündigung* (zweiter Aufzug) offenbar, ebenfalls im dritten Aufzug während des Dialogs zwischen Wotan und seiner Tochter. Da ich die Oper zum ersten Male hörte, konnte ich es nicht richtig schätzen, wie geschickt der dramatische Aufbau, wie durchdacht das Fortschreiten der Handlung und der Musik waren; ich ahnte es jedoch bruchweise. Ich lebte, litt und hoffte mit Siegmund und Sieglinde, Wotan und Brünnhilde. Ich hasste Hagen, den brutalen Kerl, der den Geliebten von Sieglinde ermordete, nachdem er sie selbst mit Gewalt genommen hatte.

Mein Geist war noch voll der Klänge der zwei ersten Aufzüge, als ich meine Mahlzeit schnell und schweigsam einnahm und mich dann im Wohnraum wieder einrichtete, um dem letzten Akt zuzuhören.

Dieser begann mit dem *Walkürenritt*. Dem von mir wohl bekannten symphonischen Stück mischten sich diesmal die kriegerischen Rufe der acht Wotanstöchter. Darüber staunte ich etwas, passte mich aber dann gut daran. Dann kam die große Auseinandersetzung zwischen Wotan und Brünnhilde, mit enormen Kontrasten zwischen den wütenden Zornausbrüchen des Gottes, der sich als verraten betrachtete, und Augenblicken der Intimität, der Zärtlichkeit, während derer er seine Liebe zu der Aufsässigen hochkommen ließ.

Ich fühlte, dass der Schluss nahe war : Brünnhilde flehte ihren Vater an, er solle keinem Feigling erlauben, sie als Frau zu nehmen, nachdem der Gott sie in einen tiefen Schlaf versenkt und verlassen haben würde. Sie bat ihn plötzlich darum, sie mit einem schützenden Flammenwall zu umgeben, den nur ein Held zu durchbrechen wagen würde. Dann strahlte das Orchester wortwörtlich aus; die Musik verflochte das *Feuermotiv*, das *Siegfriedmotiv*, das *Walkürenmotiv* ineinander und schloss sich der herrlichen Stimme der Sängerin an. Dann antwortete ihm die Wotansklage :

Leb wohl, du kühnes,

herrliches Kind!

Du meines Herzens heiligster Stolz!

Leb wohl! Leb wohl! Leb wohl!

Darauf folgte der Abschied, in der Form eines langen, sehr melodischen Satzes mit dem Motiv des *Zukunftsglaubens von Brünnhilde*, bevor Wotan die Augen seiner Tochter küsste, die in Schlaf versank. Ich war von der Lage und deren musikalischen Ausdruck tief gerührt und wartete ungeduldig auf das Auflodern des Feuers. Wotan beschwor Loge, schlug mit seinem Speer gegen den Felsen, und dann flackerte die Feuerbrunst auf : faszinierende, gekreuzte Akkorde, funkelnde Geigen und Flöten, welche die Flammen nahezu sichtbar machten, und sich um das *Schlafmotiv* schlingelten, in einer unaufhörlichen Bewegung.

Wunder, *Magie.*

Es war ungefähr fünfzehn Uhr. Ich war tief erschüttert. Niemals würde ich die Stunden vergessen, die ich gerade verbracht hatte, vor allem dieses Finale. Ohne zu verstehen warum, erinnerte ich mich plötzlich an ein Bild aus dem Comic *Lanzelot*, den ich las, als ich acht Jahre alt war, zehn Jahre früher also. Darin sah man den bösen König Astroth, herrlich angekleidet, und aggressiv vor dem Ritter Lanzelot auf seinem Ross reitend, ihm verkündend, er würde bald vom Drachen *Balsahmer* getötet werden.

Warum diese Erinnerung? Etwa deshalb, weil die zwei Legenden, die der *Walküre* und die von Lanzelot, einen entfernten und mythischen Ursprung hatten? Weil es sich im ersten wie im zweiten Fall um eine dramatische, existentielle Herausforderung handelte? Es gab da ein Geheimnis, das diese zwei Szenen miteinander verband. Letzten Endes, da ich bis in die Tiefen meiner Seele getroffen war, flüsterte mir mein Unterbewusstsein vielleicht zu, ich sei auch mit acht Jahren, da ich *Lanzelot* las, durch die Entfernung von meiner geliebten Mutter innerlich zerrissen worden, genauso wie Wotan durch die Trennung von seinem Kind auch zerrissen war. Soll ich hinzufügen, dass ich auch wahrscheinlich die Vorahnung davon hatte, dass Therese, meine angebetete Schulfreundin, im Begriff war, mich abzulehnen, und ich dann für immer von ihr getrennt sein würde?

Ich verließ den Wohnraum, und meine Mutter bemerkte meine Aufregung. Sie erklärte mir dann, sie fand mich " nervös ". Ich hätte es ja für weniger sein können...

Ab dem 20. Mai war Frankreich nahezu vom Generalstreik gelähmt. Wie Millionen anderer Schüler ging ich nicht mehr ins Gymnasium. Da ich deswegen über viel Zeit verfügte, begann ich mit einer Feder und Chinatinte mehrere Seiten aus dem Textbuch der *Walküre* nachzuschreiben, so dass ich, geholfen vom regelmäßigen Zuhören der Partitur, bald ganze Szenen davon auswendig kannte. Aber die Entdeckung dieser Oper hatte meinen Appetit verschärft : Mit dem wenigen Geld, das mir übrigblieb, kaufte ich mir Auszüge aus dem *Fliegenden Holländer*, einer Aufführung, die in Bayreuth aufgenommen worden war. Das Foto, das das Plattencover illustrierte, hatte mich beeindruckt : Darauf sah man die junge Sängerin Anja Silja, die die Senta verkörperte. Blond, schlank, mit weitschweifendem Blick, war sie ganz einfach angezogen und saß auf einem Weidenstuhl neben einem Spinnrad. Das ganze Drama war in diesem Bild zusammengefasst.

Auf meinem Bett liegend hörte ich der Musik zu, im dunklen

Schlafzimmer, das ich damals mit meinem Bruder teilte. Die geschlossenen Fensterläden schützten etwas vor der Hitze, die in diesem aufgeregten Frühling herrschte. Obwohl ich nicht über das Textbuch der Oper verfügte, war dieses Zuhören ein echter Genuss, aber eigentlich anders als der, den ich mit der *Walküre* erlebt hatte. Der *Fliegende Holländer* ist nämlich ein Jugendwerk Wagners; das Thema ist sehr romantisch und wurde ihm von einer Erzählung von Heinrich Heine und zugleich von seiner stürmischen Schifffahrt durch den Skagerrak im Jahre 1839 inspiriert, als er nach London fuhr.

Indem ich in dieses fantastische Märchen, in diesen Schwall von Harmonien, in diese außerordentliche Liebesgeschichte untertauchte - Senta opfert dem Holländer ihr Leben auf, um ihn von der Verdamnis zu erlösen, nicht um eine sittenmäßige Heirat zu feiern! - wartete ich mehr oder weniger bewusst auf eine Gelegenheit, um Therese meine eigene Leidenschaft zu gestehen.

Dieses Geständnis fand schließlich mit halben Worten am 26. Juni im Klassenzimmer statt; es war der letzte Tag unseres 11. Schuljahres. Anfang Juni hatte es mit dem Unterricht wieder begonnen, und wir standen alle noch unter dem Schock der sozialen und politischen Ereignisse, die schließlich dazu geführt hatten, dass die gaullistische Staatsmacht die Oberhand über das Land wieder behielt. Die Stimmung war noch überhitzt. Aber während die " Revolutionäre " sich wieder beruhigten, dabei aber für später sich DIE Revolution erhofften, wurde ich meinerseits dank Wagner zu einem vollkommenen Romantiker, der alle Folgen davon, die besten wie die übelsten, in Kauf nehmen würde.

Therese führte mit mir ein langes und tiefes Gespräch, das mir gute Hoffnung gab, eine Beziehung mit ihr einzugehen. Aber ein paar Tage später vernichtete sie auf brutale Weise alle meine Hoffnungen, als sie auf einen Brief von mir antwortete, in dem ich ihr meine Liebe offen erklärte. Ich verbrachte einen schwierigen Sommer, ohne jedoch auf meine Leidenschaft für Wagner zu verzichten, die eine bedeutende Rolle in dieser Krise gespielt hatte.

In der Abschlussklasse tauschte ich kein einziges Wort mehr mit derjenigen, die ich angebetet hatte. Ich litt nichtsdestoweniger darunter. Mein inneres Leben wurde mir zur Zuflucht. Meine Deutschlehrerin vom vorigen Jahr setzte mit Eifer ihre Werbung für Poesie weiter fort, und besorgte mir eine deutsch-französische Fassung des *Rheingold* . Somit war ich Anfang Dezember vollkommen bereit, um die letzte Aufnahme dieses Werkes unter der Leitung von Karajan zu hören. Bald kannte ich den Text, die kleinsten melodischen Fragmente, alle Akkorde auswendig. Meine Anbetung für Wagner stieg ständig an. Zur gleichen Zeit fing ich im Rahmen des Philosophieunterrichts an, Texte von Schopenhauer und Nietzsche zu lesen. Mein kultureller Horizont erweiterte sich sehr, immerhin mit Wagner als Schwerpunkt.

Schon zu der damaligen Zeit hatte ich beschlossen, mich an der Uni im Fach Germanistik einzutragen, nachdem ich das Abitur bestanden haben würde.

Ein solches Studium sollte mich folgerichtig zum Lehramt führen. Deshalb kann ich sagen, dass diese Wahl, die dann sowohl mein berufliches als auch mein sentimentales Leben bestimmte, da ich später eine Deutsche heiratete, direkt von meiner Leidenschaft zu Wagner herrührt. Heute noch weckt diese Feststellung in mir ein Staunen, eine Dankbarkeit, und eine Meditation über das Warum und das Wie eines Menschenschicksals.

Während ich in der Abschlussklasse war, hielt ich vor den Schülern meiner Klasse zwei Vorträge vor, die eine direkte oder indirekte Beziehung mit Wagner hatten. Im Französischunterricht präsentierte ich den Musiker in Verbindung mit der Anbetung, die der Dichter Baudelaire für ihn gehegt hatte. Im Philosophieunterricht führte mich ein ähnlicher Zusammenhang dazu, meinen Mitschülern die *Geburt der Tragödie* von Nietzsche, der eine Parallele zwischen den Meisterwerken von Eschyläus oder Sophokles und Wagners Dramen gezogen hatte, entdecken zu lassen.

Während des Sommers, der meinem Erfolg beim Abitur folgte, machte ich einen ersten Aufenthalt in Deutschland, was in meinen Augen ein einmaliges Erlebnis war. Welche Enttäuschung war es aber für mich, als ich feststellte, dass die jungen Deutschen meines Alters nicht die geringste Ahnung von Wagner hatten! Im Gegenteil, sie waren nur von Rockmusik besessen, was für mich ein Grund zum Anstoß war... Als einziger in der Arbeiterfamilie, die mich aufnahm, war der Vater, ein Veteran der Wehrmacht, mit mir einig, um zu sagen, dass Wagner " einer der größten Genies der Weltgeschichte gewesen sei ".

Nach meiner Rückkehr nach Frankreich machte ich mich daran, das Textbuch vom *Fliegenden Holländer* ins Französische zu übersetzen. Die Geschenke, die mir meine Eltern als Belohnung für meinen Erfolg beim Abitur gemacht hatten, waren nämlich nicht nur eine Stereoanlage, sondern auch zwei Gesamtaufnahmen Wagners, die vom *Fliegenden Holländer* – Ich besaß bisher nur Auszüge davon - und die von *Tannhäuser*. Als mein Bruder meine Übersetzung las, wurde er davon so sehr beeindruckt, dass er erklärte, ich würde alle anderen Studenten der Germanistik im ersten Unijahr problemlos übertreffen... Das wurde aber nicht der Fall.

Zwar war meine durch meine akute Wagnerkrankheit angestachelte Motivation sehr stark und sie ermöglichte es mir, in Übungen der Rückübersetzung sowie im Fach " Deutsche Geschichte " gut abzuschneiden, aber bei der Hinübersetzung und der Linguistik waren meine Leistungen gar nicht so glänzend! Ich wurde jedoch in das zweite Semester zugelassen.

Meine Leidenschaft und mein Bekehrungseifer für Wagner

lösten zwei verschiedenartige Reaktionen in meinem Familien- und Studentenkreis aus. Die Einen machten sich darüber lustig, die Anderen waren eher dagegen: Mein Vater zum Beispiel riet mir, Musik von Gounod zu hören, um Wagner auszugleichen... Ein Jurastudent, der gelegentlich Geige spielte, provozierte mich und prangerte den " Bayreuther Kult " an. Andere akzeptierten es, sich der Wagnermusik zu öffnen und sie traf gelegentlich ihren Geschmack. Aber oft wurde ich als " fanatischer Wagnerianer " abgestempelt. Ich empfand nämlich jeden Angriff gegen die Musik des Meisters als eine persönliche Beleidigung, bis zu dem Tage, da ich hellsichtig genug wurde, und konstatieren musste, dass meine Liebe zu Wagner zu einer Besessenheit geworden war.

Paradoxerweise half mir die Woche, die ich im Alter von 24 Jahren bei den Bayreuther Festspielten verbrachte, mich von den neurotischen Aspekten meiner Liebe zum Musikdramatiker zu befreien.

Bayreuth

War es Leichtsinn oder Kühnheit von mir? In jenem Sommer 1974 hatte ich nicht einmal eine Karte für die Festspiele bestellt. Plätze reservieren die meisten Zuschauer doch Jahre zuvor! Aber ich hoffte auf meinen guten Stern...

Von Bamberg kommend, wo ich mich gerade ein bisschen als Tourist herumgetrieben hatte, landete ich im Bayreuther Bahnhof an einem Sonntagabend nach einer langen Fahrt in einem trägen, altmodischen Zug. Der Himmel war bedeckt. Mein erster Eindruck war enttäuschend : Der Bahnhof war der einer kleinen Provinzstadt, nicht einmal schön und beinahe leer. Hier und da konnte man ein paar Plakate mit der Aufschrift *Richard Wagnerstadt Bayreuth* sehen. Nichts Begeisterndes oder Außergewöhnliches. Ich ging zu Fuß zur Jugendherberge, und fand sofort dort einen Trost : Die " Mutter " bereitete mir trotz der späten Uhrzeit eine Mahlzeit und sprach sehr freundlich mit mir. Geradezu fragte sie mich, ob ich mir eine der Aufführungen ansehen wolle und versicherte mir, alle Jugendlichen, die Station bei ihr gemacht hätten, hätten sich so oder so Karten verschafft! Ich bemühte mich, zu glauben, ich könnte zur Zahl dieser Auserwählten zählen... Dann ging ich auf die Schlafkammer, um eine verdiente Ruhe zu genießen. Am folgenden Morgen lernte ich meine Zimmergenossen kennen : Zwei junge Deutsche, unter denen der eine mir ein bisschen aufgeregt vorkam, einen irischen Studenten, und einen etwas schwerhörigen Greis, der als Halbwüchsiger vor dem ersten

Weltkrieg Mitglied der Jugendbewegung *Wandervogel* gewesen war. Während wir aßen, zeigte er mir Bilder, die er selbst gemalt hatte, und wagnersche Themen darstellten. " Hier ", erklärte er mir im schulmeisterhaften Ton, " Habe ich Siegfried nackt darge- stellt, als er die schlummernde Walküre entdeckt. Damit wollte ich die Reinheit seines Urmenschentums zum Ausdruck brin- gen... "

Als er erfuhr, dass ich Franzose bin, gab er sein Erstaunen kund, weil ich so gut Deutsch sprach; er fügte hinzu, dies ließe sich wahrscheinlich auf eine germanische Abstammung in meiner Familie zurückführen, auch wenn ich mir dessen nicht bewusst war! Und das um so mehr, als ich blond bin!

Ich ging durch die Stadtmitte, wo trotz der Sommerzeit Fah- nen im kalten Wind flatterten, und stieg dann zum *Festspielhaus*, das auf dem *grünen Hügel* steht. Entlang der Straße zeigten große schwarz-weiße Plakate einige Inszenierungen aus den vorigen Jahren. Das Theater sah so aus, wie die Fotos, die ich einst in Frankreich gesehen hatte, es mir hatten entdecken lassen : Ein großes Backsteingebäude, das von einer Eingangshalle und einem Balkon verschönert war. Das Ganze eigentlich sehr nüchtern. Am Schalter löste ich zu einem bescheidenen Preis Karten für den ganzen *Ringzyklus*. Die Plätze waren in der obersten Reihe, also ganz oben. Die Aussicht auf die Bühne würde deswegen wahr- scheinlich sehr mittelmäßig sein, aber meine Freude konnte durch ein so armseliges Detail nicht überschattet werden!

Der erste Abend begann um siebzehn Uhr mit dem *Rhein- gold*.

An diesem Tag war noch einmal der Himmel bedeckt. Eine aus den verschiedenartigsten Menschentypen zusammengestellte Menge drängte sich auf dem Theatervorplatz, die meisten Leute waren jedoch mit Abendkleidern und Fracks angezogen. Um nicht einen zu nachlässigen Eindruck zu machen, hatte ich ein weißes Hemd an. Musiker traten auf dem Balkon auf und bliesen in ihre Instrumente. In Bayreuth ist es nämlich eine Tradition : Ein paar Minuten vor dem Anfang jedes Aufzuges spielt eine Bläsergruppe ein oder zwei Leitmotive aus der Oper vor. Damit wird das Publikum eingeladen, sich zu den Plätzen im " Allereiligsten " zu begeben.

Ich bestieg die Treppe, trat in den Zuschauerraum, von dem ich so oft geträumt hatte. Er hatte große Ausmaße, die Sitze bildeten ein Amphitheater, wie in einem griechischen Theater. Auf beiden Seiten standen zwei weiße Säulenreihen, die Lampen trugen und zur Bühne zusammenliefen. Der Orchesterraum war nicht sichtbar; man konnte ihn nur ahnen an dem bogenförmigen Holzmäntelchen, der ihn vor den Augen des Publikums versteckte. Das Ganze bildete durch seine Ästhetik einen günstigen Kontrast zu dem äußerlichen Aussehen des Gebäudes.

Jeder Zuschauer hatte nun seinen Platz eingenommen. An meiner Seite saßen nur junge Leute. Ich erfuhr, sie hatten kostenlose Sitze bekommen, weil sie als Teilnehmer der *Jugendfestspiele* während einer Woche Konzerte in Bayreuth und in der Umgebung gaben.

Die Lichter wurden langsam ausgeschaltet und versetzten den Raum in die Dunkelheit.

Stille.

Nun ertönte aus der Tiefe des Orchesters das dumpfe Summen der Kontrabässe, dann die Hörner, die den berühmten Akkord in *H Moll* spielten : Entstehen der Welt, Rheinmotiv. Dann erhob sich der Gesang der Streicher, der das Wasser in seiner ursprünglichen Bewegung zum Ausdruck bringt. Noch niemals hatte ich in dieser Form dessen Stärke und Schönheit wahrgenommen. Tatsächlich war die Akustik des *Festspielhauses* ein Wunder.

Der Vorhang wurde oben und unten aufgetan und ließ ein ovalförmiges Bild erscheinen. Es war eine Art großer Schrein, in dem das Drama sich abspielen würde. Die Nixen schwammen in der Flut, sangen, lachten Alberich aus, den Zwerg, der bald die Liebe verfluchen würde, um die Macht zu erlangen. Alles fing gut an. Aber im Laufe der Handlung, und ohne den Grund dafür zu begreifen, empfand ich immer weniger Begeisterung. Ich ahnte nur, eher als ich es wirklich sah, was sich auf der mythischen Bühne abspielte. Ich wurde immer mehr von einem Gefühl der Depression unterdrückt. Die Musik wenigstens hätte mich von dem kraftlosen Zustand, in den ich rutschte, herausretten sollen. Aber... Nein. Ich war einfach frustriert.

Die Dunkelheit war über Bayreuth gekommen, als ich zu Fuß zur Jugendherberge zurückging. Was war mit mir passiert? Ich wusste es nicht.

Am folgenden Morgen nahm ich wieder meinen Pilgerstab, um mich zum " Heiligen Hügel " zu begeben. Ich wollte einer Führung im *Festspielhaus* beiwohnen. Uns wurden alle möglichen Informationen gegeben über die Daten des Aufbaus, die architektonischen Charakteristiken des Theaters, die Szenenmaschinerie, den Orchestergraben, der unter dem vorderen Teil der Bühne liegt. Dieser letzte Aspekt war der Interessanteste : Einerseits stehen die Musikpulte auf Stufen und sind nicht so eingerichtet, wie man es in den übrigen Theatern der Welt beobachten kann; andererseits wirft das den Orchestergraben verdeckende Holzmäntelchen den Klang der Instrumente zur Bühne zurück. Daraus ergibt sich die berühmte Orchesterklangfarbe, die sich herrlich mit den Stimmen der Sänger mischt, ohne sie jemals zu decken. Wagner hatte das bis in die kleinsten Details studiert. Der Fremdenführer zeigte uns die Ausstattung vom ersten Aufzug der *Walküre*, die am Nachmittag gespielt werden sollte.

Kurz vor dem Beginn der Aufführung konnte ich jemandem eine Karte für einen Sitz im Parterre abkaufen, und zwar zum

Preis von 67,50 D. Mark. Dafür verkaufte ich die Karte, für welche ich 17 D. Mark bezahlt hatte. Da würde ich doch dieses Mal einen sehr guten Platz haben!

Und dennoch wurde ich nicht begeistert vom ersten Aufzug, diesem dramatischen und musikalischen Meisterwerk, das mich so oft erschüttert hatte, wenn ich ihn bei meinen Eltern hörte. Ich vermisste etwas, aber was? Während der Pause plauderte ich einen Moment mit einer Familie aus Paris, die den Festspielen zum ersten Male beiwohnte. Diese Leute wurden überrascht, dass ich im Werk so gut bewandert war. Dazu wurde ich von ihrer Tochter verzaubert : Sie war schön, offen und voller Begeisterung.

Der zweite Aufzug wurde für mich zu einer schrecklichen Prüfung. Während Wotans Geständnisses an Brünnhilde und der Szene der *Todesverkündigung*, die von einer tiefen Dunkelheit umwoben war, wurde ich wiederum von einem schwer zu beschreibenden und zu analysierenden Gefühl des inneren Zusammenbruchs gepackt, das mit dem Eindruck einherging, ich verpasste etwas Einmaliges.

Nur beim dritten Aufzug kam ich mit dem *Walkürenritt* wieder zu Kräften und hatte Vergnügen daran, die Handlung zu verfolgen, und in die Musik hineinzutauchen. Während das Orchester unter der Leitung von Horst Stein ganz wild spielte, und die Walküren, auf einem stilisierten Felsen sitzend, vor dem Hintergrund eines stürmischen Himmels ihren *Hojotojo*ruf ausstießen, schaute ich zum Publikum hin und sagte für mich selbst : " Na ja, es ist fantastisch, dass ich hier bin! "

Dann war es die große Abschiedsszene zwischen Wotan und seiner Tochter. Als der Gott das Feuer beschwor und die Spitze seines Speeres zum Himmel emporhob, nahm dieser eine leicht rötliche Färbung an, bevor er ganz rot wurde; es schien jedoch, dass dies nicht im Temposchritt mit der Partitur einherging, sondern mit etwas Verspätung. Das letzte Bild, das sich unseren Bli-

cken bot, bevor der Vorhang geschlossen wurde, war jedoch beeindruckend : Brünnhilde im Vordergrund eingeschlafen, und
Wotan, der sein Speer vor einem bis zum Himmel ragenden pur-
purfarbenen Flammenhintergrund schwang.

Diesmal war ich, auch wenn mich kein Gefühl des vollkommenen Genusses erfüllte, mit dem zufrieden, was ich gerade gesehen hatte, und ich konnte nicht aufhören, daran zu denken, indem ich die Eisenbahnlinie entlanglief, um zu meiner Herberge
heimzugehen. Der Himmel war immer noch mit Wolken bedeckt.

Nach einem Tag Pause, während dessen ich Nürnberg besichtigte, entfaltete der *Ring*, diesmal mit *Siegfried*, seine Pracht weiter, und zwar vor einem Publikum, das von vornherein dem wagnerschen pompösen Spektakel und der wagnerschen Rethorik
ergeben war. Man spürte, wie eine ansteckende Begeisterung
hochstieg. Als ich das Theater verließ, war ich in einer optimisti-
scheren Geistesverfassung als während der zwei ersten Abende.
Dass die Sonne wieder schien, trug auch vielleicht dazu bei...
Während der Pausen diskutierte ich immer öfter mit Zuschauern,
unter denen einige mich schmunzeln ließen : Eine rührende alte
Französin, die jahrelang darauf hatte warten müssen, bevor sie
nach Bayreuth reisen konnte, erzählte mir von ihrer Emotion,
wenn sie jeden Morgen beim Öffnen der Fensterläden ihres Ho-
telzimmers den " Tempel Wagners " sah. Ein Lehrerpaar aus
Marmande, das die Aufführungen selig auf sich ergehen ließ, und
nicht den mindesten kritischen Geist besaß, zeigte sich äußerst
nett zu mir. Ein besonders fröhlicher amerikanischer Offizier
machte mich auf den ausgeprägten Sinn des Komponisten für
Humor in einigen seinen Versen aufmerksam. Das alles hörte ich
mir ruhig zu und beobachtete dieses folgsame Publikum, das in
die Cafeteria ging und dort Nürnberger Würstchen oder Sahneku-
chen verschluckte, um neue Kräfte zu schöpfen nach der enormen
Konzentration, die ein einziger Aufzug von dem Meister von
ihnen verlangt hatte.

Das Ende des *Siegfried* hatte mir sehr gut gefallen. Mit der *Götterdämmerung* empfand ich eine noch größere Zufriedenheit. Der zweite Aufzug insbesondere imponierte mir durch seine dramatische Kraft und die beeindruckende Inszenierung von Wolfgang Wagner. " Oh, I love this act! ", rief mein irischer Zimmergenosse aus, während wir uns beide eine Pizza schmecken ließen; er fügte jedoch hinzu : " I have seen better in England! "

Als der Vorhang nach der Schlussszene, dem Walhallbrand, fiel, brach ein echter Beifallsturm aus, der länger als eine Stunde anhielt. Ein Mädchen neben mir sah aus, als wäre sie in einer Ekstase, das Herausrufen der Sänger hörte nicht mehr auf. Ganz am Ende erschienen der Dirigent Horst Stein und Wolfgang Wagner auf der Bühne, und ernteten genug Jubelrufe.

In einer meditativen Stimmung ging ich zur Jugendherberge zurück, wo ich nun fast ein Zuhause gefunden hatte. Diese Woche hatte mir einen starken Eindruck hinterlassen, und dennoch war ich im Begriff, mit einem ziemlich nüchternen Standpunkt über die Festspiele Bayreuth zu verlassen. Einerseits hatte ich die Frömmelei gewisser Wagnerianer etwas naiv gefunden - es war ja das erste Mal in meinem Leben, dass ich so viele traf - andererseits war ich nicht imstande gewesen, das *Rheingold* und die *Walküre* richtig zu genießen. Da ich mich um das *Warum* nochmals fragte, kam ich zur Schlussfolgerung, ich hätte zuviel davon erwartet, und eine Sünde des Idealismus begangen. Die Konfrontation mit der Wirklichkeit hatte ich nämlich nicht ertragen.

Ich blieb noch zwei Tage in Bayreuth, denn ich wollte an einem kleinen Gespräch mit Wolfgang Wagner teilnehmen, das geplant war für diejenigen, die es wünschten.

Am Sonntag morgen saß ich wieder auf einem der sehr unkomfortablen Stühle im *Festspielhaus* inmitten einer kleinen Gruppe von Wagnerliebhabern und sah einen ziemlich beleibten, umgänglichen und originellen Menschen kommen, das Enkelkind des Musikers nämlich. Wieland, sein älterer Bruder, der 1966 gestorben war, war ab 1951 der Erneuerer der Festspiele gewesen, nachdem diese infolge der Katastrophe im Jahre 1945 unterbrochen worden waren. Er war der inspirierte Schöpfer von dem gewesen, was später *Neues Bayreuth* genannt worden war, einem nüchternen Stil, wo szenische Abstraktionen und Lichtprojektionen die Hauptrolle spielten : Kein mythologischer Kram, keine " realistische " Ausstattung, keine verdächtigen Anspielungen auf den " arischen Mythos " mehr, der besonders vom Helden Siegfried verkörpert worden war. Wieland bezog sich hingegen auf die griechische Mythologie und machte zugleich eine psychoanalytische Interpretation der Dramen seines Großvaters. Aus diesem Grunde schien die Bühne riesig und quasi leer, die Kostüme waren zeitlos. Diese neue Ästhetik hatte einen großen Erfolg gehabt und viele Regisseure in der ganzen Welt inspiriert.

Nach dem unerwarteten Tod Wielands hatte sein Bruder ihn abgelöst. Die Inszenierung des *Ring*, der wir eben beigewohnt hatten, war seine eigene Erfindung. Darin sah man ständig große schiefe Flächen, deren Winkel je nach dem Moment des dramatischen Geschehens verändert wurde. Aber wenn Wolfgang auch etwas Neues hatte schaffen wollen, so blieb er jedoch im Schatten seines Bruders und von ihm abhängig.

Da stellte jemand eine Frage über die neue Produktion, die zwei Jahre später anläßlich des hundertjährigen Jubiläums der ersten *Ring*aufführung gestaltet werden sollte, wollte eigentlich wissen, ob sie einen *politischen* Charakter haben würde. Wolfgang antwortete ausweichend. Er wollte von seinen Absichten nichts verraten, ließ uns dennoch verstehen, dass der neue *Ring* Gegenstand einer derartigen Interpretation werden könnte. Jemand anders machte eine verschleierte Kritik an diesem oder jenem szenischen Effekt der jetzigen Aufführung und sagte, man habe beim *Feuerzauber* am Ende der *Walküre* den Eindruck gehabt, das Feuer " käme zu spät ", was mir auch aufgefallen war. Wolfgang erklärte dann, dass die Technik vielleicht nicht ganz vollkommen sei, dass bei dieser Episode des Dramas *sechs hundert Scheinwerfer* am Werk seien, um die Illusion der Feuerbrunst zu geben. Während er sprach, beobachtete ich den alten Herrn, dem ich in der Jugendherberge begegnet war : Er schüttelte den Kopf und sagte : " Ich verstehe nichts, gar nichts... "

Ich machte ein paar Aufnahmen, bat aber Wolfgang um kein Autogramm. Dann fotografierte mich einer der zwei jungen Deutschen, die ich in der Jugendherberge kennengelernt hatte, vor dem *Festspielhaus*.

Während dieser unvergeßlichen Woche hatte ich ebenfalls Wagners Haus *Wahnfried* besichtigt, und ich war einen Augenblick lang vor dem Grab Richards und Cosimas im Garten hinter dem Gebäude still geblieben. Auf dessen Fassade hatte Wagner eine Inschrift in vergoldeten Buchstaben einmeißeln lassen :

Hier, wo mein Wähnen Frieden fand,

WAHNFRIED

sei mir dieses Haus genannt.

In der Vorhalle wird der Besucher von den Büsten Wagners und seiner Gattin empfangen. Sie liefert Zugang zu einem großen Wohnraum, wo sich die Bibliothek befindet; die breiten Fenster geben Einblick in den Garten. Die anderen Zimmer bilden ein Museum : Darin sind Objekte und Kleidungsstücke ausgestellt, die Wagner gehörten, auch Porträts, Briefe und ganz verschiedenartige Dokumente. Im Untergeschoss kann man Modelle von Inszenierungen sehen, von denjenigen der ersten Aufführungen bis zu den heutigen. In dieser Stätte empfand ich aber ein Gefühl des Unbehagens wegen der darin herrschenden " religiösen " Stille, der Lage, der Dunkelheit, vor allem aber wegen gewisser Bühnenausstattungen. Das Wort *Nazi* kam mir in den Sinn, ohne dass ich es mir erklären konnte.

Im Garten atmete man im Gegenteil Freude und Frieden : Da sind nämlich ein Springbrunnen inmitten eines Beckens, grüne Flächen, Beeten, Sträucher, Vogelgezwitcher...

Das Grab ist eine Art kleine Erhebung, die mit Efeu bedeckt und einer einfachen Steinplatte ohne Namen verschlossen ist. Während der letzten Jahre seines Lebens sah Wagner jeden Morgen diese Stätte; dort, so hatte er es beschlossen, würden mal sein Leib und der seiner Frau ruhen.

Wagner und der National-Sozialismus

Eine immer wiederkehrende Frage in Bezug auf Wagner ist daraufzurückzuführen, dass im Dritten Reich seine Musik weit und breit zu propagandistischen Zwecken ausgenützt wurde, und dass Hitler seit seiner Jugend ein Fan vom " alten Zauberer " gewesen war. Als Freund der Familie Wagner war der Diktator von Winifred, der Schwiegertochter des Musikers schon zur Zeit des Münchener Putsches im Jahre 1923 besonders unterstützt worden. Nachdem er Kanzler geworden war, hatte er den Festspielen finanziell geholfen. Bayreuth war damals der einzige Ort in Deutschland, wo paradoxerweise jüdische und homosexuelle Künstler fast bis zu Ende des Krieges auftreten durften. Aber nicht nur Bayreuth, sondern auch das gesamte Werk des Meisters war1945 von der hitlerschen Hypothek sehr schwer belastet und zwar um so mehr, als Wagner selbst einmal ein Büchlein unter dem Titel *Das Judentum in der Musik* veröffentlicht hatte!

Seitdem ich für das Werk Wagners leidenschaftlich schwärmte, hörte ich unaufhörlich derartige Aussagen : " Wagner, das ist Nazi...", oder noch schlimmer : " Wagner und Nietzsche sind die zwei Hauptursachen des National-Sozialismus. "

Ich fragte mich also : Wie steht es wirklich damit?

Erstes Element : Die Nazipropaganda, insbesondere in den Filmen der *Wochenschau*, hatte oft von wagnerschen symphonischen Auszügen Gebrauch gemacht, und man musste zugeben, dass dieser musikalische Kommentar von kriegerischen Bildern sehr gut zu ihnen passte. Aber im Laufe der Zeit fiel mir auch auf, dass die wagnersche Musik eine der besten ist, wenn es darum geht, Filme zu vertonen, gleichgültig, um welche Themen es sich darin handelt. *Excalibur* von Bormann, und *der große Diktator* von Chaplin, zwei grundverschiedene Produktionen, sowohl was die Zeit, in der sie gedreht wurden anbelangt, als auch durch ihre Thematik, erbringen genug Beweise dafür. Leider assoziieren heute noch manche Regisseure aus reiner Faulheit und Demagogie Filme über das Dritte Reich mit Auszügen von Wagner, so dass es dann sehr schwer wird, das eine Element vom anderen zu trennen.

Das Problem liegt also auf einer anderen Ebene.

Während die einen Wagner belasten, zumindest wenn sie Hitlers Worte zitieren : " Wagner war mein einziger Vorgänger! ", oder wenn sie in einigen seiner Personen Karikaturen von Juden sehen wollen, bemühen sich andere sehr akribisch, Wagner von jeder Schuld in der deutschen Tragödie der Jahre 1933-1945 zu waschen und erklären uns in pedantischem Ton, dass Wagner, als wilder Anarchist, besessener Anti-Militarist und eingefleischter Kosmopolit ein radikaler Gegner des National-Sozialismus gewesen wäre, wenn er in der Hitlerzeit gelebt hätte.

In der Tat kann sich Wagner philosophisch nicht auf eine einzige politische Richtung reduzieren lassen. Nachdem et mit Proudhon und Bakunin begonnen hat, sieht es so aus, als würde er seine Laufbahn mit einem Lobgesang des entstehenden bismarckschen Reiches beenden, indem er zum Beispiel eine *Ode an das deutsche Heer vor Paris* komponiert. Bei der Eröffnung der ersten Bayreuther Festspiele 1876 wird er sich vor dem jüngst proklamierten deutschen Kaiser beugen. Das darf uns aber nicht täuschen : Sein Jubelruf, als er erfährt, dass die preußischen Kanonen auf Paris schießen, ist für ihn eine Revanche über die tiefe Demütigung, die er bei der 1861 in der französischen Hauptstadt gegen den *Tannhäuser* angezettelten Kabale über sich ergehen lassen musste und nicht etwa der Wunsch, alle Franzosen zu vernichten. Er weiß nämlich genau, was er ihnen verdankt, und verliebt sich kurz nachher in Judith Gauthier, die Tochter von Théophile. Und was seine scheinbare Ehrerbietung vor den gekrönten Häuptern anbetrifft, sei es Wilhelm von Preußen oder Ludwig II. von Bayern, so wissen wir, dass er als reiner Opportunist für seine Zwecke handelt.

Je mehr er seinem Tode entgegengeht, bleibt Wagner seiner Verurteilung des Kapitalismus und der Machtgier treu, wie er sie in seiner Jugendzeit ausgesprochen und im *Ring* formuliert hatte : Das verfluchte Gold habe immer den Vorrang vor der Liebe, und dessen Kult treibe die Welt in den Abgrund.

Letzter Punkt führt uns nun zum Antisemitismus, da in der Vorstellung der meisten Leute das Judentum und der Kapitalismus untrennbar wären.

Aber noch einmal in diesem Fall hängt das Problem mit Wagners Gefühlen und seiner Eifersucht zusammen : Jüdische Künstler, Meyerbeer in erster Linie, haben lange Zeit vor ihm den Ruhm erworben mit rein kitschigen Werken, deren einziger Zweck darin bestand, die Bourgeois zu unterhalten und Geld zu machen! Er selbst sehnt sich nach etwas Anderem, nämlich danach, die Menschheit zu erziehen durch die Wohltaten der Kunst im Allgemeinen und der Seinen insbesondere. Angenommen, das Wort wäre angebracht, hat der wagnersche " Rassismus " nicht das Mindeste zu tun mit dem " biologischen " Rassismus der Nazis, welche ein für allemal dekretiert haben, die Juden müssten alle ausgerottet werden, weil sie " Nicht-Menschen " wären, die das menschliche Wesen besudeln und es zum Verderben bringen würden. Wagner war ja ein philosophischer Einfaltspinsel, der nur sporadisch zum Doktrinär wurde, und zwar immer mit dem Zweck, den einen oder den anderen zur Rechenschaft zu ziehen, weil der Betroffene ihn gedemütigt, verkannt oder seinen Platz unrechtmäßig eingenommen habe. Er wusste jedoch immer genau, wo sein Interesse lag. Deshalb sollten wir uns nicht darüber wundern, dass er trotz seinen kritischen Worten gegen die Juden den Sohn eines Rabbiners, einen frommen Israeliten, wählte, um 1882 seinen *Parsifal,* " das allerchristlichste Werk " - wenigstens nach seinen Worten - zu dirigieren, aus dem einfachen Grund, dass Hermann Levy ein ausgezeichneter Dirigent war.

Wagner in die Sphäre der ersten Hälfte des Zwanzigsten Jahrhunderts zu versetzen, und behaupten, er hätte sich für diese oder jene politische Option entschieden, ist einfach ein sinnloses Unterfangen. Seine Zeitgenossen und er selbst konnten sich selbstverständlicherweise nicht " in die Haut " europäischer Bürger versetzen, die das Massensterben des ersten Weltkrieges, den Zusammenbruch der Kaiserreiche, den Bolchewismus, die große Wirtschaftskrise der Dreißiger Jahre und... den daraus folgenden Aufstieg von Hitler über sich ergehen lassen mussten.

Der Kritiker, der gewiss die dunklen Zusammenhänge zwischen dem Werk Wagners und dem National-Sozialismus am Schärfsten analysiert hat, ist der große Schriftsteller Thomas Mann. In seinen Augen sei der Wagnerismus nicht die Ursache des National-Sozialismus, eher aber sein Vorbote als " megapolitische Bewegung ". Mann fasst das Ganze mit folgenden Betrachtungen zusammen : " Der Deutsche interessiert sich nicht für die Politik im demokratischen Sinne des Wortes, wie etwa die Franzosen. Der Deutsche will ein Märchen hören ". Wagner gelingt das Unternehmen auf herrliche Weise, und Hitler folgt dem gleichen Weg. Der einzige, aber riesige Unterschied zwischen den beiden, ist, dass " In der Politik die Märchen zu Lügen werden ", und die Hitlerlüge führt zum Verbrechen, und zwar in einem unvorstellbaren Ausmaß.

Mann ordnet Wagner, dann Hitler, in eine langzeitliche Entwicklung ein, und erwähnt in dieser Hinsicht, was er " die Tragödie der deutschen Romantik "nennt. Für ihn ist die Romantik eine der historischen Ausdrücke der deutschen *Innerlichkeit,* die eine große Anzahl von geistigen, philosophischen, poetischen und musikalischen Meisterwerke geschaffen hat, deren Einfluss universal ist. Luther, Beethoven, Hegel zählen zu den Bekanntesten ihrer Vertreter. Selbst Nietzsche und Freud erscheinen ihm als entfernte Nachgänger der Romantik. Leider, so sagt er, bestehe das Geheimnis der Romantik in der *" Faszination des Todes "*, und diese werde schreckliche Folgen in der modernen Zeit haben. Wir haben hier einen geheimnisvollen Paradox : Die Romantik preise das Leben hoch, sei aber unterschwellig mit dem Tod verbunden. Hitler selbst könne als ein entarteter Sproß der Romantik betrachtet werden. Jemand durchschaute einmal jene entsetzliche Realität : " Dieser Mann ist von Wagner im Tiefsten geprägt; er wird Deutschland zum Chaos führen... "

Mann zieht folgende Schlussfolgerung : " Es gibt nicht zwei Deutschland, das Gute und das Schlechte, sondern ein einziges. Durch eine List des Teufels wurde das Beste, was es hatte, ins Schlimmste umgewandelt. Das schlechte Deutschland ist das Gute, das *sich zum Schlechten gewendet hat.* ".

Verklärte Nacht

" Die Musik ist Circe geworden! ... Dieser alte Zauberer! Dieser Klingsor! Niemals hat man das Wissen so sehr gehasst! ", schrieb Nietzsche in einem berühmten Angriff gegen *Parsifal*.

Wagner ist entweder abstoßend oder verführerisch : Entweder lehnt man seinen Stil, sein Kunstwerk von vornherein ab, oder man erliegt dem Zauber und bleibt dann für immer in seinem Banne, abgesehen von Menschen wie Nietzsche, die ihn verbrannt haben, nachdem sie ihn angebetet hatten. Wagner ist ein Mensch und ein Künstler der Extreme, und die Reaktionen vor ihm sind oft auch extrem. Diejenigen, die über ihn ein ausgeglichenes Urteil fällen, wie etwa : " Ich mag dieses, jenes aber nicht. Das hier ist genial, das aber langweilig oder mißglückt..." sind die wenigsten; allerdings bleiben dieselben oft auf der Schwelle seines Werkes, und bleiben ihm schließlich fremd. Derjenige, der sofort ausruft : " Ich hasse das! ", hat bestimmt irgendwie eine richtige Intuition des " abnormen " Wesens der musikalischen Sprache Wagners. Auch der, der unmittelbar begeistert ist. Daraus kann man schließen, dass Wagner einem psychologischen Profil entspricht, also dass gewisse Menschen ihn nie mögen werden. Selbstverständlich, werden Sie wohl sagen, aber ist es nicht das Gleiche bei anderen Musikern? In der Tat, nein... Seien wir ehrlich : Hören wir oft jemanden, der mit Wut, ja mit Hass sagt : " Ich hasse Bach! ", oder " Ich hasse Mozart! ". Sehr selten. Wagner aber entfesselt die Leidenschaften. Man muss diese Tatsache einfach in Kauf nehmen, und versuchen, sie zu erklären.

Mit der Zeit habe ich gelernt, in seinem Werk eine Vorliebe

für diese oder jene Oper zu haben, während ich als Zwanzig- oder sogar Dreißigjähriger alles unreflektiert verschluckte. Ich ziehe die Dramen des jungen Wagner vor als die des alten, auch wenn alle Musikwissenschaftler sagen und schreiben, der *Ring* oder *Parsifal* seien Werke der Reife, vollendete Meisterwerke, während *Der fliegende Holländer* ein unheitliches, mit Schwächen behaftetes Jugendwerk wäre. Die Wagnerianer, denen ich in Bayreuth begegnet war, waren oft süchtig, ohne es zu wissen, nicht unbedingt Musikliebhaber, keine Dichter, keine Dramaturgen. Wagner und die Festspiele waren für sie ein Dogma, wie der Katholizismus für Andere es sein kann, oder der Marxismus es noch vor kurzer Zeit für manche war.

Für mich stellt Wagner etwas anderes dar.

Zuerst war er das Tor, das mir den Zugang zur deutschen Sprache eröffnet hat. Dann der Initiator zur Magie der Theaterbühne, und schließlich der Vermittler im philosophischen, noch mehr aber im psychologischen Bereich. Das Wunder, das mir immer wieder bei ihm fasziniert, ist seine Fähigkeit - die eigentlich noch größer ist, als die, uns träumen zu lassen - dank der Sprache der Musik die inneren Bewegungen der menschlichen Seele auszudrücken, mit der Schilderung natürlicher Erscheinungen als deren Spiegel : Angst und Freude, Wut und Zärtlichkeit, Sehnsucht und Willen zur Macht, ungebändigte Sinnlichkeit und mystische Ekstase... Zugleich fasst er und bringt mit entsprechendem Talent sowohl das Rauschen des Wassers als auch das Auflodern des Feuers, so perfekt ein Gewitter wie ein ruhiges oder ein stürmisches Meer zum Ausdruck , mit einer Kunst, die ihre gleiche in der ganzen Geschichte vielleicht vergebens sucht. So lässt er in uns Bilder lebendig werden, und deshalb lieben wir seine Musik.

Auf dem psychologischen Gebiet können wir beim Zuhören eine Analyse vornehmen. Da werden wir voller Bewunderung dafür, wie er die Dinge fein und exakt ausdrückt mit einer geradezu chirurgischen Genauigkeit. Wenn wir wirklich in die Handlung seiner Dramen eindringen, empfinden wir das innere Leben der Helden mit, wir identifizieren uns mit ihnen und deren aufeinander folgenden Gefühlen.

Als Zuhörer und Zuschauer des wagnerschen Dramas ahnen wir Zukunftsperspektiven, blicken aber zugleich in die Vergangenheit zurück. Die Handlung ist episch; sie führt uns ständig zu den Uranfängen der Welt, lässt uns aber auch das Ende aller Dinge erahnen. Der *Ring* ist eine Offenbarung ohne Gott, und wir lieben sie, weil wir uns ängstlich nach Liebe sehnen.

Romantik.

Niemals werde ich das verleugnen, was mir Wagner gegeben hat. Und dennoch : Fünfundvierzig Jahre nachdem ich mit absoluter Bewunderung die *Walküre* entdeckt habe, empfinde ich die große Traurigkeit, die aus dieser wunderschönen Musik hervorgeht, ich nehme den depressiven Geisteszustand wahr, der der Komposition zugrundeliegt. Da ich seitdem innere Verwandlungen durchmachte, ja reifer wurde, kann ich heute die Psychologie vom damaligen Wagner entschlüsseln : Im Exil war er als Heimatloser in Mathilde, eine unerreichbare Frau verliebt. Als Achtzehnjähriger war ich von meiner totalen Verehrung für den Künstler so sehr gefangen und ihm so ähnlich, dass ich es mir dessen nicht bewusst sein konnte.

Im Gegensatz zu Bach macht uns Wagner nicht offen für die Transzendenz Gottes, er beruhigt uns nicht mit einer klaren und starken Nächstenliebe, einem Lob voller Dankbarkeit für das Leben, ein Offensein zum anderen Menschen. Im Gegenteil führt er uns dazu, uns in unser Inneres zurückzuziehen, uns selbst der Sehnsucht und den heftigsten Emotionen ganz hinzugeben. Er zieht uns in unser menschliches Drama hinein und lässt es uns genießen. Mit ihm hat die Ästhetik, nicht etwa die Ethik, fast immer das letzte Wort.

Je älter ich wurde, je mehr Erfahrungen ich gesammelt habe, desto besser habe ich verstanden, was Wagner an seine Anhänger bindet. Er ist der Ausdruck dessen, was uns zerreißt, uns aber zugleich tröstet. Man liebt nicht *Tristan und Isolde*, weil die Helden sterben wollen und sterben. Man liebt es, weil diese Geschichte in einer wunderbaren Sprache erzählt wird, die die Nacht selbst in ein Licht verwandelt.

STUTTGART

Die drei Aufenthalte, die ich im Alter von 21,22 und 23 Jahren in Stuttgart machte, waren nicht nur wesentliche Zeitspannen meiner Beziehung zu Deutschland und der deutschen Sprache, sondern erlaubten mir auch zum ersten Mal in meinem Leben eine eigene Selbstständigkeit zu erringen, die ich auf dem französischen Boden noch nie erlebt hatte.

Deshalb sind sie in meinen Augen eine unvergleichbare Zeit der Weltöffnung, der Hoffnung, von neuen Erfahrungen und Freiheit.

Meine Liebe zu dem Land, das der Welt soviele Genies der Musik, der Philosophie, der Literatur und der Wissenschaft gegeben hat, wurde dort definitiv bestätigt. In Stuttgart entstand ebenfalls eine Freundschaft, der ich unendlich dankbar bin, in Stuttgart begegnete mir zum ersten Mal in meinem Leben der Protestantismus, und schließlich bekam ich in Stuttgart meinen ersten Lohn.

Am Fließband

Während meines zweiten Jahres an der Universität beschloss ich, dass mein nächster sommerlicher Aufenthalt in Deutschland eine ganz neue Form annehmen würde : Anstatt mich an irgendwelche Organisation zu wenden, die von A bis Z alles in die Hand nehmen sollte, würde ich jenseits vom Rhein *arbeiten*. Einige meiner Mitstudenten hatten ein Jahr zuvor ihre Talente und Energien in den Dienst eines Großhändlers in Stuttgart gestellt, der Bücher und Schallplaten in ganz Deutschland vertrieb; dort wollte ich mein Glück versuchen. Der Einfall war gut : meine Bewerbung wurde angenommen. Da hatte ich ja Grund zur Freude, aber auch zu vielen Fragen! Ich, der bisher immer mehr oder weniger in der Watte gelebt hatte, wie würde ich es mit dieser Herausforderung neuer Art aufnehmen? Mehrere praktische Fragen mussten bewältigt werden : Stuttgart war nicht Dijon, ich würde im Alltag mich zu helfen wissen müssen, und der deutsche Dialekt, mit dem ich mich auseinandersetzen müsste, würde wahrscheinlich wenig Gemeinsames mit dem klassischen Idiom zu tun haben, den ich an der Uni las und schrieb. Und wo würde ich preisgünstig übernachten können?

Als ewiger Pessimist verbarg mein Vater seine Missbilligung

und seine Unruhe nicht. Einige Tage vor meiner Abreise erlitt ich einen leichten Radunfall. " Es ist ja nichts im Vergleich mit allem, was ihm in Deutschland passieren wird! " wütete er als guter Prophet des Unheils. Zum großen Glück für mich unterstützte mich meine Mutter in meinem Unternehmen. Außerdem hatte ich den leuchtenden Einfall gehabt, meinem Freund Erich, der gerade das Abitur geschafft hatte, den Vorschlag zu machen, an meinem Abenteuer teilzunehmen. Erichs Vater nahm Kontakt mit dem meinem auf, denn er wollte uns selber in seinem supermodernen *Citroen* mitnehmen, was meine Familienumgebung beruhigte, wenigstens was die Reise anbelangt. Was das Wohnproblem betraf, so hatte ich nach diversen Forschungen eine Unterkunft in einem Heim der *Arbeiterwohlfahrt*, das in Bad Cannstatt lag, einem Vorort Stuttgarts, gefunden.

Das große Abenteuer fing dann Anfang Juli, als Herr Napiez mir die Ehre seines Fahrzeuges machte, nach einem kurzen Gespräch mit meinen Eltern. Unter blendender Sonne dauerte die Fahrt ein knapper Tag. Am Ende des Nachmittags entdeckten wir die Stadt Stuttgart, die dem Vater meines Kumpels folgenden erstaunten Ausruf ausstoßen ließ : " Mensch! Ist doch groß, dieser Fleck! ", während Erich sich anstrengte, ihn mit Hilfe eines Stadtplans zu lotsen. Schließlich gelangten wir nach manchem Umweg an das *Andreas Dreherheim*, das von uns gesuchte Haus. Bevor er sich wieder auf den Weg machte, wünschte uns Herr Napiez viel Glück. Sein Glückwunsch sollte sich bald als höchst gerechtfertigt erweisen.

Wie ich hatte Erich Deutsch als zweite Fremdsprache im Gymnasium gelernt und etwas anmaßend erklärt : " Das ist ja ein sehr leicht zu beherrschendem Idiom! ". Aber schon in den ersten Stunden unseres Aufenthaltes im Heim wurde er auf dem sprachlichen Gebiet mit unüberwindlichen Schwierigkeiten konfrontiert. Im Laufe der folgenden Wochen musste ich ihn ständig aus der Klemme heraushelfen, wenn es ihm nicht gelang, eine Frage zu formulieren oder zu verstehen, was ihm gesagt wurde, was den Ärger des Personals auslöste.

" Was ist denn los mit Ihrem Freund? ", fragte mich ungeduldig eine Köchin, " Nur eines kann er sagen : Ich möchte ein Bier! ". Tatsächlich konnte Erichs Bitte in jenen heißen Julitagen ganz gut begriffen werden, für die Deutschen hatte sie jedoch eine lustige Färbung.

Nach dem Wochenende im Heim wurde unser erster Arbeitstag ein " historischer " Moment. Ich hatte mich nach den Straßenbahnlinien erkundigt, und wir nahmen zum ersten Mal das breiträumige, geräuschlose, in gelber und weißer Farbe gestrichene Verkehrsmittel, an das wir arme Passagiere der umweltverschmutzenden Busse *à la francaise* nicht gewohnt waren. Meine unmäßige Deutschlandliebe fand dabei neuen Nährboden für meine Begeisterung.

Die Firma *Koch Neff und Öttinger*, in der wir arbeiten sollten, war ein imposantes, graues und strenges Gebäude in der *Neckarstraße*, ganz nah am grauen Turm der Zeitung *Stuttgarter Nachrichten*. Als ich eintrat, redete ich vor dem erstbesten Arbeitnehmer die Sätze, die ich mir ausgedacht hatte, drauf los, aber meine schlechte Betonung des Wortes *Arbeit* ließ ihn sofort stutzen und ich fiel gleich auf : " Ach, Sie sind Franzose! " Der Empfang war nichtsdestoweniger korrekt.

Man schickte uns auf den zweiten Stock, wo uns gezeigt wurde, worin unsere Aufgabe bestehen sollte. Es war eine Arbeit am Fließband. Wir sollten Bücher einpacken. Die kamen in kleinen Plastikbehältern auf dem Band, wir mussten einen Karton geeigneten Formats schnell auswählen, die Bücher auf die rationalste Weise darin einordnen, und die leerstehenden Räume mit Kraushärchen stopfen. Die Operation war fertig, nachdem wir das Paket mit Klebbändern, eventuell mit Klebstoff, sorgfältig zugemacht und auf das laufende Band gestellt hatten. Der Arbeitsrythmus konnte mehr oder weniger intensiv sein, denn das Band transportierte die Behälter nicht immer im gleichen Tempo. Dennoch kam es selten vor, dass wir untätig blieben, und am Anfang schien es uns schwer, die stundenlange stehende Position auszuhalten.

Unsere Kollegen bei der Einpackung waren oft Gastarbeiter, Portugiesen, Türken, Jugoslawen, die sich in einem unwahrscheinlichen Kauderwelsch ausdrückten, was mir einen schlechten Vorgeschmack gab von den Fortschritten, die ich in der Goethesprache machen könnte. Was die deutschen Arbeiter und Werkmeister anbetrifft, so sprachen sie Schwäbisch, was in meinen Ohren nicht viel verständlicher war. Die *ü* wurden zu *i*, das Verb *sein* in der dritten Person war nicht mehr *ist*, sondern *isch*... Ein Satz wie etwa *Das Maidle isch net do* bedeutet *das Mädchen ist nicht da*.

Ich bat eines Tages eine meiner deutschen Arbeitskolleginnen *Hochdeutsch* zu reden, damit ich den Sinn der Hinweise, die sie an mich richtete, begreifen könne. Aber diese Frau, die mich nicht zu mögen schien und mich dunkel an diesen oder jenen Hausdrachen der *Märchen von Grimm* erinnerte, zuckte verachtungsvoll mit den Achseln : Hochdeutsch sprechen? Was für eine lächerliche Forderung! Diese hochwertige Sprache war den Politikern, den Journalisten, den Bürgern, den Lehrern vorbehalten! Schwäbisch sprach sie wie jedermann, und es reichte voll und ganz! Ab diesem Moment begann ihre Bitterkeit mir gegenüber auf beunruhigende Weise zu steigen. Mochte ein kleiner Irrtum begangen werden, da zeigte sie auf mich mit anklagendem Finger und denunzierte mich systematisch als den Schuldigen... Bis zu dem Tage, da ich die Geduld verlor, und ihr plötzlich ins Gesicht schrie : " Was haben Sie denn so auf mich zu schimpfen? Für wen halten Sie sich denn? ". Sie war so verblüfft zu sehen, wie der französische Grünschnabel so auf einmal eine große aggressive Schnauze bekommen hatte, dass sie stumm blieb und sich an die Stirn klopfte, als ob sie den Umstehenden zu verstehen geben wollte, dass ich wahrscheinlich nicht über alle meine geistigen Fähigkeiten verfügte. Aber von diesem Tag an ließ sie mich in Ruhe.

Ein anderer Schrecken im Betrieb war *Herr Hof*, der Verantwortliche für die Einpackungsabteilung. Groß, mit rötlicher Hautfarbe, trug er einen kleinen Kranz weißer Haare, die seine Schläfen und den hinteren Teil seines glänzenden Schädels verschönerte, und hatte immer eine Brille mit grobem braunem Rahmen auf der Nase. Seine Augen warfen Blitze, wenn er gegen die eine oder die andere *Schlampe* wütete, die nach seinen Kriterien ihre Aufgabe nachlässig erledigte. Einer meiner französischen Kollegen, die ein Jahr früher in der Firma mitgewirkt hatte, hatte sich ebenfalls seinen Zorn zugezogen. Da er ihn auf einem der zum Transport der Bücher bestimmten Wagen bequem liegen sah, hatte Herr Hof ausgerufen : " Ach, das wundert mich nicht, dass es der französischen Wirtschaft so schlecht geht! "

Diese für lateinische Ohren wenig schmeichelhafte Aussage war symptomatisch für die Vorstellung, die die Deutschen sich im Allgemeinen von ihren Nachbarn von jenseits des Rheins machten. Wie oft musste ich mir, nicht nur seitens von " Alten ", sondern auch von Jugendlichen, derartige schablonenhafte Bemerkungen anhören : " In Frankreich arbeitet man, um zu leben, in Deutschland lebt man, um zu arbeiten! Die Franzosen stehen spät auf und verbringen ihr Leben damit, zu essen... In Frankreich sind ständig Ferien! Die Franzosen sind leichtfertig, wenig ernst... ". Ein Kriegsdienstverweigerer, der seinen Zivildienst in einem protestantischen Heim machte, sagte mir mit der totalsten Sicherheit : " In Frankreich kommen die Züge nie rechtzeitig an, so eine Unordnung! ", wozu ich den Einwand brachte, das französische Eisenbahnnetz sei eines der besten der Welt, und unsere Züge seien am schnellsten und am pünktlichsten. " Der Deutsche traute seinen Ohren nicht und wollte mir nicht glauben. Einen

Augenblick später, machte er sich über die Französinnen lustig, die ja " legere Frauen wären, die nur an Sex und Flirten denken würden! " Daran nahm ich Anstoß und fühlte mich verpflichtet, den Ruf meiner Mitbürgerinnen zu verteidigen : " Das sind vor allem Vorurteile! ", rief ich aus, aber das überzeugte meinen Widersprecher nicht mehr als meine früheren Informationen über die Vorteile der SNCF. " Ich bin einmal Französinnen begegnet ", sagte er mir, " und musste feststellen, dass die Vorurteile hoch gerechtfertigt waren! "

Was sollte ich antworten? Den Deutschen gegenüber würde ich bald unter einem Minderwertigkeitsgefühl leiden. Ich, der sie für ihren Ernst, ihre Leistungen, ihre kulturellen Werte leidenschaftlich bewunderte, hätte es gemocht, bei ihnen etwas Achtung vor meinem Vaterland zu finden, das der Welt auch viel gegeben hatte, wenn ich gleich ohne jede Schwierigkeit die angeborenen Fehler des französischen Volkes zugab, das von Voltaire als ein " Zwitter von Affe und Tiger " angeprangert worden war; Richard Wagner, der ebenfalls an uns viel auszusetzen hatte, hatte allerdings dieses Wort wieder aufgenommen. Aber parallel zu den von mir oft mehr ironischen als bösen gehörten Kritiken, stellte ich gegenüber Frankreich, und das war ja merkwürdig, eine Art Eifersucht.

Wenn ich sagte, ich sei Franzose, kam es nicht selten vor, dass mein Gesprächspartner folgende Bemerkungen machte : " Ach, die Franzosen... Sie wissen, was leben heißt! Sie können das Leben genießen, wir Deutsche sind zu ernst! ". Oder noch : " Bei uns sagt man : Leben wie Gott in Frankreich! ". Einer meiner Mitstudenten an der Uni Dijon sagte mir mal : " Sie sprechen von Frankreich, als würden sie von einer Frau reden! Frankreich ist vermutlich schön, sanftmütig, unlogisch und träumerisch! Dagegen kommen sich die Deutschen als männlich, organisiert, rational, stark und leistungsfähig vor... ". Und da erinnerte ich mich, dass während der deutschen Besatzung zwischen 1940 und 1944

Frankreich für viele Reichssoldaten das Land des guten Essens, des guten Weins, der leichtfertigen Frauen war, einige sagten sogar das *Bordell* der deutschen Wehrmacht.

Die Klischees schienen mir fest verankert zu sein...

Während meiner sechs Arbeitswochen in Stuttgart gab es Phasen, die sowohl körperlich als auch auf dem Gebiet der menschlichen Beziehungen schwierig waren, und das in solchem Maße, dass ich es sogar ins Auge fasste, diese Erfahrung zu unterbrechen. Da die Stadt in einem Kessel liegt, herrschte eine schwüle, feuchte, fast brennende Hitze, es gab eine starke Verschmutzung, und manchmal fühlte ich mich wirklich sehr unwohl. Eines Tages, gegen vierzehn Uhr, blieb ich eine längere Zeit auf einem Rasenstück liegen, wie vernichtet und nahezu bewusstlos; ich konnte nicht mehr.

In dem Heim, wo wir wohnten, Erich und ich, duschte ich nur einmal in der Woche... Unsere Verpflegung war sehr dürftig, besonders im Heim : Zu Mittag aßen wir leicht in der Betriebskantine, und am Abend, als wir wieder im *Andreas Dreher Heim* waren, tranken wir bis zum letzten Tropfen eine geschmacklose Suppe, die unsere Magen nicht lange hinwegtäuschte. Daher trösteten wir uns mit Bier und kauften Obst, um Vitamine nicht total zu entbehren... Ab und zu schenkte ich mir in der Stadt ein *Schinkenbrot*, ein Käsebrot, ein jugoslawisches *Burek*, die ich mit Genuss verschluckte, und leerte dabei eine *Fanta*, ein sprudelndes Wasser mit Orangengeschmack. Ein anderes Mittel, um unsere spartialische Ernährung für einen Moment zu vergessen, war, am Wochenende in ein Lokal zu gehen, aber ich erschrak über die hohen Rechnungen. Jeden Abend zählte ich meine Ausgaben genau auf den Pfennig, was Erich, dem sein Vater eine üppige Summe geschenkt hatte, zum Lachen brachte : " Du bist ja in einem bürgerlichen Milieu großgewachsen ", sagte ich ihm, " und darum hast Du nicht die mindeste Ahnung des Wertes des Geldes! Für mich sieht es ganz anders aus! "

Finanziell in die Enge getrieben, musste ich schließlich die Firma um einen Vorschuss von meinem ersten Gehalt bitten, und konnte damit auskommen.

Meine Beziehungen zu Erich mussten nicht nur wegen unserer verschiedenen sozialer Herkunft leiden, sondern waren auch durch alltägliche Spannungen auf dem materiellen Gebiet bedingt. Einerseits musste ich ihm bei manchen Gelegenheiten für alles Verwaltungsmäßige zu Hilfe kommen, denn er verstand praktisch nichts von allem, was man ihm sagte, andererseits beschwerte er sich unaufhörlich über die Abneigung, die ihn bei der Fließbandarbeit erfüllte, vertiefte sich jeden Abend in die Kontemplation seines Kalenders, und rief dabei freudig aus, es blieben ihm nur noch ... X Tage, bis er mit seiner Plage fertig werde.

Kultur

Um uns etwas zu unterhalten, organisierten wir samstags oder sonntags kleine Besichtigungen oder Ausflüge in der Stadt oder in der Region. Einmal entdeckten wir den Fernsehturm, der über der Metropole hochragte, ein anderes Mal das Daimler-Benz Museum, oder noch das Schloss Ludwigsburg, das nach dem Vorbild von Versailles gebaut worden war. Von dem Besuch überwältigt, schrieb ich meinen Eltern, diese Hochburg in Württemberg zähle nicht weniger als acht hundert Räume. Sicherlich hätte ich ähnliche begeisterte Gefühle in manchen Orten Frankreichs empfinden können. Aber da ich außer Burgund fast nichts kannte, wurde nun

Deutschland zum großen Kulturvermittler!

Vom architektonischen Standpunkt aus war Stuttgart, das während des Zweiten Weltkrieges sehr schwer bombardiert worden war, ein langweiliger, aus Beton, Stahl und Glas aufgetürmter Haufen amerikanischen Stils, mit der Ausnahme des schön renovierten Marktplatzes und des neuen Schlosses, eines großen klassischen Gebäudes, das meine Bewunderung hervorrief. An einem Sonntagnachmittag befanden wir uns, Erich und ich, in diesem angenehmen Ort, als unsere Aufmerksamkeit von einer Rede voll rauher Töne, vom Balkon des Schlosses kommend, geweckt wurde. Vor demselben strömten ohne Unterlass in perfekter Ordnung Männer in Uniform zusammen. Erich erklärte mir, diese Demonstration lasse ihn an die dunkelste Zeit der deutschen Geschichte denken. Neugierig näherte ich mich und beobachtete die blauen Uniformen. Da erfuhr ich, dass es sich um eine Versammlung aller Feuerwehrcorps Baden-Württembergs handelte, die sich vorbereiteten, durch die Straßen von Stuttgart zu defilieren. Der Redner gab sich die Mühe, klarzustellen, es handle sich überhaupt nicht um ein paramilitärisches Spektakel... Für einen nicht informierten Zeugen aber hatte das Ganze den starken Anschein davon. Alles stand bereit : Die Fähnchen, die Helme und Mützen, die Fanfaren, nur die Waffen fehlten. Und zwei gute Stunden lang folgte ich diesen braven Feuerwehrleuten durch die großen Straßen der Stadt, ließ mich von martialischer Musik und Gleichschritt berauschen. Ich schüttelte den Kopf : Wahrhaftig, sagte ich mir, hat Deutschland, das vor einem Viertel Jahrhundert militärisch am Boden war, ihre Liebe zu derartigen Paraden gar nicht abgeschworen. Gleichzeitig dachte ich an den außergewönlichen wirtschaftlichen Erfolg der Bundesrepublik und fühlte mich bestätigt in meinem Respekt und meiner Bewunderung für diese esrstaunlichen Germanen, die immer bereit waren, den kleinen Franzosen Lehren zu erteilen...

An einem Nachmittag fuhr ich allein mit dem Zug bis nach

Hechingen, einem südlich von Stuttgart bescheidenen gelegenen Städtchen, um die Geburtsstätte der Hohenzollern zu besichtigen. Ich landete in einem nahezu leeren Bahnhof und erkundigte mich danach, wo das Objekt meiner Suche war. Da entdeckte ich, dass die sogenannte Burg auf einem Berg in der Ferne hochragte, ziemlich viele Kilometer weit weg. Da machte ich mich mutig auf den Weg, musste aber bald feststellen, dass ich stundenlang würde laufen müssen. Zum Glück akzeptierte ein Autofahrer, mich an seinem Bord zu nehmen und brachte mich bis zum Bauwerk.

Oben von der Burg herab beherrschte man eine wunderschöne, grüngefärbte Landschaft; der Horizont verschwand in bläulichem Nebel. Aber die Führung sollte mich genauso begeistern wie der natürliche Rahmen, der im Mittelalter die Aufmerksamkeit der noblen Bauherren geweckt hatte, deren Nachkommen im Laufe der Jahrhunderte die Macht Preußens gegründet hatten. Das Ganze war im Neunzehnten Jahrhundert im neogotischen Stil renoviert worden. Die Galerien, die Prunkräume, die verzierten Fenster, von denen aus man eine unvergleichliche Aussicht über die Region genießen konnte, alles entzückte mich. Ich entdeckte auch zahlreiche Zeugnisse verschollener Zeiten, insbesondere aus dem Achtzehnten Jahrhundert : Porträts, Standbilder, Musikinstrumente, Schriften, die das Gedächtnis des Soldatenkönigs und dessen Sohnes, Friedrich des Großen, heraufbeschwörten.

Der Schlüsselmoment der Besichtigung fand in der Kapelle der Burg statt, in einer tiefen, beeindruckenden Stille. Unter der preußischen Standarten und Adler lagen die Särge der zwei Herrscher. Ich erfuhr, dass sie hierher aus Potsdam in allerhöchster Eile in den letzten Kriegsmonaten befördert worden waren, damit sie nicht dem Risiko ausgesetzt würden, von den sowjetischen Truppen geschändet zu werden. Da hatten sie den Ort eingeholt, wo die Geister ihrer Vorfahren umherirrten.

Als ich in das Tal wieder herunterlief, um dort den letzten

Zug, der nach Stuttgart fuhr, zu nehmen, war ich voll zufrieden und bedauerte nur, dass es mir nicht gegönnt worden war, diese herrliche Reise in die Vergangenheit in Begleitung irgendwelches blonden und romantischen Gretchens gemacht zu haben.

Eine andere Facette dieses ersten Aufenthaltes im Württemberg war meine Kontaktaufnahme mit dem Protestantismus. Am Sonntagmorgen war ich daran gewöhnt, einem katholischen Gottesdienst beizuwohnen, aber die Liturgie war für meinen Geschmack etwas zu modern : Ein Orchester mit Batterie, Melodien im Yeye-Stil, das störte meine traditionelle Auffassung der Dinge, und sprach mich auf dem geistigen Gebiet sehr wenig an. Bis zu dem Tage, da eine evangelische Schwester, die mich auf der Straße gebeten hatte, ihr beim Wasserschöpfen zu helfen, mir vom *Herrn* erzählte, und zwar mit strahlenden Augen, die von ihrem Gauben zeugten. Ich staunte sehr. Es war für mich nicht üblich, solche Zeugen in meinem katholischen Milieu zu treffen. Betete dann die brave Frau für mich? Wohl möglich. Immerhin, ich wohnte einige Tage später meinem ersten protestantischen Gottesdienst in der Stiftskirche bei, die nahe an der alten Kanzlei und ein paar Schritte vom neuen Schloss gelegen ist. Die Einfachheit des Gottesdienstes, die gesungenen Chorale, die Frömmigkeit der Anwesenden, alles gefiel mir. Ich konnte selbstverständlich nicht wissen, dass dies für mich die erste Etappe eines großen Abenteuers mit meinen protestantischen Brüdern war.

Trotz der unerwarteten Begebenheiten, die den Anfang meines Aufenthaltes geprägt hatten, war ich nach einem Monat im Großen und Ganzen eher zufrieden mit meiner Arbeitserfahrung : Zum ersten Mal in meinem Leben hatte ich das Gefühl, selbstständig zu sein. Infolgedessen schrieb ich meinen Eltern einen Brief, um ihnen meinen Wunsch mitzuteilen, ein anderes Mal nach Stuttgart zurückzukehren, insbesondere " falls neue Konflikte zu Hause ausbrechen würden. " Diese Meldung spielte auf die damaligen schwierigen Beziehungen zwischen meiner Familie und mir, und drückte zugleich mein Bedürfnis nach Freiheit. In Stuttgart hatte ich begonnen, meinem Leben einen Sinn zu geben.

Internationale Posse

Die letzten zwei Wochen meines Aufenthaltes in Stuttgart trugen den Stempel vom Unvorhergesehen und vom Possenhaften. Übermüdet von der miserablen Unterbringung im *Andreas Dreher Heim*, machte ich mich auf der Suche nach einer anderen Unterkunft und fand schließlich dank den Anzeigen, die im Unigelände allerorts blühten, ein Zimmer, das ein sudanäsischer Student untermieten wollte. Das Haus war gut gelegen, und zwar auf den Höhen, die die Stadt umsäumen; daher war es den stickigen Miasmen, die im Grunde des Kessels lagen, weniger ausgesetzt. Abdin stellte mir seine Freundin vor, eine große Schwarzhäutige schweizerischer Staatsangehörigkeit, erklärte mir, dass er für zwei Wochen mit ihr nach Norwegen fuhr, und dass er einem jungen Ungaren ein zweites, an dem Meinem liegenden Zimmer untermietet hatte. Die Besitzerin dieses vermieteten Komplexes würde sich wohl nicht in diesen Handel einmischen, da sie Ferien in der Türkei machte! Er fügte hinzu, dass einer seiner Brüder, der Astrophysik in Polen studierte, während seiner Abwesenheit vielleicht zu Besuch kommen würde. In diesem Fall sollte ich ihm einen Brief von ihm übermitteln.

Gut. Ich mache mich daran, mein bescheidenes Gehabe dorthin wegzuschaffen und bedauere es nicht, Erich zu verlassen, der allerdings im Begriff ist, mit dem Zug nach Frankreich zurückzufahren. Abdin kassiert die Miete für zwei Wochen ein, und fährt nach Norwegen.

Die ersten Tage waren für mich ein Hauch Sauerstoff.

Der Kontakt mit meinem ungarischen Gegenüber war korrekt, wenngleich der Mann mir als ziemlich gequält erschien : An einem Abend ließ er mich verstehen, er habe sexuellen Verkehr mit einer Freundin gehabt, und er mache sich deswegen bittere Vorwürfe, " denn es sei ja eine Sünde ". Außerdem, da er Chemiestudent war, machte er manchmal geheimnisvolle Experimente : grünliche Rauchschwaden aus seinem Zimmer kamen unter die Tür. Dennoch sorgte ich mich nicht zu sehr darum.

Eines Nachts - das Fenster war offen, damit ich ein bißchen frische Luft bekommen konnte - höre ich plötzlich draußen den Motor eines Wagens. Ich werfe einen Blick und sehe eine seltsame Bagage aus einem großen *Mercedes* aussteigen. Die Leute tragen einen wahrhaften Haufen Gepäck. Es läutet, ich mache die Tür auf. Da taucht ein fantastisches Paar aus der Finsternis auf : Der Mann ist groß, stark und struppig, mit sehr dunkelhäutigem Gesicht, seine Augen glänzen; das Mädchen, eine Polin, ist schmächtig, diskret und bleich wie der Tod. Ich begreife, dass es sich um Abdins Bruder und dessen Freundin handelt. Das Gespräch erfolgt auf Englisch.

" Wo ist mein Bruder?

- In Norwegen, aber ich habe von ihm einen Brief für Sie."

Der Sudanäse tritt in mein Zimmer ein, wirft sich auf mein Bett, reißt den Brief auf. Was liest er darin? Ich kann es nicht wisssen, da ich das Arabische nicht entziffern kann. Und plötzlich fragt mich der Mann in gebieterischem Ton :

" Wo ist das Mädchen?

- Welches Mädchen?

- Das, von dem mein Bruder in seinem Brief erzählt! Das deutsche Mädchen, die Wohnungsbesitzerin!

- Sie ist auf Urlaub in der Türkei! Was wollen Sie?

- Passen Sie mal auf ", erwidert der Sudanäse, " Ich glaubte, sie wäre da. Mein Bruder erklärt mir andererseits, Sie sind Franzose und einer seiner sehr guten Freunde. Er sagt, ich kann hier wohnen.

- Es ist doch nicht möglich! Ich habe für zwei Wochen gezahlt...

- Dann gehen Sie mal ins Hotel. Ich zahle dafür! Hier haben Sie 50 Mark!

- Für zehn Tage? Es reicht gar nicht aus, damit werde ich kaum zwei Tage zahlen können!

- Dann sagen wir mal... 55 Mark!

- Aber nein, Sie verstehen doch nicht! "

- Auf einmal steht der Mann auf und zeigt auf die Tür des Nachbarzimmers : " Wer übernachtet hier? ", ruft er mir zu.

- Ein anderer Untermieter..."

Abdins Bruder schlägt gegen die Tür des ungarischen Chemisten. Aus seinem Schlaf gerissen, macht dieser große, verblüffte Augen.

- Dieses Zimmer gehört meinem Bruder! ", schreit der Nachtbesucher, " Sie müssen abhauen! Ich muss hier schlafen! "

Der Ungare protestiert, ich fürchte, beide könnten aufeinander losschlagen. Zur gleichen Zeit beginnen die Nachbarn, die vom Lärm alarmiert worden sind, vom ersten Stockwerk zu schimpfen.

" Ruhe, Sie haben die Kinder geweckt! "

Glücklicherweise wird schließlich ein gütliches Abkommen gefunden werden : Bis ich den Ort zehn Tage später räume, wird der Ungare in meiner Wohnung schlafen, während der Bruder Abdins und seine Freundin sich in dem Zimmer, das er bisher besetzte, sich momentan einrichten werden; dort werden sie ihren ganzen Kram ablegen, neben die Habseligkeiten des magyarischen Studenten. Aber allem Anschein nach passt das Antlitz des Chemisten dem Afrikaner gar nicht, so dass der letzte es sich ein paar mal überlegen wird, ob er ihm doch nicht einen Faustschlag ins Gesicht versetzen soll...

Der Höhepunkt der Krise wird am 15. August erreicht, am Tage meiner Abreise nach Frankreich. Schon am Morgen muss ich den Platz räumen, denn Abdin wird unmittelbar aus Norwegen zurückkommen. Auch der Ungare wird fortgehen und eine Rückzahlung in guter Form bekommen müssen, er hatte ja für einen Monat bezahlt...

Vor der lärmvollen Invasion, die sich schon anfangs des Vormittags in Gang setzt und wiederum den Ärger der Nachbarn, die einen friedlichen Feiertag verbringen wollen, auslöst, bitte ich die letzten, die Überwachung meines Gepäcks zeitweilig zu übernehmen, während ich mich zum Gottesdienst begebe. Bei meiner Rückkehr sehe ich Abdin kommen. Die zwei Brüder fallen sich in die Arme, geben sich unmäßige Zeichen der gegenseitigen Liebe, die mich etwas verwirren, da ich ja ein nüchterner Abendländlicher bin. Ich nehme Abschied, und mache mich schnellstens fort.

Ich laufe quer durch den *Königsplatz*, um den Bahnhof zu erreichen, werfe dabei einen Blick auf die Fotos vom letzten Film von Visconti *Der Tod in Venedig*, die in der Vitrine eines Kinos zu sehen sind, bevor ich dann in die *Königsstraße* einbiege. Das

Thema vom Film kenne ich schon : es geht um die wahnsinnige Leidenschaft eines älteren Mannes zu einem Jugendlichen in der mythischen Stadt Venedig. Viscontis Werk wird von den Medien als ein Meisterwerk hochgepriesen. Durch einen Auszug aus Mahlers fünfte Symphonie illustriert, entspricht es ganz und gar meiner derzeitigen romantischen Grundeinstellung. Darum verspreche ich mir, es gleich nach meiner Rückkehr in Frankreich anzuschauen.

In meinem Gepäck nahm ich zwei Edelstücke mit, ein herrliches Radiogerät der Marke *Gründig* und eine Aufnahme von Wagners *Tristan und Isolde*, die ich mit Preisermäßigung in der Firma *Koch Neff* bestellt hatte, dort, wo ich mich zum ersten Male als besoldner Arbeiter sechs Wochen lang einen Platz erkämpft hatte. Ich war stolz und glücklich.

Als der Zug sich gegen sechzehn Uhr in Bewegung setzte, wurde ich mir der Tatsache bewusst, dass ich gerade mit Deutschland im Allgemeinen und mit Stuttgart insbesondere einen Bund geschlossen hatte, der nun durch nichts gebrochen werden könnte.

Unmöglich für einen Franzosen

Ein Jahr später, nachdem ich mich erfolglos um eine zeitlich bedingte Beschäftigung in Nürnberg beworben hatte - das hätte mir ermöglicht, eine andere deutsche Metropole zu entdecken - beschloss ich, wieder einmal in Stuttgart bei *Koch Neff und Öttinger* zu arbeiten. Unbewusst knüpfte ich nun zu den letzten Minuten meines Aufenthaltes des vorigen Jahres in der württembergischen Hauptstadt an und kaufte in Dijon eine Übersetzung vom *Tod in Venedig* von Thomas Mann in der Herausgabe *Le livre de poche*, um meine Langeweile im düsteren Warteraum des Bahnhofs zu vergessen. Die Einleitung des Buches ließ mich sofort in die mannsche Welt untertauchen, die von Schopenhauer, Wagner und Nietzsche tief geprägt ist... Ich war in meinem Element.

Im Morgengrauen trug mich der Zug nach Deutschland, meinem Adoptivland, aber ich wusste, dass dort die Einsamkeit höchstwahrscheinlich meine privilegierte Gefährtin sein würde, da mich diesmal weder Erich noch keiner meiner Mitstudenten begleitete.

Am Frühnachmittag in Stuttgart angekommen, sah ich mit Vergnügen die Halle des kolossalen Bahnhofs wieder, der während des Ersten Weltkrieges erbaut worden war, und indem ich in der *Königsstraße* ging, hatte ich das Gefühl, den roten Faden einer Geschichte wieder aufzugreifen, in der mein Herz engagiert war. Aber die sogenannte Straße hatte nichts mehr vom ruhigen und geordneten Bild, das sie ein Jahr zuvor gehabt hatte. Von Baggern besetzt, riesigen Gruben verunstaltet, war sie vom Lärm unzähliger Presslufthammern erfüllt und ließ jetzt an eine Szene aus einem Werk von Fritz Lang, wie etwa *Metropolis,* denken.

" Eine U-Bahn wird gebaut ", erklärte mir jemand, " Es wird ja eine Zeitlang dauern! Die Schwaben sind Fachleute für solche Witze. Zuerst bauen sie eine Straßenbahn, und dann, kaum ist das Ding fertig, da wollen sie sie in eine U-Bahn umgestalten. Sie wollen dafür die Wagen der Straßenbahn benutzen! Da brauchen sie selbstverständlicherweise Tunnels, die der Norm gar nicht mehr entsprechen... Das nennt man *Schwabenstreich*! "

Gut..

Da ich mich vor jenem visuellen und lärmvollen Ungeheuer drücken wollte, suchte ich Zuflucht in der *Bufeteria,* einem Lokal, wo ich während meines ersten Aufenthaltes gern gegessen hatte, und bestellte genau die gleiche Mahlzeit wie damals. Ich hätte überglücklich sein sollen, Stuttgart wiederzusehen, einen Platz, der für mich etwas Mythisches hatte. Es war jedoch gar nicht der Fall. Im Gegenteil empfand ich ein starkes Gefühl der Einsamkeit, das in den darauf folgenden Tagen sich bestätigen sollte.

Das Heim, wo ich wohnen würde, war diesmal viel näher von meiner Arbeitsstelle. Um von der *Danneckerstraße* bis zur *Neckarstraße* zu gelangen, brauchte ich zehn Minuten zu Fuß. Dieses Heim gehörte einer evangelischen Kirche. Der Leiter, der zwar freundlich, aber auch so peinlich sorgfältig war, dass es mir fast verdächtig vorkam, gab mir mit besorgter Miene eine Menge Ratschläge, von denen die meisten mir als völlig überflüssig erschienen. Ich teilte ein Zimmer mit einem etwas schwerfälligen Franzosen, der mir einen Vortrag hielt über den Ekel, der bei ihm durch dieses oder jenes Essen oder Getränk ausgelöst würde; die

Milch, so sagte er, widerte ihn besonders an... Die Abendmahlzeiten, die im Preis der Vollpension inbegriffen waren, liefen schnell, mäuschenstill und fürchterlich traurig ab.

Was meine Tätigkeit bei *Koch Neff* anbetraf, so versuchte ich zuerst, mich an einen anderen Posten als den der Einpackung versetzen zu lassen, indem ich betonte, ich sei ja da, um meine Deutschkenntnisse zu vervollkommnen, nicht um Kauderwelsch zu sprechen mit Gastarbeitern, die aus Süd- oder Osteuropa kamen. Ich war lange sehr unentschlossen, ob ich doch nicht an dieser Stelle bleiben sollte, was die Verantwortlichen im Betrieb ärgerte.

Schließlich landete ich in einem kühlen, dunklen Kellerraum, wo ich tagtäglich Wagen voller Bücher zum Aufzug schob, der sie in die obersten Stockwerke hinauf beförderte. Um mich über meine Langeweile hinwegzusetzen, spielte ich den Kasperl am Telefon, wenn eine Telefonistin anrief. Somit hätte ich mir eine Rüge zuziehen können, aber es war meine große Chance, dass ein Angestellter, der Sinn für Humor hatte, über meine kindliche Haltung lächelte und ein bisschen für mich die Rolle eines Schutzengels übernahm.

Das kulturelle Niveau der meisten meiner Kollegen war sehr niedrig. Einer meiner Landleute, und zwar ein blonder Verführer, der, wenigstens nach seinen Ausssagen, sich ständig von jungen und hübschen deutschen Mädchen unterhalten ließ und mir von seinen weiblichen Eroberungen berichtete, ausgenommen, fiel es mir immer noch so schwer, die schwäbischen Angestellten und die Ausländer zu verstehen, vor denen ich die Flucht hatte ergreifen wollen. Einer unter ihnen nannte mich *Franzoseköpfle*. Schweigend ließ ich das über mich ergehen, aber ich grollte den Leuten immer mehr und fragte mich, ob ich doch nicht am Ende die Deutschen insgesamt beinahe hassen würde, was für mich tragisch gewesen wäre, da meine Beziehung zu ihnen von einer Art Liebe ausgeprägt war.

Gerade in diesem Moment ereignete sich aber ein Wunder.

Schon Mitte Juli hatte ich mich auf die Suche gemacht, um einen anderen Job aufzutreiben, aber das hatte sich bisher als unfruchtbar erwiesen. Am Ende der dritten Woche fand ich durch einen von der Vorsehung gewollten Zufall, und zwar auf ganz unerwartete Weise, eine Stelle im Arbeits-und Sozialministerium des Landes Baden Württemberg. Dort würde ich monatlich ein Gehalt von 1100 D-Mark verdienen, was mir als eine fantastische Summe erschien, wenn ich sie mit der bescheidenen Bezahlung verglich, die ich für meine Tätigkeit bei *Koch Neff und Öttinger* bekam.

Ich wurde Herrn Groll, meinem Chef, vorgestellt. In der *Wehrmacht* hatte er den Rang eines Hauptmanns gehabt und am Atlantikwall gekämpft. Der Mann war so streng, wie man es von einem Soldaten erwarten konnte... Als er entdeckte, dass ich Franzose bin, gab er ein immenses Erstaunen kund : " Wie haben sie denn einen Franzosen einstellen können? Schon für einen Deutschen ist dieser Job schwierig, da wird´s für einen Franzosen unmöglich! " Das war ja für mich eine merkwürdige Ermunte-rung... Dennoch erklärte er mir, worin die Arbeit bestand : Jeden Tag musste ich in allen Büros der drei Stockwerke des Ministeri-ums Akten verteilen, was erforderlich machte, dass ich 180 Per-sonen kennenlernen sollte... Man wies mich unmittelbar zu einem Kollegen hin, den ich eine Woche lang begleiten sollte, um zu beobachten, wie er die Arbeit verrichtete; Dann würde ich allein auskommen müssen. Der sogenannte Kollege namens Herr Raluff bat mich sofort, ihm zu folgen und setzte einen Wagen in Bewegung, auf dem die kostbaren Akten lagen. Der Kerl hatte ein besonderes Aussehen : er war sehr klein, gebückt, mit kurzen, grauen, auf der Stirn wie geklebten Haaren, sein Bart wuchs ständig, obwohl er sich - so behauptete er - tagtäglich rasierte. Seine Hautfarbe war rötlich, und er ließ mich an einen Zwerg aus den alten Sagen denken. Dazu bewegte er sich blitzschnell, und ich folgte ihm mühsam durch die unendlichen Korridore auf glänzendem Boden. Wenn er in ein Büro eintrat, machte er manchmal den Hitlergruß, was niemand zu schockieren oder sogar zu überraschen schien. " Während des Krieges arbeitete ich in Berlin, im Ministerium der Luftwaffe von Hermann Göring ", so erklärte er mir, was mir ein wenig über sein seltsames Benehmen aufleuchtete.

Wir bildeten beide ein kurioses Gespann : Um unserer Tätigkeit ein bisschen Poesie zu vermitteln, summte ich oft während unserer Touren im Ministerium Opernlieder vor mich hin, aber Herr Raluff schätzte das überhaupt nicht. " Hören Sie doch auf mit dem Singen! ", rief er mir mit den vorwurfsvollsten Tönen zu. Dann gehorchte ich, aber nur einen kurzen Moment lang.

Ab der zweiten Woche musste ich allein an zwei verschiedenen Plätzen arbeiten. Vormittags fuhr ich mit der Straßenbahn bis zur *Neckarstraße* runter, wo eine bescheidene untergeordnete Stelle des Ministeriums lag. Selbstverständlich war die Anzahl der Angestellten dort sehr begrenzt. Ich verteilte meine Akten...

Nachdem ich meine Aufgabe erfüllt hatte, fuhr ich zum *Rothebühlplatz* zurück. Da stand das riesige Backsteingebäude, eine ehemalige Kaserne, wo ich die übrige Zeit meine Arbeit durchführte. Ich genoss zu Mittag eine kurze Esspause, und gegen sechzehn Uhr war Feierabend.

Nach den Enttäuschungen, die ich bei *Koch Neff* erlitten hatte, fühlte ich mich auf einmal viel wohler bei diesem neuen Job. Nicht, dass er keine Strapaze mit sich gebracht hätte. Am Anfang war ich am Ende meines Arbeitstages ganz kaputt, da ich vom rasendem Hin und Her durch die Korridore, die Büros, die Aufzüge erschöpft war. Aber das kulturelle Niveau meiner neuen Kollegen war ziemlich, ja manchmal sehr hoch. Ein *Ministerrat* wollte unbedingt ein paar Worte mit mir austauschen, als er erfuhr, dass ich Franzose bin. Eine hohe Beamtin lud mich zu einem Tee ein, damit ich mich entspannen könne, und erzählte mir von ihrem schwierigen Abenteuer in Frankreich kurz nach der Befreiung, zu einer Zeit, da die Deutschen bei uns nicht im Geruch der Heiligkeit standen.

Als praktizierende Katholikin prangerte sie die pornographischen Magazine an, die allerorts in den Zeitungskiosken präsent waren, und sagte mir, diese Erscheinung würde wahrscheinlich auch so plötzlich verschwinden, wie sie gekommen war, was ich meinerseits etwas bezweifelte. Auf diesem Gebiet, wie allerdings in anderen Bereichen, fiel mir der große Unterschied zu Frankreich auf. Bei uns, und das trotz der ein paar Jahre zuvor ausgebrochener sexuellen Revolution, war die Sittlichkeit noch ziemlich überall vorhanden, und abgesehen von einigen Filmen wie *der letzte Tango in Paris*, der als eine Art Atombombe wahrgenommen wurde, versteckten sich beinahe die Menschen, um erotische Illustrierte zu lesen, oder in " spezialisierte " Kinosäle, die in fast so wenig erhellten Gassen wie der Kinoraum selbst, abgelegen waren, den Fuß zu setzen. In Deutschland zeigte sich Sex schamlos im Gegensatz zu Frankreich.

An einem Abend wurde ich von dieser außerordentlich freundlichen Dame zum Essen eingeladen. Sie fuhr mich in ihrem wunderschönen *Mercedes* bis zu den Höhen vom *Killesberg*, wo ihre Villa stand. Da stellte sie mich ihrem Mann und ihren Töchtern vor. Die Kleinen machten vor mir die Reverenz, und wir nahmen um einen mit makelloser weißer Decke gedeckten Tisch Platz. Vom Hunger geplagt, und da ich die Sitten der bürgerlichen Welt ignorierte, begann ich zu essen. Die Familie unterbrach mich aber kurzerhand in meiner Geste, um ein Gebet im Chor zu sprechen. Beschämt legte ich meine Gabel wieder hin und wurde mir erst später dessen bewusst, wie meine Haltung für diese Bürger aus guter Familie abstoßend hatte sein können. Nach dem Essen schenkten mir meine Gastgeber ein Paket alter Magazine, liehen mir einen Regenschirm aus, denn es regnete ganz fest und sie zeigten mir den Weg zur Straßenbahnhaltestelle. Ich wartete dann zehn Minuten unter Wasserhosen und betrachtete melancholisch die über der Stadt schwebende Nebelwolke. Die Straßen waren leer. Nur der Lichtstrahl der mächtigen Scheinwerfer des Fernsehturms, die den grau-orangen Himmel durchfegte, verlieh dem traurigen und stillen Stadtbild ein wenig Leben.

Oper

Inmitten des *No man's land* der Gefühle, in dem ich in Stuttgart lebte, fand ich einen starken Trost bei Theater- oder Operabenden.

Hinter dem neuen Schloss stehen zwei Theatergebäude, die sowohl was das Datum ihrer Errichtung als auch ihre Dimensionen anbetrifft, sehr verschieden sind. Eine Wasserfläche und Blumenparterren verleihen diesem Ort ein angenehmes Aussehen. Das *neue Theater* ist ein neuerer Bau, der äußerlich nichts Besonderes hat, aber über eine hochmoderne Maschinerie verfügt, die sehr beeindruckende Effekte ermöglicht. Das konnte ich bei einer Aufführung von *Hamlet* feststellen. Zwar verstand ich den aus der elisabethschen Sprache übersetzten Dialog schlecht, aber ich schätzte das Spiel der Schauspieler sehr, und noch mehr die Verwandlungen auf der Bühne und die Lichteffekte.

Der Höhepunkt meiner ästhetischen Erlebnisse waren jedoch die fünf Operaufführungen, denen ich im Juli beiwohnen durfte, und die alle zum großen Repertoire des Theaters gehörten. Ich konnte nämlich den *Troubadour*, die *Zauberflöte*, *Othello*, *Fidelio* und *Tannhäuser* sehen. Diese Abende prägten mich für den Rest meines Lebens.

Kurze Zeit nach meiner Ankunft in Stuttgart war ich zum württembergischen Staatstheater gegangen, um mich über das Saisonprogramm zu informieren. Das Gebäude ist sehr imposant, aus lauter Braunsteinen gebaut, mit einer Kolonnade und riesigen Toren. Ich löste eine Karte für die *Zauberflöte*. Aber schon bevor ich der Aufführung von Mozarts Meisterwerk beigewohnt hatte, erfuhr ich von einem Jungen, dass die Studenten ungelöste Karten zu einem Preis von 5 D-Mark kaufen durften, unter der Bedingung, dass sie sich eine halbe Stunde vor Anfang der Vorstellung meldeten. Also probierte ich mein Glück an einem Abend mit dem *Troubadour*. Ich war verblüfft, dass ich einen Sitz in einer der für die ausländischen Botschafter reservierten Logen bekam, von wo aus ich einen prima Ausblick über die Bühne genoss. Die szenischen Bilder waren für mich ein Zauber. Und die Musik der Oper, die angenehm zu hören war, ließ mich fast die Sinnlosigkeit der Intrige vergessen.

Einige Tage später lebte ich wiederum ein derartiges Erlebnis mit *Othello*. Dieses Mal las ich im Voraus das Libretto in der deutschen Fassung, um mich gut vorzubereiten, und hatte nochmals das Glück, einen Platz zu 5 D-Mark zu erhalten, aber in dem Parterre! Ein sehr sympathischer aussehender Junge, der Jeans und ein Hemd mit kurzen Ärmeln anhatte, setzte sich neben mich, und wir begannen beide ein lebhaftes Gespräch nach dem ersten Aufzug. Genauso wie ich schwärmte Thomas für klassische Musik. Er erzählte mir von der Leistung des Orchesters, der nach seiner Meinung meisterhaft von *Carlos Kleiber* dirigiert war; am Ende der Vorstellung baten wir sogar den Dirigenten um ein Autogramm. Mein neuer Freund wollte mich dann ein Stückchen Weg begleiten und fragte mich, wo ich wohnte. Er versprach mir, mich in den nächsten Tagen zu besuchen. Endlich hatte ich einen warmherzigen Kontakt mit jemandem in meinem Alter! Ich war über den Abend restlos glücklich.

In meinem bescheidenen Zimmer des evangelischen Heimes zurückgekehrt, meditierte ich über das Schauspiel, das mich verzaubert hatte : Mit *Othello* hatte ich gerade ein gut aufgebautes Drama entdeckt, dessen Vertonung ein musikalisches Genie, der große Giuseppe Verdi in der Zeit seiner künstlerischen Reife, hatte entstehen lassen. Liebe, Eifersucht, Wille zur Zerstörung, Verzweiflung, alles war vom Orchester und von den Stimmen herrlich ausgedrückt. Iagos hassvoller Monolog hatte eine nahezu satanische emotionelle Intensität. Der letzte Aufzug, der mit der Melodie des Englischhorns und das Gebet der Desdemona ansetzte, dann mit dem Mord derselben, von Othellos eigener Hand verübt, endete, bevor dieser sich seines Irrtums bewusst wurde und sich das Leben nahm, war erschütternd. Ich hatte gerade einen außerordentlichen Moment erlebt. Die zwei Hauptrollen waren von Künstlern besetzt, die einen internationalen Ruf genossen, nämlich Windgassen und Hillebrecht. Nie hätte ich mir vorgestellt, ich hätte sie wahrhaftig sehen können. Vom Publikum wurden sie unglaublich bejubelt.

Die letzten zwei Ereignisse der Saison waren *Fidelio* und *Tannhäuser*. Soll ich zugeben, dass die einzige Oper von Beethoven mich noch mehr als das wagnersche Drama ergriff, obwohl ich Wagner vergötterte? Dass er mein Herz entbrennen ließ mit einer um so größeren Inbrunst als sie sich nicht ausdrückte, dass ich nicht einmal versuchte, irgendjemanden daran teilhaben zu lassen? Ich werde versuchen, die Gründe dafür zu erforschen.

Der Abend fing unter einem ziemlich ungünstigen Stern : Es blieben nur noch sieben oder acht Plätze für Studenten, die mir alle an der Nase vorbei gingen. Ich war in der Panik : Würde ich die Vorstellung meines Lieblingskindes des Operrepertoires verpassen?

Da gab es einen Augenwink der Vorsehung : Ich konnte zu 15 D-Mark einen Platz in einem Seitenflügel des Gebäudes bekommen. Aber da die Aufführung seit etwa zwanzig Minuten schon begonnen hatte, verweigerte die Platzanweiserin es mir, meinen Sitz zu besetzen bis zum Ende des ersten Aufzuges - Es gibt in *Fidelio* zwei Aufzüge - denn ich hätte eine ganze Reihe Zuschauer im Parterre aufstehen lassen müssen! In der nahezu sakralen Stimmung, die bei solchen Aufführungen herrscht, wäre es undenkbar gewesen. Ich lehnte mich dann an eine Säule und wohnte im Stehen dem ersten Teil des Werkes bei.

Die Ouvertüre war schon gespielt worden. Staunend entdeckte ich die Bühne, auf der die Schauspielerin allein sang, die die Rolle der Marzelline interpretierte. Die Ausstattung bestand in einem runden Käfig, die die Welt des Gefängnisses darstellen sollte, in der die ganze Handlung der Oper spielt. Marzelline war groß, hatte langes Haar, war modern angezogen, mit Bluse, Rock und ein wenig hohen Absätzen. Sie sang ihre erste *Arie*, ging dabei langsam, mit meditativem Gesichtsausdruck, und hielt manchmal inne. Die Lichtprojektionen ließen ihre Schönheit, ihre Fragen, ihre Einsamkeit vor einem düsteren Hintergrund hervortreten. Dieses Bild, und die wunderbare Musik Beethovens, prägten sich für immer in mein Gedächtnis ein. Vielleicht wurde diese einmalige Erfahrung für mich noch stärker, weil ich mit Verspätung angekommen war, und in einer Ecke stehenbleiben musste.

Dann trat Rocco, der Gefängniswärter, auf, gefolgt von Jacquinot, der Marzelline heiraten möchte. Diese drei Figuren, die eigentlich eine Nebenrolle in der Handlung innehaben, da Fidelio und Florestan die Hauptdarsteller sind, sangen anschließend mit Fidelio ein erhabenes Quartett, bevor sie Pizarro, dem Gouverneur, den Platz freiließen. Dieser Mann ist von einem mörderischen Vorhaben besessen : er will Florestan, den er in einem

Kerker gefangen hält, heimlich umbringen, da dieser den Fehler begangen hat, ihn wegen seiner Verbrechen zu beschuldigen. Das Auftreten der Soldaten seiner Wache war auf verblüffende Weise inszeniert : sie waren mit schwarzem Leder angezogen, ihr Gesicht war halb maskiert, sie tauchten aus dem Nichts heraus und marschierten auf das Publikum zu, dem Rhythmus eines synkopierten Trittes folgend, der der Melodie der militärischen Musik zu widersprechen schien, sie jedoch heftig betonte, etwas, woran ich gar nicht gewöhnt war. Es war fast erschreckend..., aber eigentlich genial. Und als sich die Reihen dieser mordlustigen Männer auftaten, um Pizarro, der wie ein Zwerg in bizarrer roter Toge am Schluss der Parade kam, Platz zu lassen, war der Effekt vollkommen : Vor uns hatten wir die Verkörperung einer listigen, heimlichen, mörderischen Macht.

Von nun an war ich ganz begeistert. Die dramatischen und musikalischen Höhepunkte folgten unaufhörlich aufeinander bis zum Ende des beethovenschen Werkes : Pizarro stieß sein wahnsinniges, mörderisches, von einschneidenden Akkorden der Bläser untermaltes Geschrei aus; Leonore sang ihr bewegendes *Recitativo*, worauf die stürmische, nahezu revolutionäre *Arie* folgte, die zu seiner Zeit den jungen Richard Wagner schon verblendet hatte, als sie in Dresden von der Schröder Devrient interpretiert wurde, dieses Stück, das zugleich den Mut und die absolute Liebe, im edelsten Sinne des Wortes die *eheliche* Liebe zum Ausdruck bringt. Der Chor der Gefangenen, der aus den Tiefen der Sklaverei emporstieg und in zwei Reihen zum Licht hochging, die Hoffnung und die Befreiung aussagend... Beim Schluss des ersten Aufzuges war ich schon überglücklich.

Während der Pause ging ich durch das Foyer herum, im ersten Stock des Theaters. Dort konnte ich Kronleuchter und einen glänzenden Boden bewundern, sowie auf Säulenfüssen Büsten aus weißem Marmor von Shakespeare, Goethe, Schiller, Mozart, Beethoven und Wagner. Die Damen und die Herren in Abendkleidung, diese leutseligen und gut erzogenen Stuttgarter Bürger, gingen mit ein paar Intellektuellen und Künstlern, die Jeans trugen und einen offenen Kragen hatten - ich war einer der letzten - einher. Sie boten ein anderes Schauspiel an, das von einer brüderlichen Gesellschaft, geschmiedet durch das Wunder der Musik, und die nur für einen Augenblick bestand. Das Vergnügen, Bierflächchen und Champagnerkelche zu leeren, oder Sandwiches gefräßig zu verschlucken, bevor ein jeder seinen Sitz wieder einnahm, um noch einmal in die tiefste Andacht zu versinken, das machte dieses Spektakel noch angenehmer zu betrachten.

Zweiter Aufzug : Alles schien mir nur einen flüchtigen Moment zu dauern. Ich verlor den Begriff der Zeit. Wie kann ich das erklären?

Zuerst macht es sich Beethoven, im Gegensatz zu Wagner, nicht schwer mit Dialektik und langem Gerede. In diesem Stück, das jedoch von der Kritik nicht als einer der Höhepunkte der Opernrepertoire gewertet wird, folgen die dramatischen Schicksalswenden ohne Unterbrechung, vor allem im zweiten Teil : die *Arie* des eingeketteten Florestan, der eine Vision seiner zukünftigen Befreiung hat, die Ankunft Roccos und Pizarros in den Kerker, der Versuch des Gouverneurs, seinen Gefangenen zu erdolchen, das äußerst überraschende Eingreifen von Leonore, die sich dem widersetzt und ihre wahre Identität offengibt, der Trompetenruf, der das nicht erwartete Kommen des Ministers ankündigt. Wir erleben die Niederlage des Pizarros und... den Freudesjubel der zwei Helden, die endlich wieder zusammen sind, und sich in die Arme schließen. Die letzte Szene, die Befreiung aller Gefangenen und die ertönende Hymne an die eheliche Liebe, verleiht dem Werk die Dimension einer Apotheose.

Wenn ich in Frankreich meine Schallplatten hörte - und ich machte es oft - hatte ich mir das alles *vorgestellt*, aber nun *sah* ich es endlich in einer höchst inspirierten Inszenierung. Das war eine ganz neue und erschütternde Erfahrung.

Der zweite Grund, der meines Erachtens die nicht empfundene Langeweile, die Beschleunigung der Zeit, das Gefühl der Vollkommenheit, der Herrlichkeit, des Glückes, die ich an diesem Abend lebte, erklären kann, hängt wahrscheinlich auch mit dem Thema von *Fidelio*, und mit ihrem zugleich revolutionären und christlichen Hintergrund zusammen. Pizarro, der blutdurstige, schließlich zum Schweigen gezwungene Tyrann, ist der absolute Herrscher, den Beethoven hasste; die vor Freude jubelnde Menge ist das Volk, das endlich frei wird. Es gibt aber auch die Angst, die Einsperrung, das Gehen durch die Finsternis, die ich nur zu gut kannte, und vor allem das für mich entscheidende und ahnungsvolle Element, nämlich die Treue des Weibes, der Gattin, der der Mann Florestan sein Heil verdankt, und schließlich, als etwas Evidentes, was das Ganze mit seltener Macht krönte, die Danksagung an Gott.

Wer ein holdes Weib errungen,

Stimm in unsern Jubel ein!

Nie wird es zu hoch besungen,

Retterin des Gatten sein.

Ein Beifallsturm empfing die Sänger, als sie sich vor dem Publikum verbeugten. Wiederum diesmal hatte Windgassen die Titelrolle übernommen und den Florestan gesungen. Leonore war von Leonie Rysanek, einem anderen Stern der Oper, interpretiert worden. Sie wurde mit Blumensträußen wortwörtlich bombardiert. Ich klatschte einen langen Moment meinen Beifall, sagte somit meine Bewunderung und meine Dankbarkeit.

Die letzte Oper, die ich jenes Jahr sah, war *Tannhäuser*. Um die Chance zu haben, eine Karte zu bekommen, war ich lange vor dem Beginn der Vorstellung gekommen. Leider war alles ausverkauft! Ich dachte nicht, die Einwohner von Stuttgart wären solche Wagnerfans. Nun aber hatte ich wieder mal Glück : Eine Frau, die im letzten Augenblick darauf hatte verzichten müssen, der Aufführung beizuwohnen, wollte mir ihre Karte verkaufen. Ich war so bewegt, und sie so sehr in Eile, dass sie es vergaß, ihr Geld zu kassieren, und ich musste hinter ihr herlaufen, um ihr ihre D-Mark zu geben! Mein Sitz war dennoch ganz hinten im Zuschauerraum und ich sah nicht sehr gut. Um so schlimmer! Wagner war es, der gespielt wurde, und ich wollte mich ja nicht beschweren! Diesmal noch war das Werk vom Enkel des Komponisten inszeniert, zwar auf interessante, aber auch diskutable Weise, besonders im zweiten Aufzug. Die Hitze war groß, aber sie hinderte das Publikum nicht daran, nach Ende der Vorstellung lange zu bleiben, um seine Begeisterung kundzugeben. Es war fast ein Rausch.

Als ich aus dem Theater heraustrat, übte die frische Nacht eine wohltätige Wirkung auf mich, nach den vier Stunden starker Konzentration und nervöser Spannung, die ich erlebt hatte. Wagners Musik treibt nämlich etwas ganz anderes als die Beethovens... Und ich hörte eine Dame, die einer anderen Frau sagte : " Es ist wirklich Kunstgenuss! "

Eine Freundschaft

An einem Sonntagnachmittag war ich im Heim. Ich lag auf meinem Bett, und war ziemlich deprimiert. Es war bei mir ein immer wiederkehrender Zustand. Jemand klopfte an meine Tür: Es war Thomas, den ich bei der Aufführung *Othellos* kennengelernt hatte. Er lud mich ein, den Abend bei seinen Eltern zu verbringen.

Herr und Frau Filder besetzten eine kokette Wohnung bescheidenen Ausmaßes, aber bürgerlich eingerichtet, in einem Häuserkomplex der *Hauptstätterstraße* in der Stadtmitte, mit unmittelbarer Aussicht auf den Turm der Zeitung *Stuttgarter Nachrichten*. Als sie mich empfingen, war ich nicht darauf gefasst, dass dieser Ort für mich jahrelang eine Zufluchtstätte des Friedens, des Trostes und der Freundschaft sein würde.

Der Altersunterschied zwischen den Eheleuten fiel mir nicht sofort auf. In Wirklichkeit war der Mann 74 und die Frau 51. Herr Filder war Grundschullehrer gewesen und besaß eine vielseitige Bildung, insbesondere auf dem musikalischen Gebiet. Er war klein, hatte weißes Haar und schien es beim Gehen etwas schwierig zu haben. Der Zugang zu ihm war einfach, aber er war sehr zurückhaltend. Seine Frau war größer als er, gesprächiger, hatte eine vornehme Art und Autorität. Ich empfand sofort für sie eine echte Sympathie. Da sie beide katholisch waren, sprachen sie regelmäßig ein Gebet, bevor sie ihr Essen einnahmen, was mich stutzen ließ, denn so etwas war in meiner eigenen Familie nicht die Sitte. Am Ende des Gebets gab es eine Bitte für die Wiedervereinigung Deutschlands.

Dieses Paar und seine Kinder - Thomas hatte einen älteren Bruder namens Robert - gab mir auf einmal, was die menschliche Wärme anbetrifft, eine Art göttliche Speise und sollte sehr bald für mich ein ideales Bild Deutschlands verkörpern.

Die Dame sagte mir anfangs, ihr Sohn sei von der Begegnung mit mir in der Oper begeistert gewesen. Dann wurden mir Fragen gestellt über die Region, wo ich in Frankreich wohne. Als er erfuhr, dass ich aus Burgund gebürtig bin, fragte Thomas, ob diese Provinz nicht früher zum Deutschen Reich gehört hätte... Da wollte Frau Filder einen kleinen diplomatischen Zwischenfall vermeiden und sagte in einem Ton, der keine Widerrede duldete : " Gar nicht! Burgund gehörte immer zu Frankreich! "

Sie erzählte mir auch, sie sei lange nach dem Krieg mit einem Priester in Kontakt geblieben, der Kriegsgefangener in Deutschland gewesen sei. Sie selbst hatte Französischkenntnisse, und ihr Mann hatte unsere Sprache zur Zeit von Kaiser Wilhelm II. gelernt. In den Zwanziger Jahren hatte er sogar einen Sprachaufenthalt bei einer französischen Familie in Rambouillet gemacht, was nach Verdun und dem Versailler Vertrag etwas Surrealistisches an sich hatte! Darüber erzählte er mir übrigens eine bedeutungsvolle Anekdote : Er habe damals in einem Restaurant ein gebratenes Hähnchen bestellt und habe sich gerade schwer daran gemacht, es zu zerschneiden , als er mit einer unheilvollen Bewegung das Tier in eine Ecke hatte wegfliegen lassen, auf den Teppich! Er war ja konfus über den Zwischenfall und hatte sich keiner Handgeste getraut, um es wieder aufzuheben. Ein paar Augenblicke später später hörte er, wie der Kellner einem seiner Kollegen sagte : " Schau! Der Teller des *Boche* ist leer! Er hat sogar die Knochen gefressen! "

Was eigentlich zeigt, dass in jener Zeit ein Franzose sich über nichts wundern durfte, was die Roheit eines Deutschen anbelangte!

Eine andere Anekdote, die sich in der Hitlerzeit abgespielt hatte, offenbarte die geistige Unabhängigkeit von Herrn Filder. An einem Morgen kommt er vor die Schule, wo er unterrichtet, trifft einen Funktionär und grüßt ihn mit den Worten " Grüss Gott! ", die in Süddeutschland üblich sind. Der andere tadelt ihn und ruft ihm zu : " Der deutsche Gruß lautet *Heil Hitler!* ", worauf Herr Filder ruhig antwortet : " Für mich ist Gott immer noch der Höchste! "

In den darauffolgenden Wochen wurde ich mehrmals von meinen neuen Freunden eingeladen. Scheinbar wurde mein Gespräch als interessant bewertet, aber ich entsprach nicht dem Bild, dass sie sich von einem Franzosen machten: Ich war zu ernst, zu meditativ... und schätzte nicht einmal guten Wein!

Frau Filder schlug mir sogar vor, mir materielle Dienste zu erweisen, wie etwa meine Wäsche zu waschen. Manchmal nahm mich Thomas in seinem Auto auf einen kleinen Ausflug mit.

Ich hatte das Gefühl, eine zweite Familie gefunden zu haben...

Unsere Gespräche bezogen sich auf vielseitige Themen : die französische und die deutsche Geschichte, das Schulsystem beider Länder, Politik, Theologie, Musik. Ich erwähnte jedoch auch die Sorge, die mich am meisten beschäftigte, nämlich das nächste Jahr an der Uni und meine zukünftige Berufstätigkeit. Da ich Frau Filder sagte, ich hatte vor, Lehrer zu werden, drückte sie starke Zweifel aus : " Um diesen Beruf auszuüben, muss man einen dicken Pelz haben! ". Mit anderen Worten hielt sie mich für zu schwach, zu sensibel, damit ich ein solches Abenteuer riskieren würde... Andererseits wunderte sie sich über meine Einsamkeit in der Sache Liebesbeziehungen.

" Warum haben Sie denn keine Freundin? " fragte sie mich, etwas verwirrt. Hätte ich eine gehabt, wie Thomas oder Robert, dann wäre es ihr ganz selbstverständlich erschienen. In gewissen Augenblicken schien sie sich meiner depressiven Seite bewusst zu werden, fand meinen Pessimismus *erschreckend* und versuchte dann, mich zu erheitern. In meinen Augen war sie zweifelsohne eine Art *zweite Mutter*.

Die musikalische Dimension war für mich immer mit der Familie Filder verbunden. Thomas, der gerade sein Abitur bestanden hatte, wollte Musiklehrer werden. Eines Tages zeigte er mir eine für Klavier umgeschriebene Partitur von *Tristan und Isolde*, setzte sich vor dem wunderschönen Flügel, der im Zimmer neben dem Salon thronte, und spielte mir den Anfang vom Vorspiel vor. Ich war im siebenten Himmel. Sein Vater erklärte mir dann, dass auf dem Gebiet der harmonischen und kontrapunktischen Kombinationen Wagner viel fortschrittlicher gewesen war als Mozart oder Beethoven, was Herrn Filder nicht daran hinderte, auch den letzten zwei Komponisten eine grenzenlose Bewunderung zu weihen. " Ein berühmter Dirigent ", so sagte er mir, " den man gefragt hatte, weshalb er sich nicht für die zeitgenössische Musik interessiere, habe geantwortet, er werde das später machen, da er im jetzigen Augenblick mit Mozart noch nicht fertig sei... "

Bei meinen Gästen erlaubte ich mir ab und zu, auf einer Stereoanlage Werke zu hören, die ich selber nicht besaß, insbesondere die Klavierkonzerte Nummer drei und vier von Beethoven. Das war eine bewegende Erfahrung, die in meinen Erinnerungen immer mit ihrer Wohnung verbunden blieb.

Zwei Ereignisse prägten mein Leben in Stuttgart Mitte August : Zuerst das Unwetter, das über der Stadt am Nachmittag des 14. hereinbrach. Die Verschmutzung und die Wolkenballung waren gegen 16 Uhr so stark, dass man den Eindruck hatte, es wäre Mitternacht. Auf diesen finsteren Moment folgte ein ungemein heftiges Gewitter: Wasserhosen verwandelten beinahe die Straßen in Ströme, die die Autos hinwegrissen. Die Unterführungen, die Metrotunnels, die Kellergeschosse der Geschäftshäuser wurden fast überflutet. Mehrere Straßen waren von Eisbergen blockiert. Diese höchst seltene Katastrophe forderte sechs Todesopfer und an die vierzig Verwundeten.

War es diese kleine Apokalypse, die gewisse Leute nervös und aggressiv stimmten? Ich kann es nicht mit Sicherheit sagen. Immerhin wurde ich zwei Tage später im Heim der *Danneckerstraße* Mitten in der Nacht aus meinem Schlaf von Lehrlingen geweckt, die beschlossen hatten, sich auf meine Kosten zu belustigen : da gab es heftige Schläge gegen die Tür meines Zimmers und Drohungen, mich mit einer Bierflasche fertigzumachen, da ich um Erklärungen bat.... Ich verbrachte eine sehr unruhige, schlaflose Nacht. Da der Heimleiter in Urlaub gefahren war, vertraten ihn junge Männer, die einen Zivildienst leisteten; sie hatten aber nicht seine Autorität. Ich sah mich nun gezwungen, eine neue Wohnung zu finden, um Chancen zu haben, akzeptable Nächte verbringen zu können.

Ich schilderte dann meine Lage im Ministerium : Mir wurde vorgeschlagen, eine Matraze zu bringen und in einem Raum oder einem Büro des Ministeriums zu übernachten. Diese Perspektive erfreute mich allerdings wenig. Da kam ich auf den Gedanken, Herrn und Frau Filder um Hilfe zu bitten : Vielleicht könnte mir einer ihrer Verwandten etwas für zwei Wochen vermieten? Nachdem sie das mit ihrem Mann besprochen hatte, bot mir Frau Filder an, ein Zimmer in ihrer Wohnung zu nehmen, da beide im Begriff waren, in Urlaub in den Schwarzwald zu fahren. Ich würde die Wohnung mit ihrem ältesten Robert teilen. Voller Dankbarkeit nahm ich ihren Vorschlag an. Frau Filder wollte mir aus einer heiklen Situation heraushelfen und mir zugleich zeigen, dass nicht alle Deutschen den schlecht erzogenen Jugendlichen, die mich angegriffen hatten, ähnlich seien.

Mir blieb ein Problem zu erledigen : Da ich die Miete im Voraus bezahlt hatte, wollte ich eine Rückzahlung vom Heim bekommen. Aber der Vertreter des Leiters weigerte sich, meine Forderung entgegenzunehmen, und ich ließ dann einen Angestellten vom Ministerium eingreifen; dieser nahm sein Telefon ab und forderte im gebieterischen Ton, man solle mir die von mir verlangte Summe zurückzahlen.

Meine letzten Arbeitswochen in Stuttgart brachten mir also viel mehr Ruhe als die vorherigen. Es war eine gnadenreiche Zeit, an die ich mich mein Leben lang dankbar erinnerte. Ich genoss eine ruhige Unterkunft, kochte nach meiner Laune und diskutierte abends freundlich mit Robert. Meine Eltern schrieben meinen Gastgebern, um sich über ihre Zuvorkommenheit mir gegenüber zu bedanken.

Am letzten Arbeitstag war ich stolz wie ein Spanier, als ich die schöne Summe von 1200 D-Mark einkassierte, und mich von meinen Kollegen im Ministerium verabschiedete. Mir wurde ein Zeugnis ausgestellt, das bestätigte, ich hätte meine Aufgabe zu der Zufriedenheit meiner Vorgesetzten erfüllt, und versichert, ich könnte das nächste Jahr wieder dort arbeiten, wenn es mein Wunsch wäre.

Dennoch war ich müde nach diesen zwei Monaten, und ich hatte Sehnsucht nach meinem Heimatland.

Wenn ich eine Bilanz meines zweiten Aufenthaltes zog, so stand er unter einem viel günstigeren Stern als der, unter dem er Ende Juni angefangen hatte. Als ich wegging, nahm ich wegen der Freundschaft mit der Familie Filder eine starke Ermutigung mit, und auch wegen verschiedener Kontakte, die ich mit jungen Menschen meines Alters geknüpft hatte. An einem Abend war ich nämlich zufälligerweise an der Uni einem Klub ausländischer Studenten begegnet. Sie hatten mir vorgeschlagen, mit ihnen zum äußerst billigen Preis von 10 Mark Ausflüge zu machen. So entdeckte ich die mittelalterliche Stadt Rothenburg ob der Tauber, den beeindruckenden Rheinfall bei Schaffhausen und das Ufer des Bodensees. Ich schloss dabei eine Freundschaft mit einer finnischen Studentin namens Leena, die mich einlud, sie in Helsinki zu besuchen. Diese Beziehung hatte jedoch nichts Sentimentales. Da ich aber ständig auf der Suche nach einer Freundin war, hatte ich nämlich den Blick auf eine englische Studentin geworfen, deren Intelligenz und Sprachfähigkeiten mir sehr imponiert hatten : Sie sprach akzentfrei Französisch und Englisch und studierte auch noch Russisch in London! Aber meine Versuche in ihrer Richtung blieben erfolglos, auch wenn sie mir gegenüber immer eine offene und sympathische Haltung zeigte.

Vor meiner Rückkehr nach Frankreich plante ich eine Reise in das Bonner Gebiet, um dort Agathe, eine Deutsche Studentin, zu besuchen. Ich hatte sie ein Jahr früher an der Uni Dijon kennengelernt. Wiederum erlaubte ich mir zu träumen...

Gegen Abend im Bonner Bahnhof angekommen, sah ich Agathe in der leeren Halle erscheinen. Wie üblich lächelte sie und war liebenswürdig.

" Meine Eltern sind gar nicht da! ", sagte sie, " Wir werden allein sein! "

Die zwei Tage, die ich mit Agathe verbrachte, trugen den Stempel des Glückes, aber auch der Illusion, was ich erst später verstand.

Nachdem sie mir am nächsten Tage ein Frühstück bereitet hatte, ließ mich Agathe Siegburg entdecken, wo das Haus ihrer Eltern stand, und anschließend das Stadtzentrum Bonns. Für mich war diese Stadt nicht nur deswegen wichtig, weil sie Bundeshauptstadt war, sondern auch weil Beethoven dort geboren war. Leider wollte der Zufall an jenem Samstag, dass das Haus des Meisters für die Besucher geschlossen war. Um mich zu trösten, zeigte mir Agathe die schönen Gebäude der Universität, und ließ mich auf eine Art Wolkenkratzer hochsteigen, von dem aus wir eine herrliche Aussicht auf den Rhein und den Schiffsverkehr, die Stadt und deren Umgebung hatten. Ich fühlte mich wohl. Auf einem Spaziergang, den wir gerade entlang des Flusses gemacht hatten, hatte ich sie unerwarteterweise darum gebeten, mir die Hand zu geben, was sie nach einem Augenblick der Überraschung und nicht ohne Zurückhaltung akzeptiert hatte.

An diesem gleichen Abend machte sie mir die Ehre ihres kleinen Studentendachzimmers in der *Josefstraße*. Sie erzählte mir etwas von Reinhardt, dem Freund, den sie eine Zeitlang gehabt, und mit dem sie vor Kurzem gebrochen hatte. Als wir das Thema der Beziehungen zwischen den Jungen und den Mädchen anschnitten, erklärte sie mir, dass " die Kirche eine große Verspätung mit unserer Zeit hätte ". In der Tat wurde ich mir immer mehr der Sittenfreiheit der Deutschen meines Alters bewusst, die ziemlich offensichtlich bekundet wurde, was im fast krassen Gegensatz zu der strengen Erziehung stand, die ich bekommen hatte. Agathe und ich unterhielten uns noch einen langen Moment über verschiedene Themen, aber ich erlitt gelegentlich depressive Anfälle.

Am nächsten Tage erschien die Sonne, was meine Geistesverfassung grundsätzlich veränderte. Agathe kochte ein gutes Essen, das wir im Hause ihrer Eltern zu uns nahmen. Anschließend hörte ich zwei Geigenkonzerte von Bach. Es waren Augenblicke absoluter Freude. An jedem Tage nämlich bekehrte ich mich zur Musik des Cantor von Leipzig, die ich bisher ganz und gar ignorieren wollte. Das schöne Wetter bot uns die Möglichkeit, eine kleine Wanderung durch die Region zu machen, was meiner Gastgeberin die Gelegenheit gab, mir grüne Landschaften, den *Venusberg* und dessen prachtvolle bürgerliche Villen, und ferner den *Drachenfels* bewundern zu lassen. Am Abend gingen wir wieder den Rhein entlang, nicht weit von der *Kennedy Brücke*. Plötzlich bat ich Agathe noch einmal, sie möge mir den Gefallen tun, mir die Hand zu geben, was sie mir zwar gönnte, aber immer noch zurückhaltend. Gerade in dieser Minute wurde unsere Aufmerksamkeit von einem so seltsamen Schauspiel geweckt, dass wir unseren Augen kaum trauten : Mitten im Strom fuhr ein Auto mit verwirrender Geschwindigkeit, schneller sogar als die Lastkähne! Wir wurden davon so sehr erheitert, dass unser ganzer Abend davon geprägt wurde. Nach einem *Abendbrot* klimperte ich den Anfang des letzten Satzes vom ersten Konzert von Beethoven auf dem Klavier im Schlafzimmer, das sie mir zur Verfügung gestellt hatte. Als sie mir eine gute Nacht wünschte, umarmte ich sie warmherzig, und sie erwiderte meine Begeisterung mit, so schien es mir, einer entsprechenden Wärme.

Am nächsten Morgen machte ich mich wieder auf den Weg nach Frankreich, fuhr durch das Rheintal, dann durch das Moseltal hinunter. Ich stand noch im Zauber meiner Begegnung mit Agathe. Wahrscheinlich würde ich sie wieder einmal sehen, aber war eine Liebesbeziehung mit ihr möglich? Ohne es mir klar zu gestehen, so hoffte ich doch darauf.

HITLER

Wer ist Hitler?

Das erste Mal, als ich auf den Namen Hitler stieß - ich begann erst zu lesen - hatte ich mein Geschichtsbuch der zweiten
Klasse in der Hand. Ich war damals Schüler in der *Maîtrise de la
cathédrale* in Autun (Burgund).

" *Hitler kam 1933 an die Macht. Er war ein ehemaliger, ehr-
geiziger und harter Arbeiter. Er war ein Volkstribun, und das
deutsche Volk folgte ihm blindlings. Hitler wollte zuerst eine
neue, starke Wehrmacht wieder schaffen.* "

Diese Zeilen, von denen ich später erfuhr, dass sie einen Fehler beinhalten - Hitler übte nämlich nie den Beruf eines Arbeiters
aus - erwähnten keinesfalls den Wahnsinn als ein Merkmal des
Oberhauptes der Deutschen in der Zeit des Krieges. Sie lieferten
jedoch über ihn auf sehr synthetische Weise eine gewisse Anzahl
Auskünfte, die ein ganzes Programm bildeten.

Andererseits war das Kind, das ich in jener Zeit war, wahrscheinlich schon im embryonischen Zustand von der politischen Sache angesprochen, denn ein scheinbarer Widerspruch im Kapitel über den Zweiten Weltkrieg fiel mir auf. Im Text las man nämlich Folgendes :

" Stalin, das höchste Oberhaupt der Russen, war mit Hitler einverstanden. Die Deutschen von einer Seite, die Russen von der anderen drangen in Polen ein... "

Nun aber konnte ich zwei Seiten weiter lesen :

" Im Osten tritt Russland, das von Deutschland überfallen wird, auch in den Krieg ein. "

Ich stieg blitzschnell die Treppe zur kleinen Küche hoch, wo meine Mutter arbeitete, las ihr die zwei Textausschnitte vor und bat sie darum, sie möge mich doch aufklären, was sie leider nicht tun konnte.

" Ja ", sagte sie einfach, " Da gibt's was Merkwürdiges drin..."

In jener Zeit war Hitler für mich nur ein Name, noch kein Gesicht, noch keine Stimme.

Als ich im Oktober 1958 mein Geschichtsbuch der vierten Klasse in der staatlichen Schule im Städtchen La Machine in die Hand bekam, las mein Vater es durch und, sich an meine Mutter wendend, rief auf einmal aus : " Oh, Hitlers Auto! ", bevor er das Buch dann mit braunem Papier einband.

Ich näherte mich und betrachtete das Bild : Darauf sah man ein altmodisches Fahrzeug, das inmitten einer dichten Menge fuhr. Da ich mir vorstellte, Hitler hätte eine Uniform an, so identifizierte ich ihn mit einem ziemlich jungen Mann, der eine Mütze trug und auf dem hinteren Sitz des Wagens saß.

Erst mehrere Jahre später erkannte ich ihn endlich auf dem

berühmten Klischee, da ich inzwischen andere Bilder vom " Füh-
rer " gesehen hatte. Er stand ohne Kopfbedeckung neben dem
Fahrer! Ich hatte wahrscheinlich aufgrund meiner kindlichen
Phantasie einen Leibwächter für Hitler gehalten...

Ein Jahr später fuhren wir, Vati, mein jüngerer Bruder und
ich nach Nevers zu einem Augenarzt, der uns eine Brille vor-
schreiben sollte. Während wir im Warteraum saßen, blätterte ich
ein Exemplar vom Magazin *Paris Match* durch. Da stieß ich auf
ein Foto, das zwei Seiten einnahm. Darauf sah man zwei Männer,
die sich die Hände schüttelten. Mein Vater zeigte mit dem Finger
auf eine der Figuren und sagte mir mit einer Art bizarrer Respekt,
der aber auch ein Gefühl des Schreckens vermittelte : " Das ist
Hitler! ". Nie sollte ich den Tonfall vergessen, mit dem er diesen
einfachen Satz ausgesprochen hatte. Die Wahrnehmung, die er
von dem Menschen Hitler hatte, spielte also eine wichtige Rolle
in der Art und Weise, wie ich dem Diktator begegnete. Zwischen
meinem neunten und meinem dreizehnten Lebensjahr kümmerte
ich mich jedoch nicht leidenschaftlich um Hitler und den Krieg.
Im historischen wie im kulturellen Bereich lagen meine Interessen anderswo.

Hitler im Gymnasium

In der siebten Klasse wurde mein Interesse für Hitler plötzlich offenbar, und das ohne Vorwarnung. Das ließ einige meiner
Verwandten lachen, bei anderen aber löste es ein ablehnendes

Staunen aus. Meine Eltern versuchten nie, mich von dieser seltsamen Suche abzubringen, die ihnen nur als eine meiner vielen komischen Einfälle erschien. Aber am Tage, da mein Vater meinem väterlichen Großvater ankündigte : " Jacques hat ein neues Interessenzengebiet entdeckt : Hitler! ", sagte mir der gutmütige Mensch verwirrt : " Du bist doch verrückt! ". Ich konnte jedoch die Bedeutung seiner Worte damals nicht ermessen, da ich nur noch ein unreifer Halbwüchsiger war.

In jener Zeit, es heißt während des ersten siebenjährigen Mandates von De Gaulle, setzten sich die Zeitschriften, das Radio und das Fernsehen ständig mit dem Zweiten Weltkrieg auseinander. 1963 erschien in *Paris Match* eine Artikelserie über dieses Thema mit einem Heft als Avant-Premiere, das noch nie veröffentlichte Farbfotos über *das Dritte Reich im Höhepunkt seiner Macht* zeigte. Die begeisterten Kommentare von zwei Mitschülern trieben mich dazu, ein Exemplar der Wochenzeitschrift zu kaufen. Man konnte ja nur beeindruckt werden von jener glänzenden und aggressiven Bildergalerie, den kriegerischen Paraden, den Fotos, die das Charisma des Mannes mit dem Schnurrbart und der Haarsträhne zeigten, der einmal die braune Uniform der SA trug, einmal zivil gekleidet war in seinem Berghof bei Berchtesgaden.

Die Schulkameraden, die ich gerade erwähnt habe, hießen Marc, Michael und Gilles. Sie sollten eine wichtige Rolle in meiner beginnenden Leidenschaft für die schreckliche Zeit zwischen 1933 und 1945 spielen, insbesondere für alles, was mit der deutschen Macht, demnach mit Hitler, zusammenhing. Der Vater von Marc hatte in der Résistance gekämpft und war Kommunist. Aber merkwürdigerweise nährte er für die Deutschen eine Bewunderung, die seine Worte verrieten. Eine Zeitlang wurde Marc zu meinem besten Kumpel. Er war mager, hatte eine olivenartige Gesichtsfarbe, war etwas zynisch, wenig begabt in der Schule, und meine Mutter konnte ihn nie sympathisch finden. Aber er kannte Meisterwerke des Films, wie *Den längsten Tag* oder *Die Kanonen von Navaronne* auswendig, die ich noch nie gesehen hatte. Da er ein komödiantisches Talent besaß, ahmte er einige besonders starke Szenen aus diesen Filmen nach, was bei mir ein immer größer werdendes Interesse für das Kriegsgeschehen weckte. Ein anderer, eigentlich mehr sorgenerregender Aspekt seiner Persönlichkeit drückte sich aus in einem gewissen Sadismus und einer Art Faszination für die barbarischen Behandlungen, deren Opfer die KZ-Gefangenen gewesen waren... Er riet mir, das Buch von Robert Merle *Der Tod ist mein Beruf* zu lesen, das das Vernichtungswerk der Nazis in Auschwitz ausführlich schilderte. Diese Lektüre, die ich zwei Jahre später vornahm, löste in mir ein tiefes Unbehagen aus. Auf diesem Gebiet war ich grundsätzlich anders als mein Freund. Was mich fesselte, das waren die militärischen und politischen Fakten. Doch von der national-sozialistischen Ideologie, die in ihrem Wesen rassistisch und in seiner Praxis mörderisch war, demnach meiner christlichen Erziehung absolut entgegensprach, fühlte ich mich überhaupt nicht angezogen.

Michael, der sich leidenschaftlich für Geschichte interessierte, und Gilles waren auf die technischen Aspekte des Krieges versessen. Sie hatten ganz überraschende Kenntnisse über die Panzer, die Kriegsmarine, vor allem aber über die Flugzeuge der Kriegsteilnehmer, insbesondere die der *Luftwaffe*, Messerschmidts, Heinkels, Junkers - unter anderen den berühmten Stuka - und Arados. Gilles kaufte, baute und malte kleine Modelle von all diesen fliegenden Wundern, was mir das Wasser in den Mund fließen ließ, und in mir den Wunsch erregte, ihn nachzuahmen.

1964 schenkte mir mein Vater vier kleine Bänder über die *gelebte Geschichte des Zweiten Weltkriegs* in der Sammlung *Marabout Université*, weil ich mein *Certificat d'études primaires* mit Erfolg bestanden hatte. Ohne Weiteres vertiefte ich mich in diese Lektüre, die mir solide Grundkenntnisse über die politischen und militärischen Ereignisse des größten Kriegsgeschehens der Weltgeschichte gab.

Am 6. Juni sah ich anläßlich des Zwanzigsten Jahrestages der Landung in der Normandie mit meinem Vater und meinem Bruder *den längsten Tag*. Der Kinosaal war voll. Für mich war es ein Erlebnis. Die ersten Sequenzen am Anfang des Films, die von einem Trommelschlag untermalt waren, prägten mich am meisten : Die Bataillonen der *Wehrmacht*, die im Stechschritt marschierten, die deutschen hohen Offiziere, die verschiedene Hypothesen über den wahrscheinlichsten Ort der Invasion der Alliierten aufstellten, Rommel, der den Atlantikwall inspizierte, die Tätigkeit der Abwehr, die es versuchte, das Geheimnis des Datums der Landung zu entschlüsseln... Zwar war ich natürlich von den Vorbereitungen der Alliierten auf den D-Day, den englischen und amerikanischen Generälen auch beeindruckt, aber ich musste feststellen, dass ich vor allem von den Reaktionen der Deutschen gebannt war.

Der zweite Teil des Films, der die Kämpfe auf den Stränden zeigte, begeisterte mich weniger.

Ein unüberwindlicher Widerspruch

Ein Jahr später fing ich an, Deutsch als zweite Fremdsprache zu lernen. Mein Vater ließ mich die erste Lektion wiederholen, denn er selbst hatte sich die Grundlagen der Goethesprache - und der Hitlersprache! - angeeignet, als er Schüler war. Ich legte den größten Wert darauf, gute Zensuren zu bekommen. Dem Lehrer fiel bald ein eigenartiger Aspekt meiner Bildung auf : Wenn Wörter wie etwa *der Kampf, der Krieg, der Panzer* in den Lektionen auftauchten, so kannte ich sie schon!

Am Ende der neunten Klasse schenkte mir mein väterlicher Großvater das zweite Band eines Werkes des britischen Historikers Allan Bullock mit dem Titel *"Hitler oder die Mechanismen der Tyrannei "*. Dieses dicke Buch mit etwa vierhundert Seiten sollte einen entscheidenden Einfluss auf meine Wahrnehmung des " Wahnsinnigen ", von dem einst einer meiner Grundschullehrer gesprochen hatte. Wochenlang vertiefte ich mich in diese Lektüre, die manche Jugendlichen meines Alters ganz entmutigt hätte. Der in sehr kleinen Schriftzeichen gedruckte Text ließ der Ikonographie wenig Platz. Er beschäftigte sich mit einer gründlichen Analyse der Hitlerpolitik ab 1937, sowie mit der Psychologie des *Führers*. Somit entdeckte ich das Profil eines absolut außergewöhnlichen Individuums, das besonders intuitiv, listig, geschickt, skrupellos und von einem Willen animiert war, der jedes Maß überstieg, riesige Eroberungspläne und sehr früh ein Programm der totalen Versklavung des europäischen Kontinents geschmiedet hatte. Allan Bullock hob Hitlers immense Fähigkeiten und zugleich seine nicht desto weniger negativen Eigenschaften hervor. Beides sollte ihm zuerst glänzende Erfolge einbringen, dann aber Deutschland, ganz Europa und schließlich ihn selbst in eine beispiellose Katastrophe führen. Was mich am meisten faszinierte, war zweifellos das diplomatische Spiel zwischen dem Diktator und den Regierungschefs der Großmächte, der Anschluss Österreichs, die Münchener Konferenz, die Krise im Sommer 1939, der Blitzschlag des deutsch-Sowjetischen Abkommens, das Stalin momentan neutralisierte und somit den deutschen Angriff gegen Polen ermöglichte.

Mein Interesse für Hitler und sein Unternehmen der Eroberung erschien manchem Schulfreund entweder lächerlich oder verdächtig, was andere - ja sogar Mädchen - nicht daran hinderte, mir regelmäßig Dokumente aus der Presse, Fotos, Artikel über den Krieg zu bringen, die ich mit größter Sorgfalt herausschnitt und in verschiedene Akten klassifizierte. Mein Onkel Marcel hatte mir versprochen, mir *" Den längsten Tag "* in seiner schriftlichen Version zu schenken, aber ich wartete monatelang vergebens darauf und ließ es mir schließlich von meinem Vater kaufen. Wie es schon beim Film der Fall gewesen war, war ich aufmerksamer auf die Beschreibung der defensiven Vorbereitungen der Deutschen als auf die der Alliierten. Ein außenstehender Zeuge hätte fast meinen können, dass ich mir einen Sieg der *Wehrmacht* auf den Stränden der Normandie gewünscht hätte. Mein Vater war übrigens so sehr beeindruckt von dem berühmten Atlantikwall, dass er sogar sagte : " Die Anglo-Amerikaner haben Glück gehabt... Beinahe wäre die Invasion ein Misserfolg gewesen..."

In der gleichen Zeit lieh mir ein Gymnasiast ein Büchlein mit dem Titel *Wir haben nicht vergessen*. Es enthielt furcherregende Fotos, die in Konzentrationslagern aufgenommen worden waren. Aber die skelettenhaften Körper, die abgezehrten Leichen lösten in mir einen sehr verständlichen Ekel aus, den meine Patin auch mitempfand, als sie ausrief : " Oh, diese Bilder! Müssen wir das zwanzig Jahre nachher noch einmal sehen? ". Da sagte meine Mutter, als hätte sie mich entschuldigen wollen : " Er begreift das alles nicht..."

Und tatsächlich war ich meines Alters wegen nicht imstande, die Dimensionen und den Sinn der schrecklichen Verbrechen zu verstehen, die der Hitlerismus konzipiert und begangen hatte. Ich sah nicht den Zusammenhang zwischen den militärischen Operationen, die mich stark interessierten, wie die Napoleons mich früher in Bann versetzt hatten, und die allerletzten Kriegsziele des National-Sozialismus, die ich später als eine dämonische Erscheinung kennzeichnen sollte. In dieser Beziehung lebte ich als kleiner Franzose den gleichen Widerspruch wie Millionen von

Deutschen, die von Hitler so verblüfft gewesen waren, dass sogar nach 1945 viele unter ihnen sich es schwer taten, in ihrem Ex-*Führer* jemand anders als einen Menschen zu sehen, der der Welt nur Tod und Elend gebracht hatte.

Während meines ersten Aufenthaltes in der Bundesrepublik im Alter von 19 Jahren wurde ich von einer sehr freundlichen Arbeiterfamilie beherbergt. Kurz nach meiner Ankunft wurde mir die Frage gestellt : " Was weißt Du über Hitler? ". Ich antwortete so gut wie meine sprachlichen und historischen Fähigkeiten es mir erlaubten, und versuchte dabei, so objektiv zu sein wie möglich. Ich erwähnte die Arbeitslosigkeit in den Dreißiger Jahren, die Ankunft des Führers der NSDAP in der Reichskanzlei, die Wiederaufrüstung, den Krieg und den Holocaust. Als ich die Zahl von sechs Millionen ermordeten Juden zitierte, protestierte der Familienvater, ein ehemaliger Fallschirmjäger : " Ach nein! Gar nicht so viele! Letztes Jahr haben wir einen Jungen jüdischer Herkunft einige Wochen beherbergt, und er hat mir versichert, diese Zahl ist eine enorme Übertreibung! " Und da setzte mein Gastgeber eine für mich überraschende Information hinzu : " Am Ende des Krieges waren wir im Begriff, die Atomwaffe zu bauen, wie die Amerikaner. Nun aber sagte Hitler : " *Gott möge mich davor schützen, eine neue und schreckliche Waffe zu gebrauchen!* " Weißt Du, weshalb er das gesagt hat? Weil er *menschlich* gedacht hatte... "

Als ich nach Frankreich zurückkehrte, und da meine Eltern mich darüber fragten, welches Bild die Deutschen von Hitler hätten vierundzwanzig Jahre nach der Kapitulation des Reichs, antwortete ich deshalb unverblümt " Sie verleugnen ihn nicht total! "

Diese Ansicht teilte anscheinend auch mein Schwiegervater, ein solider bayerischer Katholik, Jahre später, wenn er sich gegen die zeitgenössischen deutschen Politiker empörte : " Sie tadeln den Hitler, und machen nicht besser als er! "

Der Redner

Mit sechs Jahren entdeckte ich Hitlers Stimme. Zum ersten Mal in meinem Leben hatte mich mein Vater ins Kino mitgenommen. Nun aber lief an jenem unvergesslichen Sonntag ein Breitwandfilm mit dem Titel " *The Sea Chase* „. In den ersten Szenen hörte ich Hitler sprechen, allerdings ohne zu wissen, worum es sich handelte. Die Episode spielte in Sydney, an Bord eines alten deutschen Frachters, der vor Anker lag und im Begriff war, in See zu gehen, um den Briten zu entschlüpfen. Aus Lautsprechern im Hafen kamen kehllaute Töne. Ich verstand nichts. Mein Vater erklärte mir, der Rundfunk übertrage eine Hitlerrede, der Krieg würde bald beginnen. Ich nahm diese Information auf, ohne deren Sinn klar zu begreifen, ohne zu wissen, wie dieser lange Film ein höchst wichtiger Vorbote meiner zukünftigen Beziehungen zu Deutschland und deren große Ambivalenz sein würde. Einerseits war nämlich der Held der Geschichte, der Kapitän des deutschen Schiffes, ein ehrenvoller, mutiger Mann, der von den Nazis schlecht angesehen war... Ein eigentlich für die damalige Zeit kurioses Thema, wenn man an die damals überall herrschende Feinseligkeit gegen die Deutschen zurückdenkt. Andererseits trug das Abenteuer, das im Film erzählt wurde, von vornherein den Siegel der Stimme des Diktators.

Als ich 14 war, lieh mir ein Gymnasiast der Abschlussklasse sein Geschichtsbuch. Im Kapitel über den National-Sozialismus konnte ich Folgendes lesen :

" Hitler war ein außergewöhnlicher Redner, der zuerst mit fast leiser und eintöniger Stimme sprach, dann samt seiner Zuhörer immer glühender wurde, bis beide zu einer Art kollektiver Hysterie gelangten. "

Ganz aufmerksam hörte ich deshalb während einer Radiosendung über die Machtergreifung von Hitler 1933 diesen mir nicht ganz unbekannten rauhen Stimmtönen zu, die einst die Mengen in Bann gesetzt hatten. Zwar war mein Niveau in Deutsch zu bescheiden, als dass ich hätte verstehen können, was er sagte, aber aus dieser rednerischen Leistung ging etwas Besonderes hervor. Als gebürtiger Österreicher artikulierte Hitler die " R " auf besondere Weise. Er hatte einen tiefen Tonfall. Vor Allem spürte man eine Überzeugungskraft, fast einen Sinn für das Tragische, das seine Zuhörer teilten. Um das Ganze abzuschließen, stimmte das Publikum eine schöne Melodie ein; mein Vater sagte mir, es sei die deutsche Hymne, das *" Deutschland über alles "*. Ich spürte dabei eine Art dunkle Zauberei.

Hitlers Stimme hörte ich nicht mehr bis zu dem Tage, an dem ich von meinen Eltern eine Belohnung für meinen Erfolg bei der Mittleren Reife bekam, und zwar ein Schallplattenalbum, das den Tonwelten des Zweiten Weltkrieges gewidmet war. Vorsichtig packte ich das Packet aus, als hätte es sich um ein heiliges Depot gehandelt, und legte die erste Platte auf den Plattenspieler : Sirenengeheul, Lieder der Landser der *Wehrmacht*, schließlich ein kurzer Auszug aus einer Rede vom " Brauereienagitator ", wie der Sprecher im despektiven Ton sagte.

Viel später - Ich war 27 - wohnte ich zufällig der ersten Projektion eines deutschen Films über Hitler mit dem Titel *Eine Karriere* bei. Ich hatte gerade vorher drei Wochen in der DDR verbracht, die " Mauer " hinter mir gelassen und war für einen kurzen Tag in West-Berlin. Nicht weit von der *Gedächtniskirche* steht ein Kinosaal, der *Zoo Palast*. Ein riesiger Plakat weckte meine Aufmerksamkeit : Auf schwarzem, mit roten Flecken ge-

klecksten Hintergrund sah man Hitlers Gesicht, mit einem ver-
zerrten, beunruhigenden, geheimnisvollen Grinsen auf den Lippen. Ich löste eine Karte und setzte mich im großen amphithea-
terförmigen Kinosaal. Er war voll. Die Bilder waren riesengroß,
so dass die Figuren und die Ereignisse, die in Schwarz und Weiß
verfilmt worden waren, auf einmal eine sehr starke Präsenz hatten. Als ich sah, wie Hitler eine Rede im *Sportpalast* begann,
erinnerte ich mich an den Satz, den ich im Geschichtsbuch der
Abschlussklasse gelesen hatte, als ich noch Schüler in der achten
Klasse war. Der Mann hatte einen düsteren Blick, zögerte lange,
bevor er den Mund auftat, um seine ersten Worte langsam zu
artikulieren. Das Publikum aus der damaligen Zeit, aber genauso
die Zuschauer, die mich umgaben, hielten den Atem an. Man
hätte eine Fliege fliegen hören. Allmählich wurden die Worte
Hitlers immer leidenschaftlicher. Der Kanzler in der braunen SA-
Uniform glühte vor lauter Wortschwall, hob die Hände, wütete
gegen die Kommunisten, aber auch die kapitalistischen Ausbeuter, er fanatisierte seine Zuhörerschaft, die ihre Zustimmung
kundgab durch einen immer frenetischer werdenden Beifall. Um
seine Rede abzuschließen, zögerte Hitler nicht davor, *Amen* zu
sagen, als hätte er im Namen des Höchsten gesprochen.

Als ich den *Zoo Palast* verließ, brach die Nacht über Berlin
herein. Die Stadt glitzerte mit all ihren Lichtern, die friedlichen
Fußgänger drängten sich auf dem Bürgersteig, die Restaurants
waren voll, und ich ging nachdenklich zum Bahnhof. Der Film
hatte mir einen tiefen Eindruck hinterlassen. Wenn ihm selbstverständlicherweise die Absicht zugrundelag, Hitlers wahnsinniges
Unternehmen anzuprangern, so ließ er doch ein zweideutiges
Gefühl schweben, in dem Ablehnung und Faszination sich mischten. In einer großen deutschen Tageszeitung, die in jener Woche
erschien, traute sich sogar ein Berichterstatter Folgendes zu
schreiben : " Wenn man diesen Film gesehen hat, kann man sagen, dass niemals ein verhängnisvoller Mensch so schnell rehabi-
litiert worden ist... ". Ein ganzes Programm also.

Ich habe mich oft gefragt, was Hitlers Geheimnis war, wenn er eine Rede hielt. Danton war ein großer Redner, Gambetta und Jaurès ebenfalls, Mussolini auch. Aber Hitler? Äußerlich imponierte er einem nicht. Er hatte eine kleine Statur, ein gewöhnliches Gesicht, und einer jeweils ungeschickten oder heftigen Gestik, die an das Groteske grenzte. Es gab also bei ihm etwas anderes, schwer zu Begreifendes, etwas fast Furchterregendes, da ein zivilisiertes Volk von Millionen von Menschen seiner Macht weit und breit verfallen war. Im zweiten Band von Bullocks Werk las ich mit Erstaunen ein Zitat von Gregor Strasser, einem ehemaligen Helfershelfer Hitlers, den dieser allerdings ermorden ließ.

" Hitler antwortet auf die Schwingungen des menschlichen Herzens mit der Empfindlichkeit eines Sismographen oder vielleicht eines Radioempfängers... Die außergewöhnliche Macht des Redners Hitler kann ich nur auf sein Fingerspitzengefühl zurückführen, das unfehlbar die Krankheiten, worunter seine Zuhörer leiden, diagnostiziert. Adolf Hitler tritt in einen Raum ein, spürt die Stimmung. Eine Minute lang tastet er, seinen Weg suchend, lässt diese Stimmung in sich eindringen. Und plötzlich bricht er los. Seine Worte treffen ihr Ziel wie Pfeile, er wühlt mit dem Messer in jeder Wunde, befreit das Unterbewusstsein der Masse, sagt derselben, was sie sich inbrünstig zu hören wünscht... "

Ein politisches, psychologisches, metaphysisches Rätsel

Als Germanist und Ehemann einer Bürgerin der Bundesrepublik, da ich auch entfernte jüdische Vorfahren habe, wurde ich nie müde, mich über deutsche Geschichte, deutsche Kultur, deutsche Mentalität zu informieren und zu meditieren, insbesondere über Hitler und das Dritte Reich.

Die Frage ist schwierig. Angesichts der Ungeheuerlichkeit der Geschehnisse drücken die Deutschen verschiedene Gesichtspunkte aus; die extremsten gehen von einer Negation oder einer Relativierung des Holocausts bis zu einem tiefen Schuldgefühl; die junge Generation tendiert allerdings immer mehr danach, sich davon zu befreien. Ich bin kein Deutscher, und dennoch ist für mich das Problem immer noch gegenwärtig und stellt mir ohne Unterlass folgende Frage : Wie war es möglich, dass in einem Land inmitten des europäischen Kontinents, die hochzivilisiert und von christlichen Werten durchdrungen war, ein derartiges Phänomen, eine ähnliche Katastrophe zustande kommen konnten? Könnte diese Barbarei wieder einmal in Erscheinung treten? Dieses Problem geht aber weit über Nazi-Deutschland hinaus, denn Briten und Amerikaner waren es auch, die kaltblütig beschlossen, große Städte wie Berlin, Hamburg, Dresden in Schutt und Asche zu legen... und deren Bevölkerung dem Hunger preiszugeben, sowie zwei Atomwaffen über Japan abwarfen. Das war ja der *totale Krieg*, den Goebbels in einer berühmten Rede preiste.

Man hat das Gefühl, dass alles von dem Hass und einem Vernichtungswillen angesteckt wurde. Zwar war der Erste Weltkrieg schrecklich gewesen, er hatte die alte vom Christentum und der Aufklärung geerbte Ordnung zerstört, der europäischen Kultur einen tödlichen Stoß versetzt, die Idee diskreditiert, dass der Mensch in seinem tiefsten Inneren gut sei. Aber der von Hitler angefachte Weltenbrand, der zum ersten Mal sein wahres Gesicht während des spanischen Bürgerkriegs beim Luftangriff gegen Gernica zeigte, ist viel weiter gegangen : Die Zivilbevölkerung, Frauen und Kinder inbegriffen, sind nicht verschont worden. Nun aber war es kein Zufall, sondern ganz bewusste Absicht. Der Bombenhagel über Rotterdam, Belgrad, Moskau... ist mit einem bewussten Ziel befohlen worden : Es handelte sich darum, zu terrorisieren, den Feind, ja manchmal sogar ein neutrales Land, dazu zu zwingen, sich der Herrschaft des sogenannten " Herrenvolkes " zu beugen.

Die in *Mein Kampf* aufgeführte und dann in vielen Reden und Kommentaren Hitlers weiter entwickelte national-sozialistische Ideologie schöpft zwar aus pseudo- wissenschaftlichen, und mehr noch aus philosophischen Quellen : Fichte und seine *Reden an die deutsche Nation*, Schopenhauer und sein von Hitler auf ganz eigenartige Weise interpretierte Konzept des *Willens*, Nietzsche und sein Hass des Christentums, Darwin und sein fragwürdiges Konzept der *natürlichen Auslese*, Wagner und seine heidnische Mythologie in den " Nibelungen "...

Aber es gibt in Hitlers Denken und Praxis noch etwas mehr, was mit der Metaphysik, der Freiheit und dem Schicksal des Menschen etwas zu tun hat, etwas Luziferanisches.

Meine Ehefrau und ich haben eines Tages in Nürnberg das *Reichsparteitagsgelände* besucht. Dieser Ort liegt außerhalb der Stadt. Dort fand alljährlich im September während einer Woche eine Riesenversammlung von einer sehr großen Anzahl von Delegationen, die aus allen Reichsgebieten kamen, SA, SS, Wehrmacht, Arbeitsdienst, Hitlerjugend... statt. Der 1934 von Leni Riefenstahl gedrehte Film lässt an ein religiöses Ritual denken. Und der hohe Priester dieses neuen Kults ist selbstverständlich Hitler selbst. Schon vor seiner Landung im Flughafen, da sein Flugzeug noch inmitten der Wolken fliegt, dann während seines ganzen Triumphzuges, erscheint er als der Messias, der auf die Erde gekommen ist. Seine erhobene Hand, mit der er denjenigen antwortet, die ihm zujubeln, gibt nicht einfach einen Gruß, sondern einen echten Segen. Der *Führer* wird von vornherein von der Filmemacherin und der Menge als die charismatische Figur wahrgenommen, die ein jeder erwartete.

Nun aber kam mir dann wieder in den Sinn, als ich das an das *Reichsparteitagsgelände* anliegende Museum besichtigte, dass die Lüge ein fundamentaler Bestandteil des Hitlerismus ist; der andere ist der Mord. Man darf sie nie voneinander trennen. Die Choreographie, die ich gerade erwähnt habe, wurde erst einige Wochen inszeniert, nachdem Röhm, einer der ersten Gefährten Hitlers und der ehemalige Reichskanzler General Von Schleicher sowie dessen Ehefrau ermordet wurden. Damals wollte niemand mehr an dieses " Detail " denken. Die hemmungslose Freude und die perfekte Ordnung, die die Feierlichkeiten des Kongresses prägen, wollen angeblich die Wiederauferstehung des deutschen Vaterlandes zeigen. Diese wird aber errichtet auf der Abschaffung der bürgerlichen Freiheiten, der Eröffnung der ersten Konzentrationslager und auf dem Massaker politischer Figuren , die noch vor Kurzem Freunde oder Verbündete waren.

In den letzten Jahren habe ich mich daher gefragt, jenseits von dem, was ich seit meiner jungen Zeit über den Politiker und den militärischen Befehlshaber wusste, was für ein Mensch Hitler hatte sein können auf dem psychologischen, ja sogar auf dem " geistigen " Gebiet, angenommen, man könne es wagen, letzten Termin zu verwenden, wenn man es mit einem derartigen abnormen Verbrecher zu tun hat. Hätte Hitler das, was er tatsächlich verwirklicht hat, in der heutigen Gesellschaft, die von viel raffinierteren Medien als die seiner Zeit beherrscht sind, verwirklichen können? Auf diese Frage antworten viele „Nein!"

Die Verhältnisse in Deutschland waren offensichtlich Lichtjahre entfernt von denen, die wir heute kennen : Niederlage und Demütigung von 1918, Angst vor dem Kommunismus, Arbeitslosigkeit, Verarmung des Klein-und Mittelbürgertums, politische Intrigen im Rahmen eines ganz neuen und von den Massen negativ wahrgenommenen republikanischen Regimes. Hätte ein anderer ultra-nationalistischer Politiker den gleichen Erfolg gehabt, die gleichen Kräfte entfesselt, einen europäischen, ja einen Welt-krieg gewollt? Bestimmt nicht. Die Persönlichkeit Hitlers bleibt also der entscheidende Faktor, wie ich es in einem Vortrag erläu-terte, den ich bei einer mündlichen Prüfungsfrage vor meinem Geschichtslehrer hielt, als ich mich auf das Abi vorbereitete. Die Frage, die ich behandeln sollte, war folgende : Welches sind nach Ihrer Meinung die Ursachen des deutschen Misserfolgs im Zwei-ten Weltkrieg?

Im Herbst meines Lebens stelle ich mir die gleiche Frage wie an dessen Anfang, als ich mich im Alter von sechs Jahren fragte : Wer ist denn Hitler?

Was für mich ungemein problematisch bleibt, ist die doppelte Persönlichkeit des Diktators. Einerseits der Kleinbürger, der Sah-nekuchen und Hunde mochte, Kindern gegenüber sanftmütig, ja liebenswürdig war, seinen Mitarbeitern gegenüber zuvorkom-mend, unbedeutend, vor allem wenn er irgendwelches banale Zivilkostüm trug - " In einer Menschenmenge ", sagte der franzö-sische Botschafter André Francois Poncet, " wäre er niemandem aufgefallen! ", andererseits ein im Lichte der Scheinwerfer brül-lender schweißtriefender Tribun - er verlor mehrere Liter Wasser während einer Rede - ein erfinderischer Stratege, der die preußi-schen Offiziere aus aristokratischer Abstammung mundtot mach-te, ein Mörder, der unter vier Augen Himmler befahl, seinen Freund Röhm aus dem Weg zu schaffen und später Millionen von Männern, Frauen und Kindern zu vernichten, aus dem einzigen Grund, dass sie Juden waren.

Wie können wir diesen Widerspruch aufheben? Wie war es möglich, dass sehr wenige, ja sogar in seiner nächsten Umge-bung, ihn nicht durchschauen konnten? Vermutlich kann die glei-che Frage gestellt werden, betreffs dieses oder jenes Verbrechers, der unnennbare Missetaten begangen hat, und der in der Regel von seinen nächsten Nachbarn als " wohl erzogen, nett, dienstbe-reit..." wahrgenommen worden war.

Ich werde noch weiter gehen. Wir haben alle mehrere Gesichter. Wir besitzen alle die Fähigkeit, zu Heiligen oder zu Monstern zu werden. Ist nicht Hitler, in einem unvorstellbaren Ausmaße, die Verkörperung der dem Menschen innewohnenden Ambivalenz, welche in diesem Fall einen derartigen Grad erreicht, dass sogar die Wörter " Wahnsinn ", " Schizophrenie " oder " Megalomanie " als nicht nur unzulänglich, sondern sogar lächerlich erscheinen?

Und hier gerade tritt das " Geistige " in Erscheinung. Für nur EINEN Menschen, sei dieser auch von einer Schar faszinierter, ergebener oder einfach geängstigter Untergebenen unterstützt, ist es halt zuviel. Eine andere Person hat sich da hineingeschlichen. Jemand, den der Schriftsteller Thomas Mann den " anderen Partner " nennt, den Widersacher Gottes, jemand, der von Christi im achten Kapitel des Johannesevangeliums als " der Lügner, der Vater der Lüge, der Mörder gleich am Anfang " bezeichnet wird. Unruhig vor dem Neo-Heidentum der Nazis sandte Papst Pius XI. den deutschen Katholiken eine Enzyklika mit dem Titel *Mit brennender Sorge*. Darin prangerte er den Kult der Rasse, die Missachtung des Schwachen als den eigentlichen Stempel des Anti-Christen in der biblischen Schrift, die Offenbarung der Macht des Satans an.

Diese Offenbarung der entarteten Macht des verfallenen Engels hatte ich immer, ohne darauf zu achten, in zwei Kategorien Bilder gesehen, ich hatte sie in zwei verschiedenen Zeugnissen vage wahrgenommen. Die grandiosen, nächtlichen, von Hitler selbst inszenierten Liturgien, diese prachtvollen Fackelzüge, diese goldenen Adler und blutroten Standarten mit dem Hakenkreuz, der von hunderten, zum Himmel gerichteten Scheinwerfern gebaute Lichtdom, die Melodien, in denen abwechselnd brutale und sentimentale Töne erklangen, die Chöre, die inbrünstig Lieder einstimmten, als hätten sie den Herrn lobgesungen...

Und die Kehrseite dieser Kulisse : Die überfüllten Waggons

verhungerter, erschrockener Menschen, die wussten, dass sie in den Tod fuhren, der Rauch in Auschwitz, die angehäuften nackten und ausgemergelten Leichen, und die hungernden Kinder im Warschauer Ghetto mit ihren großen Augen. Die polnischen, französischen, englischen, italienischen, russischen, amerikanischen Soldaten, die starben, ohne dass sie diejenigen, die sie liebten, je wieder sehen könnten. Und die jungen Deutschen, die singend in den Krieg fortzogen, und dann sahen, wie ihre Kameraden vom Feuer der Maschinengewehre und der Granaten zerfetzt wurden, im Schlamm oder im Sand der Wüste schmachteten, alle diese freiwilligen Seeleute in ihren U-Booten, die sich vorstellten, sie würden sich in ein großes Abenteuer stürzen und deren Schiffe dann explodierten, wenn sie in die Meerestiefe hinunterstiegen oder von den Granaten der Alliierten getroffen wurden. Und die Zivilisten, die unter den Bomben umkamen, und die Widerstandskämpfer, die in den Kerkern der Gestapo gefoltert wurden...

Nun aber gab es auch folgende Zeugnisse, die sich auf absolut tragische, furchterregende Weise widersprachen :

" Hitler hat auch gute Dinge getan : er hat wieder Ordnung in Deutschland gebracht, er hat allen Arbeit gegeben. Zu jener Zeit hatten wir eine schöne Jugend, die kein Rauschgift nahm... ", sagte mir eines Tages die Mutter der Jugendherberge in Bayreuth.

" Er hatte menschlich gedacht ".

" Er hatte diese Freundlichkeit, diesen typisch österreichischen Charme. Ich würde ihn mit genauso viel Freude wie einst aufnehmen, wenn er heute an meine Tür klopfte... ", erklärte Winifred Wagner, die Schwiegertochter des Komponisten in einem Interview im Jahre 1975.

Und parallel zu solchen Aussagen konnte man die furchtbaren Worte von Frau Vaillant Couturier hören, die aus den Nazi-Todeslagern gerettet worden und Mitglied der Französischen

Kommunistischen Partei war, als sie vor dem internationalen Gerichtshof in Nürnberg Klage erhob. Sie erzählte nämlich von " den Kindern, die in einer Nacht schrien, und lebendig in die Verbrennungsöfen geworfen worden seien, weil es nicht mehr genug Gas gegeben habe, um sie zu töten... ".

Log sie, um das Beweismaterial, das auf den Angeklagten lastete, noch schwerer wiegen zu lassen? Ich möchte es vom ganzen Herzen wünschen, traue es mir jedoch nicht, das zu glauben.

Jenseits vom Politischen, Wirtschaftlichen, und Militärischen ist DAS Hitlers Werk.

DIE DEUTSCHE DEMOKRATISCHE REPUBLIK

Blick auf Ost-Berlin

April 1975.

Ich habe gerade mit der S-Bahn die berühmte Mauer passiert, und bin im Bahnhof *Friedrichsstraße* ausgestiegen. Das ist also Ost-Berlin, die Hauptstadt der DDR. Zum ersten Mal in meinem Leben stehe ich auf kommunistischem Boden. An diesem grauen Morgen schwebt ein eiskalter Nebel über der Stadt. Schnellen Schrittes nehme ich die Richtung der bekannten Avenüe *Unter den Linden*. Viele rote Fahnen gibt es. Ich halte vor der *Neuen Wache* inne. Offiziere der *Volksarmee* treten aus dem Gebäude heraus. Man könnte sie wohl für Offiziere der ehemaligen *Wehrmacht* halten. Das einzige Detail, das sie von ihnen unterscheidet, ist der fehlende Adler auf dem oberen Teil ihrer Mütze. Zwei *Vopos* in tadelloser Uniform, mit weißen Handschuhen und glänzendem Helm, stehen auf beiden Seiten des in klassischem Stil errichteten Baus, genau dort, wo Hitler vor erst einunddreißig Jahren alljährlich am *Heldengedächtnistag* einen Kranz niederlegte, bevor er einer Parade von militärischen Einheiten der drei Waffen beiwohnte. Heute auch kann man in der Dunkelheit einen die toten Soldaten ehrenden Kranz sehen, die aber die Farben der DDR trägt, schwarz, rot und gold, mit einem den Kompass und den Hammer einschließenden Loorbeerkranz. Die Zeiten und die Diktaturen ändern sich, das Andenken bleibt.

Selbstverständlicherweise kann ich keine Tour durch Ost-Berlin machen, ohne den Fernsehturm, das Prestigeobjekt des Regimes zu besuchen. Ich muss zugeben, es ist ein imposanter Bau. Er ist 365 Meter hoch und überragt die Stadt. Darüber habe ich vor Kurzem eine Anekdote gehört, die einen schmunzeln lassen kann : Auf der riesigen, aluminiumfarbenen Kugel, die innerhalb einer Stunde eine Drehung macht, und von deren höchstem Punkt aus man eine herrliche Aussicht über die gesamte Stadt genießt, bildet der Abglanz der Sonne, so wird behauptet, ein leuchtendes Kreuz, das die Regierung ungeschickterweise versucht hat, durch Schutzdecken, die ebenfalls ungewöhnlichen Ausmaßes sind, verschwinden zu lassen... Ist dieses Kreuz ein Augenwink des Himmels, gerade dort, wo der Marxismus-Leninismus den Tod Gottes predigt? Vielleicht.

Der mächtige Aufzug bringt mich in ein paar Augenblicken bis zu einem mit sehr breiten Glasfenstern ausgestatteten großen Raum hoch, so dass ich als bescheidener Tourist nach Tausend anderen das umnebelte, verschmutzte Berliner Panorama werde betrachten können. Es stimmt ja, dass es sich lohnt, trotz der ungünstigen Wetterlage dieses Tages. Also beschließe ich, meine Mahlzeit in der Turmgaststätte einzunehmen : einen Salat, weiße Würstchen, Brötchen und ein Bierfläschen. Ich schaue hinunter. Die Trennung zwischen den zwei Berlin ist beim Brandenburger Tor besonders leicht zu erkennen. Zu unseren Füssen, in Richtung Westen, sieht man die Avenüe *Unter den Linden,* die jenseits des berühmten Tores von der *Straße des 17. Juni* verlängert wurde; der Name ist zielbewusst von den Behörden West-Berlins gewählt worden, um den Opfern der Repression gegen die Ost-demonstranten durch die sowjetischen Panzer im Jahre 1953 zu huldigen. Die Kugel dreht sich langsam weiter um : Nun kommt das Rathaus aus lauter Backstein, dann der riesige *Alexanderplatz*, und ferner das Viertel *Friedrichshain*. Als die von den zwei Spreearmen umschlossene *Museuminsel* erscheint, bin ich im Begriff, wieder fortzugehen, nachdem ich auch einen Kaffee getrunken habe.

Ich habe die Höhen verlassen. Es ist erst vier Uhr nachmittags, und es dämmert schon am Himmel. Am Fuße des Turmes erblicke ich eine Kirche. Ich trete hinein. Leere Bänke, ein Altar, auf dem nur eine dicke Bibel liegt. Kein Schmuck, keine Statuen : diese Kultstätte ist evangelisch. Am Ende des Schiffes bemerke ich eine Tür und klopfe, auf alle Fälle. Ein freundlicher Mann öffnet, der Pfarrer wahrscheinlich. Er erkundigt sich nach dem Grund meiner Gegenwart. Ich erkläre ihm, ich sei Franzose, für einen Tag auf Besuch in der DDR-Hauptstadt, ich möchte mich informieren. Er bittet mich, mich hinzusetzen.

" Wie steht es mit der Lage der Christen in der DDR? ", frage ich ihn geradezu. Er antwortet mir vorsichtig, spricht nicht von Verfolgung seitens des kommunistischen Regimes, betont im Gegenteil die Tatsache, dass in der Schule menschliche Werte - insbesondere die Solidarität - den Jugendlichen übermittelt werden, dass sie zu denjenigen des Evangeliums überhaupt nicht im Widerspruch stehen. Dann schneiden wir das Thema der Spaltung Deutschlands an. Zu meiner großen Überraschung erklärt er mir, der Mauerbau am 13. August 1961 sei eine harte Notwendigkeit gewesen, es habe sogar ein Geheimabkommen zwischen den zwei deutschen Regierungen darüber gegeben, und der Stacheldraht, der provisorisch zur Teilung der Stadt vor der Errichtung der endgültigen Mauer gedient habe, sei in einer westdeutschen Firma gekauft worden. Das scheint mir unglaublich zu sein.

" Warum? ", frage ich ihn skeptisch.

" Weil wegen der massiven Flucht von ost-deutschen Bürgern in den Westen ", so sagt er mir, " große Gebiete dabei waren, ihre Bevölkerung zu verlieren. Es war also letzten Endes besser, dass sie ein deutsches Territorium blieben, obwohl der Mauerbau ja selbstverständlich eine unbefriedigende, wenn auch nur zeitbedingte Lösung war...

- Zeitbedingt? Er steht schon vierzehn Jahre da! Ein skandalöses Symbol für die Teilung der Welt...

- Eines Tages werden sich die Dinge ändern... "

Gerade im Augenblick, da mein Gesprächspartner diese Worte ausspricht, höre ich, wie jemand auf die Türklinke drückt. Der Pfarrer kann sich einer Bewegung der Ängstlichkeit, ja vielleicht der Angst nicht erwehren. Worauf kann er wohl gefasst sein?

Gott sei Dank! Es ist nur eine freundliche junge Dame, allem Anschein nach seine Frau.

" Bist Du's? Alles in Ordnung? "

Ich nehme Abschied, bedanke mich für das Gespräch. Werde ich diesen Mann je wiedersehen?

Ich stehe wieder auf dem Bürgersteig, der vom gedämpften Licht der großen Straßenlampen erhellt ist, und meditiere : Die Reaktion meines Gastes von einem Moment war bezeichnend : Er war auf der Hut... Die DDR ist wirklich eine Diktatur, wo ein jeder von seinem Nachbarn, ja seinem Bruder ausspioniert werden kann.

Unter den Linden um elf Uhr Abends : Eine leere, grauenvolle Avenüe, an deren Ende ich das erhellte Brandenburger Tor mit der DDR-Fahne oben erblicke. Ich werde von einem Zittern erfasst. Ich beeile mich zur *Friedrichsstraße*, wo ich noch die Zeit habe, einen Zug der S-Bahn zu nehmen, um in West-Berlin vor Mitternacht wieder zu sein. Mein Visum ist nämlich nur vierundzwanzig Stunden gültig.

Während ich die Mauer in der entgegengesetzten Richtung passiere, erinnere ich mich an den glänzenden Abend, den ich mir gerade in der Staatsoper geschenkt habe. Zum ersten Mal in meinem Leben habe ich einer Aufführung von *Eugen Onegin* von Tschaikowsky in russischer Sprache beigewohnt. Zwar habe ich von der Intrige nicht viel verstanden, aber was für eine herrliche Musik! Und ich schmunzle, wenn ich an den verblüfften Gesichtsausdruck jenes Offiziers der *Volksarmee* in schöner Uniform zurückdenke, den ich während der Pause ungeniert gefragt habe, wo die Toilette sei, ich ein westliches, schlecht angezogenes Würmchen, das verloren war unter den besseren Leuten der Nomenklatura der Hauptstadt des *Sozialistischen Arbeiter- und Bauernstaates*.

August 1977

Also bin ich wieder in Ost-Berlin. In ein paar Stunden werde ich meinen Pass am *Check Point Charlie* vorlegen, um das kapitalistische Berlin wieder betreten zu dürfen. Trotz aller fesselnden Dinge, die ich drei Wochen lang in der DDR erlebt habe, werde ich nicht unzufrieden sein, ein Stückchen westlicher Welt wieder zu finden, bevor ich in die Bundesrepublik und anschließend nach Frankreich heimfahre. Gestern Abend stand ich vor dem Brandenburger Tor und meditierte über das Schicksal Deutschlands, als plötzlich ein Wagen der *Volkspolizei* ein paar Schritte von mir stoppte. Zwei Polizisten sprangen heraus und baten mich rücksichtslos um meine Papiere. Ich kam ihnen scheinbar verdächtig vor : Was mochte ich denn da suchen, mit meiner umgehängten Kamera, indem ich ihr Symbol-Denkmal betrachtete? Sie prüften meinen Pass sehr aufmerksam : Alles war in Ordnung. Da sie aber doch einen Vorwand dafür finden mussten, dass sie mich angehalten hatten, erklärten sie mir akribisch, in der DDR würde es ein Gesetz zum Schutz der grünen Anlagen geben, und ich hätte mich damit schuldig gemacht, dass ich auf ein Stück Rasen getreten sei!

Eine ruhige Nacht habe ich jedoch in einem komfortablen Schlafzimmer des *Interhotels Stadt Berlin* verbracht, eigentlich ein großer Luxus, den sich nicht irgendwelcher DDR-Bürger leisten könnte. Am Morgen bin ich in die Cafeteria hinuntergegangen, nachdem ich meinen Koffer gepackt hatte.

Nachdenklich rühre ich den Löffel in meiner Kaffeetasse um. Ein älteres Paar fragt mich, ob er an meinem Tisch Platz nehmen darf. Es ist dem Mann aufgefallen, dass ich Ausländer bin, und da redet er mich sofort an.

" Also, Sie sind Franzose... Und Sie machen Urlaub in unserem sozialistischen Paradies. Was halten Sie davon? "

Ich gebe mir Mühe, das System nicht zu sehr zu kritisieren, da ich nicht genau weiß, wie meine Gesprächspartner politisch eingestellt sind. Aber es scheint, als wollte der Mann mir wichtige Dinge anvertrauen.

" Sie kommen ", so sagt er mir nahezu gespannt, " aus einem kapitalistischen Land. Sie werden mir wohl sagen, es gibt dort soziale Ungerechtigkeiten, die Unternehmer stopfen sich die Taschen voll, usw... Wissen Sie aber, dass der Staatskapitalismus noch grausamer ist als der Privatkapitalismus? Das eben haben wir hier! "

Nun verstehe ich, dass ich es mit keiner Stütze des Regimes zu tun habe und frage geradezu : " Und wie war das Leben zur Zeit des National-Sozialismus, im Vergleich mit heute? "

" Ach! ", erwidert er mit einem leidenschaftlichen, fast von Verzweiflung geprägten Ton, " Es ist viel schlimmer heute! Sehen Sie, in der Hitlerzeit kannte ein jeder in meinem Dorf den

Spitzel, der die Behörde über unsere Aussagen, unsere Meinung, informierte. Heutzutage muss man sich vor jedem in Acht nehmen... Selbst Ihr Freund oder Ihre Freundin kann ein STASI-Agent sein und Sie verraten! "

Während des ganzen Gesprächs hält die Frau den Mund zu.

Plötzlich beginnt der Mann fast mit leiser Stimme zu sprechen, als wäre er ein Verschwörer in höchster Not.

" Sehen Sie die zwei Kerle am Tisch dort hinten? Sie beobachten uns, ja sie versuchen, unserem Gespräch zu lauschen. Sie gehören bestimmt zur Polizei. Falls sie Sie anhalten, wenn Sie aus dem Raum gehen, sagen Sie einfach, Ich hätte Sie angesprochen, weil Ihr Aussehen mich an meinen Sohn, der im Krieg gestorben ist, erinnerte..."

Er krizelt dann ein paar Worte auf einen Papierzettel.

" Hier haben Sie meine Adresse. Schreiben Sie mir, wenn Sie wieder in Frankreich sind. Wir werden uns eine Menge Dinge zu schreiben haben. "

Mit einem unwohlen, fast unruhigen Gefühl, nehme ich Abschied und gehe zur Tür, als ob nichts wäre. Die zwei geheimnisvollen Beobachter stehen auf. Was wird geschehen? Gott sei Dank! Sie fragen mich nichts, tun so, als wollten sie sich entfernen. Aber es stimmt ja, dass sie nicht besonders einnehmend aussehen.

Bevor ich mich zu einem Grenzübergang begebe, besuche ich einige Räume des berühmten Pergamonmuseums, und schlendere noch ein wenig auf dem Bürgersteig von *Unter den Linden*. In einem Musikgeschäft kaufe ich zu einem sehr günstigen Preis ein paar Schallplatten von Tschaikowsky, die in der Sowjetunion gedruckt wurden, und auch ein Fac-Simile des *Testament von Heiligenstadt* von Beethoven.

Um Mittag zeige ich am *Checkpoint* meine Papiere, werfe

einen Blick zum Wachtturm, von wo aus Wächter mit unheimlichen Mienen alles beobachten und bereit sind, den Finger sofort auf den Drücker ihrer Maschinengewehr zu legen, falls ihnen etwas verdächtig vorkommen sollte.

Auf der anderen Seite der Straße angelangt, atme ich auf einmal eine leichtere Luft. Was macht West-Berlin so grundsätzlich anders? Ich schaue mich um. Die Sonne durchstrahlt jetzt die Wolken. Gut... Aber nur das kann mein Gefühl von einer außerordentlichen Veränderung nicht erklären. Zwei Dinge, sage ich mir, sind hier total anders : Die Fußgänger lachen, treiben Spaß, und man sieht überall bunte Werbungen. Im Osten haben die Leute oft etwas Verschlossenes, ja sogar Trauriges, und die einzigen Werbelosungen, die ich tagtäglich sah, können sich alle in einem einzigen Satz zusammenfassen lassen : *" Der Sozialismus siegt! "*

Erfurt

Zwei Jahre nach meinem ersten Streifzug nach Ost-Berlin erfuhr ich, dass Johann, der genau wie ich Deutschlehrer war, sich für einen Sommerkurs an der Universität Erfurt eingetragen hatte. Die Vorbedingung, um daran teilzunehmen, war die Mitgliedschaft im Verein namens *France-RDA*. Somit entdeckte ich, dass es Mittel gab, um mehrere Wochen in einer Region des anderen Deutschland zu verbringen, und das auf sehr bescheidene Kosten. Da trug ich mich schnellstens ein.

Zwar hatte mir mein erster Tag in Ost-Berlin zwei Jahre früher einen Blick auf eine Gesellschaft ermöglicht, die gar nichts Demokratisches hatte, und ich empfand nicht die mindeste Anziehung für die marxistische Ideologie. Aber mich auf das Territorium der DDR zu begeben, würde mir ermöglichen, Landschaften und historische Stätten zu sehen, die mich schon lange träumen ließen. Erfurt und seine nahe, aber auch ferne Umgebung standen in meinem Geist im Zusammenhang mit nahezu mythischen Plätzen, dem Thüringer Wald und der Wartburg, wo die Legende von *Tannhäuser* situiert war, und wo Martin Luther die Bibel ins Deutsche übersetzt hatte, Gotha, der Thomas Münzerstadt Mühlhausen, Iena und selbstverständlich Weimar, wo Goethe und Schiller gelebt und geschrieben hatten.

Ich nahm eine Mitgliedskarte von *France-RDA*, und ließ mir die erforderlichen Visen ausstellen. Ich freute mich auf meinen sommerlichen Aufenthalt jenseits des *Eisernen Vorhangs*. Weil er über meine Initiative unangenehm überrascht war, musste ich in Stuttgart die Vorwürfe von Herrn Filder und seiner Frau, die ich auf meiner Hinreise besuchte, in Kauf nehmen.

" Was wollen Sie denn in der DDR suchen? ", sagte er mir mürrisch, " Gibt es nicht genug gute Kurse an der Uni im Westen? Was für einen Einfall! "

Ich habe gerade die Sperrzone passiert, die Grenze liegt hinter uns. Beeindruckend.

Eine Stunde lang fuhr der Zug sehr langsam. Ich habe die Landschaft beobachtet : Linien von Wachttürmen, Stacheldraht, Waffen, die bereit sind, automatisch zu schießen; der Boden ist wahrscheinlich vermint. Was für einen Mut brauchen diejenigen, die es auf Kosten ihres Lebens - oder ihrer Freiheit - versuchen, dadurch zu kommen... In der Liste der in der DDR registrierten Verbrechen gibt es nämlich eines, *Republikflucht* genannt, das dem Schuldigen mehrere Jahre Haft und dessen Verwandtschaft große Unannehmlichkeiten kosten kann. Im Vergleich ermesse ich mein Privileg, von einem Ende Europas zum anderen hinfahren zu dürfen, mit meinem Pass als einzige Bürgschaft.

Die Bremsen knirschen und der Zug stoppt. Ich bin in Gerstungen, dem ersten Bahnhof der Deutschen Demokratischen Republik. Durch das Fenster des Abteils werfe ich einen Blick.

Leerer Bahnsteig. Graue Stimmung. Stille.

Eine etwas runde Frau in grauer Uniform geht mit argwöhnischer Miene hin und her. Auf den Wägen der anhaltenden Züge bemerke ich das Zeichen RB, es heißt *Reichsbahn*, der Name, den die deutsche Eisenbahngesellschaft vor dem Zusammenbruch des Dritten Reiches und der Teilung Deutschlands 1949 trug. Hier gilt aus geheimnisvollen Gründen die Bezeichnung immer noch. In der Bundesrepublik ist es DB (Deutsche Bundesbahn).

Zwei Welten, zwei Systeme. Meine Neugierde ist stark angesprochen. Wenn ich in die DDR komme, dann nicht, um mich über eine sozialistische Gesellschaft lustig zu machen, sondern um etwas zu lernen.

Jetzt muss ich mich den Kontrollen unterziehen. Zwei Männer der Grenzpolizei bitten mich um meine Papiere. Man kann ja keine Lust haben, über sie zu lächeln. Aber ich bin nicht unruhig, da ich alle Formalitäten erfüllt habe. Und bin ich nicht Mitglied von *France-RDA*? Bin ich nicht im Geiste eines freundlichen Besuchs gekommen? Auf die Frage, ob ich westliche Zeitungen in meinem Besitz habe, antworte ich negativ... Und schmunzle innerlich, weil ich weiß, dass nur *l'Humanité* toleriert ist unter den französischen Tageszeitungen und Zeitschriften, die in Ost-Deutschland eingeführt werden dürfen.

Eine Frau und ihre Tochter steigen in den Waggon, setzen sich vor mir hin.

Der Zug setzt sich in Bewegung. Die Halbwüchsige stößt plötzlich einen Ruf der Überraschung, zeigt ihrer Mutter eine Broschüre, die in einer Ecke auf der Bank lag, und weder den Kontrollbeamten noch mir aufgefallen war. Jedem Anschein nach ist sie absichtlich dort hingelegt worden, als wir noch im Westen waren. Worum geht es denn?

" Schau dir mal das an! ", murmelt die junge Reisende, " Eine Karte mit Informationen über das ganze Grenzsystem! Unglaublich! "

Die Mutter redet mich an :

" Woher kommt das? Wissen Sie´s?

- Nein, gnädige Frau, ich hatte nichts bemerkt. Allerdings bin ich Franzose... Ich komme zum ersten Mal hierher.

- Franzose?! "

Sie wendet sich wiederum an ihre Tochter.

" Gib´mir das Ding! ", sagt sie.

Und sie ergreift die Broschüre, um sie schnell in ihre Handtasche zu verstecken.

Die Szene erinnert mich an die Reaktion des Pfarrers, dem ich zwei Jahre früher in Berlin begegnete, als dessen Frau unerwartet erschienen war.

Wir machen noch eine Pause in Eisenach, der Geburtsstadt von Johann Sebastian Bach. Meine Reisegefährten steigen aus, lassen mich mit meinen Überlegungen wieder allein.

Und es ist endlich Erfurt, dort wo der Mönch Martin Luther studierte, wo Napoleon einen kolossalen Kongress organisierte, um den russischen Zar zu verführen und aus ihm einen sicheren Verbündeten zu machen.

Ich gehe durch die Bahnhofshalle, nehme eine Straßenbahn, die mich in das Univiertel fährt. Das in hellgelber Farbe gestrichene Fahrzeug ist altmodisch und macht viel Lärm. Hat nichts Gemeinsames mit der supermodernen Bahn, die ich in Stuttgart oder München sehen konnte. Der Lebensrhythmus scheint ruhig zu sein, jedenfalls mehr als im Westen. Aber die Leute sprechen wenig. Die Fassaden der Gebäude sind in Ordnung, mehr nicht. Ich denke an die tadellosen, fast unverschämt schönen Häuser, die man überall in der BRD sehen kann.

Auf dem Unigelände angekommen, schaue ich einen Augenblick lang die architektonisch traurigen Hochhäuser. Ich werde plötzlich von einer Art Melancholie erfüllt. Ich lese den Straßennamen auf einem Schild : *Straße der Völkerfreundschaft*, dann schlage ich die Richtung zu den Amtsstätten ein und stelle mich vor. Ich werde zu einem gewissen Herr Kastner geführt, der mir eine glänzende schwarze Mappe und eine ganze Reihe Dokumente überreicht, die meinen Aufenthalt erleichtern sollen. Sein Händedruck ist stark und aufrichtig, sein Lächeln jedoch zu sehr gezwungen. Er weist mich zu einem Gebäude hin, in dem mein Studentenzimmer liegt, und lädt mich anschließend zum Empfang, der schon am gleichen Abend in der Cafeteria für alle Praktikanten, die in ihrer Mehrheit aus dem Westen kommen, stattfinden wird.

Erste Eindrücke

Das erste Treffen in der Cafeteria der Uni trug den Stempel einer gutmütigen Stimmung und war frei von politischen Reden. Aber schon am nächsten Vormittag mussten wir in einem Klassenzimmer den etwas aggressiven, wenn auch gut genug konzipierten Vortrag des Herrn Professor Grünwald hören, damit wir uninformierte Westleute über den nicht akzeptablen Charakter der großen und kleinen Einmischungen der bösen BRD im Leben der kleinen und tugendhaften DDR im Bilde seien. Der überzeugte, ja manchmal leidenschaftliche Ton des Redners, der beim ersten Blick ein gutmütiges Aussehen dargeboten hatte, gewann unsere Zustimmung. Es schien uns durchzublicken, dass der Kapitalismus, der in den Ländern, woher wir kamen, unbestritten herrschte, weit und breit nicht nur Wohltaten spendete.

" Gewiss ", sagte mir mein Kollege Johann, " Bei uns ist der Lebensstandard wesentlich höher, hier aber gibt es mehr Gleichheit und Gerechtigkeit auf dem sozialen Gebiet. Die Lohnunterschiede sind nicht so groß, und das Minimum ist jedem gesichert!,,

Nach der Kaffeepause mussten wir einem Marxismuskurs in gehöriger Form beiwohnen. Auf Bänken in einem eher düsteren Amphitheater zusammengepresst - zumal die Wetterlage an diesem Vormittag nicht besonders erfreulich war - hörten wir mit

Geduld und Respekt einem wunderschön strukturierten und scheinbar unwiderruflich argumentierten Vortrag zu.

Als wir die Stätte dieser philosophisch-politischen Unterweisung verließen, erklärte mir eine österreichische Studentin mit dem Vornamen Elisabeth mit niedergeschlagenem Gesichtsausdruck :

" Ich habe alles begriffen... Es ist aus mit dem Kapitalismus! "

Die verschiedenen Lehrer und Begleiter, die den Auftrag hatten, uns zu unterrichten und über uns zu wachen, waren alle Mitglieder der SED (Sozialistische Einheitspartei Deutschlands). Wenige unter uns waren fähig oder hatten den Wunsch danach, ihnen während der Diskussionen, Gespräche oder Mahlzeiten im Restaurant zu widersprechen.

Ein Franzose namens Miol passte jedoch nicht in unsere gehorsame Versammlung.

Er war um eine Generation älter als wir - in seiner Jugend hatte er in der Résistance gekämpft - war *professeur agrégé* der deutschen Sprache und in Frankreich in der Partei UDR von Jacques Chirac sehr eingespannt. Wir bewunderten seine Redekunst und noch mehr seine Begabung in der deutschen Sprache. Er verpasste keine einzige Gelegenheit, den kommunistischen Predigern schonungslos zu widersprechen. In seinen Gesprächen mit uns, seinen jungen Landleuten, wollte er uns überreden, das politische und soziale System der DDR sei ein totales Fiasko. Wir versuchten, ihn zu einem nuancierteren Urteil zu bringen, selbst wenn wir zugaben, dass er in mancher Hinsicht recht hatte. Manchmal hielten seine ost-deutschen Widersprecher den Mund zu, wenn sie keine Gegenargumente mehr fanden, und wir nahmen mit einer Art Habgier Notiz davon, wer aus dem ideologischen Wettkampf den Sieg davontrug.

" Sie sagen uns, Sie wären eine Demokratie, der politische

Pluralismus würde bei euren Parteien existieren! ", rief Miol aus, " Was Sie aber *die Nationale Front* nennen, ist ganz und gar der SED untergeordnet! Und die SED selbst kann sich nur mit Hilfe der sowjetischen Panzer am Leben erhalten! Sie haben da die größte Utopie geschaffen, die uns in den Krieg führen kann! "

An einem Abend wohnten wir im Erfurter Rathaus einem Konzert bei, das von sowjetischen Künstlern gegeben wurde. Die Stimmung war absichtlich feierlich. Die Prominenz der Universität und des Gemeinderates waren anwesend. Nach der Rede eines hohen Verantwortlichen, der den pompösen Titel *Magnifizenz* trug, hörten wir andächtig Musikstücken von Tschaikowsky, Rachmaninoff, Prokofief und Bach zu. Zwar wurde der *Cantor* des nahen Leipzig geehrt, aber die im Programm dominierende Präsenz der russischen Komponisten war ein Zeichen, über dessen Sinn man sich nicht täuschen konnte. Als wir das edle Gebäude verließen, fragten wir Miol, ob er den Abend geschätzt habe. Seine Antwort erstaunte uns nicht.

" Oh, wissen Sie.... Herr Popov undsoweiter, der Cello spielt, es ist nicht meine heiße Liebe! Und haben Sie die Einführungsrede gehört? Zuerst den Lobgesang an die Verwirklichungen des Sozialismus in der DDR, zweitens den *Plan* und dessen Ziele - die zwangsläufig übertroffen werden! - schließlich die unzerstörbare Freundschaft mit der Sowjetunion! Überhaupt keine Überraschung! ". Dabei hatte Miol ein etwas schelmisches Lachen.

An einem Sonntagvormittag luden wir Johann und ich ihn dazu, dem Gottesdienst im Dom beizuwohnen. Während seiner Predigt sprach der Bischof starke Worte : " Der Marxismus hat keine Antwort auf das Problem des Todes! "

Miol war begeistert.

" Hier ", sagte er uns, " Haben wir eine Kirche des Widerstandes!"

Als wir aus dem Gebäude herauskamen, wollte er den Prelat begrüßen, küsste seinen Ring mit scheinbarer Demütigung, und sagte ihm : " *Eminenz*, wir sind Besucher aus Frankreich, und wollen Ihnen unsere Unterstützung zusichern...

Ach, den Dom besichtigen? ", erwiderte der Bischof einfach auf Französisch.

Einige Tage später ließ man uns ein Erziehungsheim für junge Leute entdecken. Die Anstalt war angeblich ein Musterhaus. Während wir die Lehrräume durchgingen, beschäftigten sich die braven und ruhigen Halbwüchsigen mit Bastel- Mal- oder Zeichenarbeiten. Ich beugte mich über das Heft eines von ihnen und fragte ihn, ob ich sein Arbeitswerkzeug durchblättern dürfe. Der Inhalt war vielsagend : Gesichter von Marx und Lenin, Zitat von Ho Chi Min, rote Sterne, Hammer, Sichel, Kompass, nichts fehlte! Als wir herauskamen, rief Miol mit empörter Stimme : " Unglaublich! Und haben Sie den Zustand des Geländes vor dem Haus gesehen? Niemand hat mal daran gedacht, das Gras zu mähen! "

Ein großer Moment war der Besuch an einem Nachmittag von dem Lager junger Pioniere namens *Maxim Gorki*. Als wir aus dem Bus ausstiegen, wurden wir von allen Jugendlichen empfangen, die an diesem " Treffen " sommerlicher politischer Endoktrinierung teilnahmen. Sie sangen, sehr schön allerdings, eine Art martialische Hymne. Wären nicht die roten Fähnchen und die Abwesenheit von Hakenkreuzen gewesen, da hätten wir glauben können, wir sähen eine Abteilung der verstorbenen *Hitlerjugend* aus der Vergangenheit emporsteigen. Es war beeindruckend. Kaum waren wir durch das Tor gegangen, das Zugang in das Innere des Lagers gab, da wurde einem jeden von uns ein kleiner Schutzengel, ja Mitglied der Jugendorganisation, gegeben, der den Auftrag hatte, uns zwischen die Baracken zu führen. Der natürliche Rahmen war ziemlich angenehm : Ein Tannenwald, ein Teich... Und was die Aktivitäten der Pioniere anbetraf, so trugen sie den Stempel perfekten Friedens : Tennis, Volleyball, Kanufahrten...

Ich war jedoch skeptisch, und wollte mich schnell davonmachen, um zu beobachten und fotografieren, was mir als verdächtiger vorkommen könnte. Das war aber nicht möglich. Mein Schutzengel, ein dreizehnjähriges Mädchen, das den Vornamen Elke trug, wollte mir nämlich auf den Sohlen folgen.

" Ich muss Ihnen folgen ", sagte sie mir, " Sie könnten sich verlaufen! ". Ich musste das also mit der nötigen Geduld ertragen. Als wir an einer kleinen Bühne vorbeigingen, fragte ich sie über deren Anwendung. Sie sah etwas verlegen aus, und sagte schließlich :

" Das ist ein Tribunal...

- Wieso ein Tribunal?

- Kindertribunal...

- Und wen urteilen die Kinder?

- Die Ausbeuter, die Imperialisten, die die Kriege auslösen..."

Der Besuch endete mit einem Imbiss, der in einer Baracke eingenommen wurde. Man ließ uns sehr schwungvolle revolutionäre Lieder auf Deutsch, aber auch auf Englisch und Italienisch singen. Die Stimmung war so begeistert und überhitzt, dass es niemandem in den Sinn gekommen wäre, bei diesem Gesang nicht mitmachen zu wollen. Aber näher betrachtet, war das, was wir laut sangen, eine Kriegserklärung an die soziale Ordnung, deren wir die naiven Vertreter waren.

" Sind Sie Kommunist? ", fragte mich plötzlich Elke mit einem Glanz in den Augen.

" Nein...

- Dann sind Sie Sozialist?

- Auch nicht! "

Sie war etwas enttäuscht, schien sich aber schnell zu trösten. Wenn ich nämlich in die DDR gekommen war, dann wäre es zwangsläufig, so dachte sie, weil etwas mich dorthin anziehen würde. Alle Hoffnungen darauf, dass ich eines Tages zu einem fortschrittlichen Menschen werden könnte, wären demnach erlaubt.

Ein Lehrer aus Erfurt sagte mir nun mit vertrauensvoller Stimme :

" Sie sind Franzose. Wir verfolgen aufmerksam die politischen Ereignisse in Ihrem Land. Nächstes Jahr werden Sie wohl Parlamentswahlen haben, wenn ich mich nicht irre?

- Ja, das ist richtig...

- Nun, ich glaube, dass Ihre *Union der Linke* alle ihre Chancen hat. Übrigens hat Frankreich seine Revolutionen immer sehr konsequent geführt! "

Als wir das Lager *Maxim Gorki* verließen, verabschiedeten sich die Jugendlichen sehr liebevoll von uns. Elke nahm ihr rotes Halstuch, band es um meinen Hals und küsste mich.

27 Jahre lang sollten wir uns schreiben, ohne uns jemals wiederzusehen. Als ich im Jahre 2003 bei *Internet* ihre Telefonnummer entdeckte, rief ich sie unvermittelt an und erkannte ihre Stimme sofort wieder. Zu dieser Zeit war die MAUER seit fast 14 Jahren gefallen, und die deutsche Wiedervereinigung war vollbracht. Elke lud uns, meine Frau, meine Kinder und mich, ein, sie zu besuchen, was wir taten. Ich brachte ihr die Fotos, die ich aufgenommen hatte, als sie 13 war. Da sagte sie mir :

" Würde man mich um 100 Euros bitten, damit die MAUER wieder gebaut werde, dann würde ich sie sofort auszahlen! "

Ich wunderte mich nur halb über ihre Aussage. In ihrer Korrespondenz während der der Wiedervereinigung folgenden Jahre hatte sie mehrmals ihre Bitterkeit gegen den Kapitalismus ausgedrückt.

" Dieses System ist genau so, wie es uns beschrieben wurde, als ich Schülerin war, zur Zeit der DDR. Es ist das Gesetz des Dschungels... Nur der Profit ist wichtig, die Arbeitslosigkeit steigt ständig!"

In der Tat gab es keine Arbeitslosen in der DDR. Da der Staat der einzige Arbeitgeber war, bekleidete jeder eine Stelle, sei sie auch sehr bescheiden. Selbstverständlich konnte man sich darüber wundern, dass auf diesem oder jenem Arbeitsplatz zehn Arbeiter anwesend waren, unter denen drei oder vier keine Finger zu rühren schienen, aber die Mitglieder der SED konnten sich aufbrüsten : In ihrem *Arbeiter- und Bauernstaat*, wo die *Arbeiterklasse* an der Macht war, waren Elend und Ausbeutung unbekannte Erscheinungen...

Gleichwohl führte Miol seine Offensive fort, um unsere Begleiter ideologisch zu destabilisieren. Unter ihnen hatte er eine schön aussehende junge Frau ausgemacht, Frau Sand, mit der er sich gelegentlich unterhielt. Selbst wenn diese zugab, dass die DDR den Lebensstandard der westlichen Demokratien noch nicht erreicht hatte, wiederholte sie ihm den magischen Spruch : " Bei uns gibt es keine Arbeitslosigkeit! ". Worauf Miol erwiderte : " Liebe Frau, in einem Gefängnis gibt es auch keine Arbeitslosigkeit! " Frau Sand wurde blass : " Sie sind grausam! ", rief sie aus. Unser erfahrener Landsmann hatte nämlich eine klaffende Lücke des kommunistischen Systems an den Tag gelegt : Seit der Errichtung der MAUER am 13. August 1961 war es für die ostdeutschen Bürger nicht mehr möglich, frei zu reisen, sehr wenige Fälle ausgenommen. Nur die Grenzen der *Volksdemokratien* waren ihnen offen, wenn sie ins Ausland in Urlaub fahren wollten.

" Diese Frau ist verletzt! ", sagte mir Miol, " In der BRD würde sie den dreifachigen Lebensstandard haben, den sie hier hat... Aber sie kann das nicht zugeben. "

An einem Abend lud mich Frau Sand in ihr Zimmer zum Aperitiv ein. Was wollte sie? Sie war geschieden und erzog allein ihre Tochter. Ich spürte eine Person, die zugleich stolz und in ihrer Würde verwundet war. Ich machte ihr vermutlich den Eindruck, ein unreifer Junge zu sein und beschränkte mich darauf, über Politik zu sprechen. Sie akzeptierte es wieder einmal, diese für sie wahrscheinlich ermüdende Rolle der überzeugten Sozialistin zu spielen. " Herr Rémond ", sagte sie mir, als hätte sie einen Schüler angeredet, " Sie irren völlig, wenn Sie behaupten, die Sowjetunion wäre ein imperialistisches Land... Denn der Imperialismus ist das höchste Stadium des Kapitalismus!" Ich erzählte ihr auch von meinem Glauben an Gott. Umsonst. Für sie war dieser Begriff selbst aus dem Gebiet ihrer philosophischen Überlegungen ausgeschlossen.

Trotz alles Negativen, was ich, von Miol angespornt, tagtäglich in der DDR beobachten konnte, muss ich dennoch zugeben, dass im Bereich der sozialen Fürsorge der Eindruck positiv war. Da ich Augenschmerzen hatte, ging ich eines Tages in eine Polyklinik : Sowohl die Untersuchung als auch die Ratschläge und das Medikament, die mir gegeben wurden, kosteten mich keinen Pfennig. Die medizinische Pflege, so war mir gesagt worden, seien in der DDR absolut kostenlos. Und ich konnte feststellen, dass es stimmte.

Naschhaft sein in der DDR

Was konnte man über den Lebensstandard der Ost-Deutschen im Jahr 1977 sagen?

Zwar waren die Leute korrekt angezogen, die öffentlichen Verkehrsmittel sehr billig, so wie die Grundlebensmittel. Aber man musste oft Schlange stehen, um Bananen oder Apfelsinen kaufen zu können. Wenn die Menschen ein Auto erwerben wollten, sei es den berühmten *Trabant* oder den gemütlicheren *Wartburg* gewesen, mussten sie lange Monate oder länger als ein Jahr warten, bis sie endlich das Fahrzeug in Empfang nehmen durften. Unsere Kameras ließen die Leute staunen, während die Deutschen Fotos mit russischen *Zenith*apparaten aufnahmen, die zwar solide, aber auch wahnsinnig schwer waren...

In manchen Umständen hatten wir privilegierte Einwohner des Westens den Eindruck, ein Gefühl des Neides auszulösen, vor allem in Bezug auf die Art und Weise, wie wir bedient wurden. Das Frühstück, das uns tagtäglich serviert wurde, war sehr üppig : Eier, Wurst, Käse, Toasts, Tee, Kaffee... während die deutschen Studenten sich mit zwei Würstchen, Schwarzbrot und einem Kaffeeersatz zufriedenstellen mussten. Am Schlimmsten war es, wenn einige unter uns ihr Tablett zurückbrachten, ohne alles gegessen zu haben, was sie sich genommen hatten, da sie größere Augen als den Bauch gehabt hatten. Der empörte Gesichtsausdruck des Dienstpersonals vor dieser unverschämten

Neigung zur Verschwendung war da nicht zu übersehen.

Auf einem Ausflug machten wir einmal eine Pause in einer typischen Gaststätte. Gäste aus der Region, die Schlange standen, bevor sie eintreten durften, mussten uns mürrisch den Platz freimachen. Die Mahlzeit war köstlich. Als aber mein Freund Johann einer der Dienstfrauen mit einem " Es hat geschmeckt! " ein Kompliment machen wollte, antwortete diese nichts und schaute ihn böse an. So groß war unsere Leichtfertigkeit, dass es uns nicht in den Sinn kam, wir waren entsetzliche Privilegierte im Vergleich mit Menschen, die einen sehr bescheidenen Lebensstandard hatten.

Aber die SED ging mit ihren Propagandamitteln nicht sparsam um : Alles war ihr gut, um uns zu überreden, die DDR wollte unser Bestes... Hauptzweck war, wir würden, einmal wieder heimgekehrt, eine unvergessliche Erinnerung an unseren Aufenthalt haben, und ein tadelloses Image der ost-deutschen Heimat des Sozialismus geben!

Aber diejenigen von uns, die weder Kommunisten noch Sozialisten waren, konnten nach ein paar Wochen nicht mehr viel getäuscht werden. Sie entdeckten nämlich schreiende Ungerechtigkeiten, und zwar nicht nur die Existenz einer kommunistischen *Nomenklatura*, die manche Vorteile genoss, welche dem einfachen Volk verweigert waren – eigentlich der größte Schwindel in einem Land, das behauptete, an der Spitze des sozialen Fortschritts zu stehen! - sondern auch die berüchtigten *Intershops*. Worum ging es denn? In diesen eigenartigen Geschäften konnte der Kunde sich alles leisten, was er auf dem offiziellen Markt nicht fand, dennoch unter einer einzigen Bedingung : Er musste mit ausländischer Währung, Dollar, deutscher Westmark, englischem Pfund, französischem Franc... zahlen. Was für ein Mittel für den DDR-Staat, der dann nichts verschmähte, um sich ausländische Devisen zu verschaffen! Hatte jemand einen Verwandten in der BRD, dann konnte er durch ihn über West-Mark verfügen und in einem *Intershop* Luxusprodukte erwerben! Und egal war es ihm, dass andere von der Vorsehung nicht so gut versorgt waren!

Auf der Bank wurde eine Ost-Mark gegen eine West-Mark umgetauscht, was reiner Betrug war. Von der DDR-Währung konnte selbstverständlich nur innerhalb des sozialistischen Systems Gebrauch gemacht werden. Gegenüber den Devisen der kapitalistischen Staaten hatte sie überhaupt keinen Wert. Eines Abends machte ich in einem Esslokal einen sehr lukrativen Umtausch : Gegen 200 französische Francs gab mir ein Algerier die entsprechende Summe in DDR-Mark, was mir ermöglichte, zwei Wochen lang zu leben…

Die historische Instrumentalisierung

In der DDR schien fast alles von einer marxistischen Lektüre der menschlichen Geschichte abgeleitet zu sein: Schulbücher und Presse, Literatur, Theater, kulturelles, wirtschaftliches, soziales und politisches Leben, die Beziehungen zu den *Bruderstaaten* des sozialistischen Lagers und die kapitalistische Welt... Eine unanfechtbare Dialektik machte es unseren, von der Regierung dazu beauftragten Gesprächspartnern möglich, fast alle unsere Fragen, Zweifel oder Widerreden zu beantworten. Unter denjenigen von uns, die für den Marxismus Sympathien hatten, wurde dann alles in der DDR zum Anlass zur Begeisterung, denn es gibt keinen schlimmeren Blinden, als den, der nicht sehen will. Während einer Debatte, in der Miol wiederum keine Widerrede zu dulden schien, als hätte er die Meinung unserer ganzen westlichen Gruppe ausgedrückt, ließ ein junges schwedisches Paar seiner Wut freien Lauf : " Sprich in deinem Namen, nicht in dem anderer! Es steht dir frei, die Dinge hier so zu sehen, wie Du sie sehen willst! Wir sind aber anderer Ansicht! ". Mehr wäre aber notwendig gewesen, um unserem französischen Kritiker am Ost-Sozialismus den Mund zu stopfen!

Uns wurde ein Film über das Leben Beethovens gezeigt, eine Produktion, die als " neu und objektiv " bezeichnet worden war.

" Haben Sie Beethoven sprechen hören? ", schimpfte Miol nach der Aufführung, " Man könnte meinen, er ist von der FDJ unterwiesen worden! " Die *Freie Deutsche Jugend* war die politische Organisation der deutschen Jugend in der DDR.

Vielleicht war es leichter, den stürmischen und rebellischen Menschen Beethoven unter den roten Banner einzuziehen als Goethe... Unser Besuch in Weimar im Hause des Autors des *Faust*, der eigentlich ein so eingefleischter Konservative war, dass er einmal vor den Ausschreitungen der Französischen Revolution sagen sollte : " Der Unordnung ziehe ich eine Ungerechtigkeit vor! ", hatte jedoch nichts von einem Indoktrinierungsversuch, er lief fast so ab, als wären wir im Westen gewesen, ruhig und politisch neutral.

Hingegen war die Führung, die wir im Ex-Konzentrationslager Buchenwald machen mussten, zu einem Muster der historischen Instrumentalisierung.

Bevor wir hineintraten, gingen wir an einem Ausschank vorbei, wo man auch Schnellimbisse kosten konnte... Mit einer genauso verwirrenden wie skandalösen unzeitgemäßen Haltung schlug Herr Kastner Miol vor, ein Stück zu essen, als wäre eine Stärkung notwendig gewesen, bevor man die Zeugnisse des Konzentrationsschreckens anschauen würde.

" Ich speise nicht ", antwortete Miol verachtungsvoll, " wo meine Freunde der Widerstandsbewegung gelitten haben..."

Oben am Eintrittstor stand folgende schmiedeeiserne Aufschrift : *Jedem das Seine.*

Tief betroffen und schweigend gingen wir durch das riesige leere Gelände, wo etwa zweiundreißig Jahre früher Baracken gestanden hatten, die als Unterkünfte für die Schar Tausender Häftlinge dienten, die als Opfer einer abscheulichen Tyrannei bis zum Erschöpftsein geschuftet hatten, den Tod abwartend. Kastner zog eine sehr ernsthafte Miene, als er uns einen kurzen historischen Bericht erstattete. Dann besichtigten wir das Museum, ganz nah vom Krematorium. Es wurde zum bedrückendsten Moment der Besichtigung : Eine Anhäufung von Gräueln war es, Objekte, Fotos, schriftliche Zeugnisse.

Dann richteten wir die Augen zu einem beeindruckenden, nach dem Krieg erbauten Turm hinauf, bevor wir eine unendliche Allee entlanggingen, die von enormen Stelen umsäumt war; jede dieser Stelen trug den Namen eines Landes, aus dem eine gewisse Anzahl Bürger hier in Buchenwald ermordet worden waren : Russland, Polen, Serbien, Frankreich, Belgien, Holland, Kanada, England, Australien, Deutschland...

Diese Granitarchitektur hatte etwas Bedrückendes, Beängstigendes. Zwar schuf sie den erwünschten Effekt : Kolossales Mahnmal einer beispiellosen Tragödie, sie ließ aber leider durch ihren stalinschen Stil an andere Massenmorde denken, die den Verbrechen des Hitlerregimes in nichts nachstanden, und zwar zuerst an die von Lenin und dann an die seines miserabel als *Väterchen der Völker* genannten Nachfolgers, von dem die DDR - höchste Ironie - die direkte Erbin war, gleichgültig was sie auch von sich behaupten konnte.

Der wichtigste Moment der Besichtigung war die Projektion eines Filmes, der uns erfahren ließ, die Befreiung von Buchenwald 1945 sei nicht den etwas später angekommenen amerikanischen Truppen zuzuschreiben gewesen, sondern den KZ-Gefangenen selbst, die sich gegen ihre SS-Wächter aufgelehnt hätten, und zwar dank einer Initiative der im Lager anwesenden Kommunisten, die eigentlich die wahrhaftigen und einzigen Antreiber jener Heldentat gewesen seien.

Hätten wir mehr Geistesgegenwart und Dreistigkeit gehabt, da hätten wir unseren freundlichen Begleitern ins Gesicht geschleudert, der Zweite Weltkrieg sei 1939 erst recht vom Bund Hitlers mit dem Kommunisten Stalin möglich gewesen. Aber wir taten mehr oder weniger so, als hätten wir ihre Mythologie für bares Geld gehalten, die der Existenz der DDR, die uns um den Bart ging und mit Märchen einlullte, eine Rechtfertigung gab.

DIE WARTBURG

Heute Vormittag fahren wir zur *Wartburg* hinauf, die hoch über Eisenach steht. Durch die Fenster des Busses erblicke ich den von einem Kreuz überragenden Bergfried und das in der Sonne glänzende schiefe Dach des Hauptgebäudes.

Diese Besichtigung ist für mich einer der Höhepunkte meiner ersten DDR-Reise.

Denn die *Wartburg*, das ist das mittelalterliche Deutschland, die Heilige Elisabeth von Ungarn, der *Tannhäuser* von Wagner, Martin Luther und seine Bibelübersetzung...

Der Ort ist von großer Schönheit. Auf einem Hügel stehend, dominiert die Festung den Thüringer Wald. Ludwig II. ließ sich allerdings für den Bau vom Schloss *Neuschwanstein*, der berühmtesten Sehenswürdigkeit Deutschlands, davon inspirieren.

Wir gehen durch das erste Tor : Dunkler Durchgang, sehr dicke Mauern. Dann warten wir auf unseren Fremdenführer in der Vorburg. Ich bin gespannt, bewegt, fast erschüttert.

Die Burg soll im Jahre 1067 gegründet worden sein, und zwar vom Landgrafen *Heinrich dem Springer*, der so genannt wurde, weil er der Sage nach in einem Turm eingesperrt wurde, und aus dessen letztem Stockwerk beim Springen in den Wassergraben unversehrt flüchten konnte! Aber die *Wartburg* wurde im Laufe der Zeit mehrere Male umgebaut und vergrößert. Von 1952 bis 1966 hat die DDR-Regierung sie restauriert, wie sie im sechzehnten Jahrhundert war. Das ist ja etwas, worauf das Regime mit vollem Recht stolz sein kann!

Ich las zum ersten Mal den Namen *Wartburg*, als ich Wagners *Tannhäuser* entdeckte. Der komplette Titel der Oper ist nämlich *Tannhäuser und der Sängerkrieg auf der Wartburg*. Der Sage nach fand ein poetischer Wettkampf zwischen mehreren bekannten deutschen Minnesängern an diesem Ort 1206 statt. Walter Von der Vogelweide und Wolfram Von Eschenbach sollen daran teilgenommen haben.

Aber diesem nahezu mythischen Ereignis folgte eine historisch authentische Episode, nämlich der Aufenthalt von Prinzessin Elisabeth aus Ungarn, der Ehegattin vom Grafen Ludwig IV. von Thüringen, von 1211 bis 1228.

Wir sind im Großen Saal, dem architektonisch beeindruckendsten Gebäude. In dem Raum, wo ich mich im Moment befinde, gibt es eine Freske, die den legendären Sängerkrieg von 1206 darstellt. In der Mitte greift Landgräfin Sophie ein, um das Leben des armen besiegten Minnesängers zu retten, der infolge seiner Niederlage getötet werden soll! Bis zu diesem Punkt ist an der malerischen Schilderung der mittelalterlichen Erzählung nichts einzuwenden. Aber was diese Ikonographie ins absolut Lächerliche zieht, ist die Gegenwart von Wagner und Franz Liszt unter den wetteifernden Minnesängern! Ein Zeugnis dafür, dass die Künstler vom Neunzehnten Jahrhundert vor den verrücktesten Aneinanderreihungen nicht zurückschreckten...

Aber hat nicht ebenfalls Wagner in den Augen der Puristen ein Ungeheuer konzipiert? In seiner Oper kombiniert er nämlich drei Elemente : Den Sängerkrieg, die Figur der Heiligen Elisabeth, die er mit der von Landgräfin Sophie verwechselt, und die Legende des Ritters *Tannhäuser*, der auf seine Verehrung der Jungfrau Maria verzichtet zugunsten der Göttin Venus, die über die Welt des Eros herrscht und sich in einem geheimnisvollen Berg versteckt! Eine gewagte Sache!

Dennoch schafft das dramatische Genie des Musikers aus diesen Elementen eine gewaltige Oper, dessen Thema ist, wie in den meisten seiner Werke, die Erlösung durch die Liebe. Starke Struktur in drei Aufzügen, poetische Sprache und herrliche musikalische Partitur, alles trägt dazu bei, aus dem *Tannhäuser* ein Meisterwerk zu machen. Und gerade das habe ich im Sinn während des ersten Teils unserer Besichtigung : den *Pilgerchor* in der Ouvertüre, das Duett zwischen Elisabeth und dem verwünschten Minnesänger, die übergroße Freude der zwei Liebenden, das Lied an den Abendstern von Wolfram Von Eschenbach, und am Ende den Schlusschor, eine echte religiöse Apotheose eigentlich. Im Grunde sind mir Wagners unwahrscheinliche Erfindungen gleichgültig. Dass ich heute hier bin, verdanke ich ihm!

Ich erlebe aber eine andere Art Emotion, als ich in Elisabeths private Gemächer eintrete, deren Wände von sehr schönen Mosaiken gedeckt sind, die den Lebenslauf der Fürstin seit ihrer Kindheit darstellen. Umwerfende Geschichte eines geistlichen Komets, die verhältnismäßig mit der Bahn der Therese von Lisieux verglichen werden kann... Sehr früh mit Ludwig IV. verheiratet, Mutter von drei Kindern, sehr früh verwitwet, aus der Burg von einer schrecklichen Schwiegermutter ausgewiesen, Jüngerin von Franz von Assisi, in ein elendes Existenz gestürzt, das sie mit vierundzwanzig Jahren für die Ärmsten aushauchte! Eine solche Laufbahn könnte ja die Theoretiker des Marxismus Leninismus erblassen lassen, die es versuchen, mit Hilfe einer Diktatur Gerechtigkeit und ein Paradies auf der Erde zu schaffen... Ich bin hingerissen, und lächle in meinem Inneren.

In einem breiträumigen Gang entdecke ich dank einer Reihe Tafeln, die von Moritz Von Schwind gemalt wurden, eine Episode, die wahrhaftig sehr schön, wenn vielleicht auch legendär ist, das *Wunder der Rosen*.

Während eines sehr strengen Winters und in einer Zeit der Hungersnot nimmt Elisabeth heimlich Brote im Schloss, um sie unter den Armen in Eisenach zu verteilen. Sie geht den steilen, zur Stadt führenden Pfad hinunter und versteckt ihr kostbares Depot in den Falten ihres Blindschachtes. Ihr Ehegatte, der solche Initiativen missbilligt, erscheint plötzlich vor ihr und fordert sie auf, das zu zeigen, was sie birgt. Sie gehorcht : Da fallen wunderschöne rote und weiße Rosen in den Schnee, zur Verblüffung des Landgrafen.

Schließlich, so sage ich mir, übersteigt die wirkliche Schönheit der kleinen ungarischen Prinzessin die der verliebten Heldin Wagners, welche ihr Leben für den Sünder Tannhäuser aufopfert. Wenn mir eines zukünftigen Tages eine Tochter geschenkt wird, dann werde ich sie Elisabeth nennen, und wenn sie groß geworden ist, will ich ihr diese Hochburg des christlichen Glaubens entdecken lassen.

Wir sind jetzt im Inneren der *Vogtei*, vor dem wahrscheinlich berühmtesten Zimmer der *Wartburg*, da wo Martin Luther von Mai 1521 bis März 1522 das Neue Testament ins Deutsche übersetzte... Eigentlich eine echt kulturelle und religiöse Revolution, in erster Linie wegen der sprachlichen Leistung. Luther ist zu einem beträchtlichen Teil der Schöpfer der modernen deutschen Sprache. Und Klopstock, der ein Kenner in diesem Fach war, sollte später erklären : " Irgendwer, der weiß, was eine Sprache ist, wird nie vor Luther ohne Ehrfurcht aufzutreten wagen. " Auch im musikalischen Bereich war der Anteil der aufrührerischen Mönchleins erheblich wichtig, da er den allbekannten *Choral* schuf. Ohne ihn wäre Bach nicht Bach gewesen. Über die ungeheuren Folgen auf dem religiösen wie auf dem politischen Gebiet, die die *Reformation* in Europa hatte, so sagte einer meiner Unilehrer, sie seien durch ihren Umfang und die von ihr herbeigeführten Tragödien, mit denen der bolschewistischen Revolution im Jahre 1917 vergleichbar gewesen.

Der Rebelle, der seine streitigen Thesen an die Tür der Wittemberger Kirche groß anschlug, wurde aus dem Reich verbannt, vom Kurfürsten Friedrich dem Weisen auf der *Wartburg* versteckt, was ihm dem grauenvollen Schicksal, das der Legat des Papstes für ihn bereitete, entkommen ließ.

Wir dürfen nicht in die Zelle eintreten. Durch eine gläserne Öffnung schaue ich hinein. Erstaunen, Ehrfurcht, Traum... Projektion in eine zugleich so ferne und so nahe Vergangenheit... Vier Jahrhunderte, was ist das nach dem Maßstab der Menschheitsgeschichte?

Äußerste Einfachheit der Ausstattung : Wände und Decke aus Holzplatten, zwei kleine Porträts von Luther und Melanchton, und eine große, auf einem rustikalen Tisch liegende Bibel. Durch zwei kunstvolle Fenster dringt das Morgenlicht.

Meine Augen strengen sich vergebens an, um den berühmten Tintenfleck zu erblicken, die Luther eines Tages gemacht haben soll, als er dem Teufel, der ihn herumquälte, den Tintenfass zuwarf, in den er sonst seine Feder eintauchte, um sein sublimes

Übersetzungswerk zu machen. Angeblich wurde der Fleck einst gewissenhaft und regelmäßig wieder gemalt, weil sie ihre Farbe verlor... Aber gar nichts ist zu sehen! Nicht die mindeste Spur vom Fleck... Der Teufel und die Naivität haben kein Bürgerrecht mehr in der DDR.

Am Ende folgen wir den zwei gedeckten Laufgängen, Elisabethgang und Margaretengang genannt, die den Wehrring aus dem fünfzehnten Jahrhundert bilden. Die von Holzbalkonen getragenen Schutzbalken sind ein Wunderwerk. Durch die Öffnungen haben wir einen tiefen Ausblick über den Wald. Ich könnte mir einbilden, ich wäre in einem der Märchen von Grimm, die meine Kindheit verzauberten.

Kurz bevor wir die Burg verlassen, überfliege ich eine Broschüre, die von neueren, mit der Geschichte der *Wartburg* zusammenhängenden Ereignissen handelt, und entdecke somit, dass sie 1817 der Sitz einer hauptsächlich von deutschen Studenten geführten Demonstration war. Letztere, die liberal und nationalistisch gesinnt waren, protestierten gegen die Folgen des Wiener Kongresses und bedauerten nach den gegen Napoleon geführten *Befreiungskriegen* die Rückkehr des Absolutismus, während sie sich der Gründung eines Nationalstaates erwünscht hatten.

Wahrhaftig war die *Wartburg*, von dem *Sängerkrieg* bis zum neunzehnten Jahrhundert, über die Heilige Elisabeth und Luther, ein eminenter Mittelpunkt der deutschen Geschichte, vielleicht DER Mittelpunkt, wie sie es heute geographisch auf der Landkarte des wiedervereinigten Deutschland nach dem Fall der Mauer am 9. November 1989 ist.

Die unerschütterliche Freundschaft mit der Sowjetunion

" Wir sind wirklich blöde! ", rief Johann aus, als aus der hereinbrechenden Nacht die Überbleibsel des Dresdner Schlosses auftauchten, " Wir haben alle diese Kilometer zurückgelegt, um eine Ruine zu sehen! "

In der Tat, unser erster Kontakt mit der sächsischen Hauptstadt an jenem Augustabend des Jahres 1978 fand in einer düsteren Atmosphäre statt. Seit achtundzwanzig Stunden reisten wir zu Dritt. Nicole, eine Arbeitskollegin von Johann, fuhr das Auto, Johann saß ihr zur Seite, und ich besetzte einen Platz auf der hinteren Bank. Unser erster Reisetag war durch ein furchtbares Wetter betrübt worden : Lauter Wasserhosen und Kälte während der Durchreise der BRD... Bei Schwäbisch Hall hatten wir für die Nacht eine Pause in einem Bauernhof gemacht, dessen Besitzer uns ein sehr komfortables *Fremdenzimmer* vermietet hatte. Die Stimmung darin während dieser stürmischen Nacht war toll gewesen. Aber am folgenden Tag blieb der Himmel bedeckt, während wir durch Franken fuhren. An der DDR-Grenze mitten am Nachmittag angekommen, hatten wir Unannehmlichkeiten mit der *Grenzpolizei* gehabt, die unsere Papiere mit misstrauischem Auge geprüft hatte. Zum Glück hatte sich schließlich alles nach mehreren Telefonanrufen zum Guten gewendet.

Die Fahrt durch Thüringen und dann durch Sachsen hatte

etwas Deprimierendes gehabt : eine fast leere und schlecht instande gehaltene Autobahn, schwarzer Rauch aus dem Auspuff der wenigen Wagen, die wir trafen oder überholten, Gestank der Braunkohleöfen, versperrter Horizont.

Die *Florenz des Nordens*, von den Gemälden von Canaletto verewigt, und am 13. Februar 1945 durch einen so unnützen wie verbrecherischen Luftangriff der Anglo-Amerikaner ausradiert, war für Johann und mich keine unbekannte Stadt. Ein Jahr früher hatten wir auf einer unserem Aufenthalt in Erfurt folgenden Entdeckungsreise einen Tag dort verbracht. Wir waren von der Schönheit ihrer zum Teil restaurierten Monumente beeindruckt worden, und diese architektonische Pracht hatte meinen Freund stark motiviert, um sich dort für einen zweiten, von *France-RDA* geförderten Ferienkurs einzutragen. Ich hatte seiner Initiative zugestimmt.

In Anbetracht unserer Müdigkeit und des dämmerhaften Lichtes, die nun in Dresden herrschte, hatte uns die Suche nach dem im Viertel der *Lukaskirche* gelegenen Universitätsgelände viel Mühe gekostet, beinahe hätten wir vor lauter Entmutigung darauf verzichtet.

Am folgenden Vormittag fand das erste Treffen der verschiedenen nationalen Gruppen statt, die am Kurs teilnehmen würden. Wir konnten sofort feststellen, dass die Leute aus dem Westen schwach vertreten waren. Die französische Delegation zählte nur fünf Mitglieder. Die Teilnehmer aus dem Ostblock machten daher die Mehrheit aus, die Sowjets am ersten Rang. Die Konsequenz davon war, dass wir die vielen Vorteile, die wir ein Jahr zuvor in Erfurt genossen hatten, entbehren mussten. Die Qualität der Verpflegung war zum Beispiel viel niedriger, und zwar so sehr, dass während dieses Aufenthaltes mein Magen mehrmals protestierte! Da die Universität Dresden nicht dazu berufen schien, eine tadellose Vitrine der DDR anzubieten, wurden die wenigen Angehörigen eines Weststaates irgendwie als belanglose

Individuen betrachtet... In einem gewissen Sinne war es für uns ein Vorteil, denn wir konnten daher einen objektiveren Blick auf das Land werfen.

Die Polen wurden schnell kritischer als die anderen vor der Organisation, und dem extremen Ernst der preußisch-kommunistischen Indoktrinierung. Mein Etagennachbar war ein junger Deutschlehrer aus Krakau. Bald wollte er mit mir über verschiedene Themen sprechen. Er erklärte mir zum Beispiel, Russland sei kein europäischer, sondern ein asiatischer Staat. Da brauchte er nur noch einen Schritt, um die Russen als Barbaren zu bezeichnen. Ich spürte auch seine eingefleischte Feindschaft gegen die ost-deutsche Mentalität. Er hielt es nicht länger als drei Tage aus, verschwand rasch, und fuhr wieder heim, nicht ohne mir ein freundliches Wort geschrieben zu haben, das er unter die Tür meines Zimmers diskret legte... Dagegen hatte die spritzige, strahlende Agatha aus Poznan den Mut, die drei Wochen Praktikum zu absolvieren. " Die Deutschen waren, genauso wie die Russen, unsere schlimmsten Feinde ", sagte sie, " Und man muss die Sprache seines Feindes kennen! " An einem anderen Tag brach sie beim Lesen des Namens der Gaststätte " *Zum Aktivisten* ", wo wir während eines Ausflugs Station machten, in lautes Gelächter aus. Die Deutschen, so meinte sie, seien immer echte Extremisten, egal was sie taten ! Fünfunddreißig Jahre früher kämpften sie wie Teufel bis zu Ende für Hitler, und jetzt erteilte uns noch die sozialistische DDR einen Unterricht revolutionärer Geschichte, da wo wir uns nur den Bauch voll schlagen wollten!

Im Allgemeinen waren die Polen den Franzosen gut gestimmt, überschätzten aber die Macht und den Einfluss Frankreichs in Europa.

Im Laufe der Tage lösten sich die Zungen, und wir Weststaatler konnten uns immer mehr mit den Oststaatlern austauschen, die unter der sowjetischen Fuchtel standen.

Mit Verwirrung entdeckte eine Litauerin, dass mein nationaler Pass mir die Tore des *Eisernen Vorhangs* eröffnete.

" Wieso? ", sagte sie, " Ihre Regierung weiß nicht einmal, dass Sie sich hier aufhalten? Ich aber musste in Moskau Station machen, dort manche Papiere ausfüllen und unterzeichnen, um hierher nach Deutschland kommen zu dürfen! Um bei meiner Rückkehr muss ich wiederum nach Moskau, um mich Verifikationen zu unterziehen, bevor ich wieder nach Hause darf... "

Totalitäre Bürokratie...

In einer sprachlichen Hinsicht waren die Unterrichtsstunden, die uns gegeben wurden, völlig unnütz. Eine unserer Lehrerinnen, eine harmlose und lammfromme alte Dame, sagte uns, unser Niveau sei so gut, dass sie uns nichts mehr zu unterrichten habe. Was sie nicht daran hinderte, uns Übungen machen zu lassen, deren Thematik abermals durch die Propaganda total bedingt war. Man möge sich anhand folgender Beispiele eine Idee davon machen.

Schreiben Sie folgende Sätze ins Plusquamperfekt .

Der Tod von Karl Marx...

" Karl Marx, der größte Denker aller Zeiten, hat aufgehört zu denken. "

Die Nazi Barbarei...

Die grausamen SS-Leute haben die Brücke gesprengt und die Gegend verwüstet. "

Johann, der mir zur Seite saß, prustete los, sagte mir halblaut : " Ich würde verrückt werden, wenn ich in so einem Land leben müsste! "

In Erfurt hatten wir keine sowjetischen Bürger getroffen. In Dresden hingegen war die aus der UDSSR kommende Delegation relativ groß, und wir hatten vielfältige Gespräche mit mehreren ihrer Mitglieder. Wir konnten schnell feststellen, dass ihr Grad der Indoktrinierung noch viel höher war als der der Ost-Deutschen und dass sie sich von den westlichen Demokratien ein Bild machten, das nichts mit der Realität zu tun hatte, so sehr überzeugt waren sie von der Vortrefflichkeit ihres eigenen Systems.

Ich wurde eines Tages gebeten, vor den Teilnehmern meiner Gruppe einen Vortrag über Frankreich zu machen. Ich bemühte mich, über mein Land so objektiv zu sein wie möglich, und machte aus Problemen wie etwa der Arbeitslosigkeit oder der Drogensucht keinen Hehl. Indem sie mir zuhörten, kamen fast die Tränen in die Augen meiner russischen Kolleginnen : Ausgerecht aus dem Mund eines Franzosen bekamen sie die Bestätigung, dass der Kapitalismus nur Elend und Verzweiflung mit sich brachte! Bei einer anderen Gelegenheit sprach ich von dem Schüleraustausch, den wir organisierten; da sagte mir ein sowjetischer Lehrer mürrisch : " Solche Austauschprogramme sind selbstverständlich nur wohlhabenden sozialen Klassen vorbehalten! ". Wir versuchten vergebens, ihn über seinen Irrtum aufzuklären.

Bei einer Besichtigung des Schlosses *Sans Souci* in Potsdam sahen wir, wie Hunderte von Soldaten der Roten Armee unter der goldenen Täfelung und im Brunnengarten umherschlenderten. Auf einem nahe gelegenen kleinen Parkplatz ließen sie sich vor ein paar Autos fotografieren. Ein alter Deutscher, der gerade vorbeiging, sagte mir dann seine ganze Verachtung für dieses Herd kulturloser Okkupanten, unter denen eine große Anzahl aus Asien kamen und zum ersten Mal den Fuß in Europa setzten : " Sie haben keine Ahnung von so vielen Autos! "

Tatsächlich sahen diese Soldaten wahrscheinlich nicht viele Autos in der Steppe, aber dafür wussten sie, was ein Panzer oder sonstiges militärisches Fahrzeug ist... Nachts auf einer Autobahn reisend, konnten wir plötzlich verblüfft sehen, wie unendliche Panzerkolonnen der Streitkräfte vom *Warschauer Pakt* an uns vorbeifuhren.

Ein Jahr früher hatte ich in Erfurt vor den Mauern einer Kaserne große Plakate diskret fotografiert, die kriegerische Bilder von deutschen und russischen Landsern Schulter an Schulter zeigten, mit derartigen Slogans darunter :

Klassenbruder, Waffenbruder, vereint, unbesiegbar!

Ein paar Wochen vor meiner Fahrt nach Dresden hatte ich in der westlichen Presse gelesen, dass die Russen eine Rakete des Typs SS 20 pro Monat in der DDR und in der Tschechoslowakei installierten! Diese mit Atomköpfen bestückten Raketen waren auf alle großen westlichen Metropolen gerichtet!

Einmal wurden alle Kursteilnehmer zu einem Treffen mit Verantwortlichen der *Liga für die Freundschaft zwischen den Völkern* eingeladen. Dieses unvergessliche Ereignis fand im modernsten, in der *Prager Straße* gelegenen Kinosaal Dresdens, statt.

Wir bekamen zuerst einen hochtrabenden Vortrag über die friedliche Politik, die die Staaten des sozialistischen Lagers vor den kriegslustigen Umtrieben der Vereinigten Staaten führten, zu hören. In dieser Zeit nämlich war ständig davon die Rede, die USA würden eine " Neutronenbombe " entwickeln, eigentlich eine schreckliche Waffe, die die UDSSR nicht besaß; die kommunistische Propaganda prangerte die Bombe heftig an, wollte einen öffentlichen Protest dagegen in dem Rest der Welt auslösen...

Wir wurden dazu eingeladen, die Fragen zu stellen, die uns einfielen.

Ich meldete mich, indem ich die Hand hob...

" Würden Sie ehrlich behaupten ", sagte ich, nachdem ich alle Wörter meines Satzes sehr genau erwogen hatte, " Die Streitkräfte des *Warschauer Paktes* wären denen der *NATO* in Europa zahlenmäßig unterlegen? Man hört generell sagen, sie seien ihnen dreifach überlegen... "

Es war, als hätte ich einen Stein in einen scheinbar friedlichen Weiher geworfen. Ein missbilligendes Gemurmel erhob sich im Saal an verschiedenen Orten. Der Redner wollte mir sofort eine Antwort geben, aber man spürte in seiner Stimme eine Emotion, ja sogar vielleicht eine verdrängte Aggressivität. Der naive Konsenz, der bis zu diesem Augenblick beim Treffen geherrscht hatte, schien in die Luft aufgelöst zu sein.

" Klar, es gibt eine zahlenmäßige Überlegenheit unsererseits für die Panzer ", sagte er, " Sie sollen aber nicht vergessen, dass die USA, die stationierte Truppen in West-Europa haben, das Zweifache an Raketen besitzen im Vergleich mit der Sowjetunion, und dass diese Raketen im Falle eines Krieges eingesetzt werden könnten. Unsere Volksdemokratien sind also gezwungen, im jetzigen Moment ihr Abwehrpotential zu erhöhen, um den Frieden zu sichern... "

Am folgenden Tag teilten mir meine russischen weiblichen Kolleginnen ihre Bestürzung über meine unheilvolle Frage mit.

" Warum haben Sie diese Frage gestellt? Wir wollen den Frieden, haben aber große Angst vor der NATO. Russland wurde mehrere Male im Laufe seiner Geschichte angegriffen, aber nie ist ein Krieg von unserem Boden ausgegangen! "

Die Damen hätten mir fast ein schlechtes Gewissen gegeben...

In den Dresdner Straßen konnten wir Plakate sehen, die *das Bündnis mit der Sowjetunion, Lebensgrundlage für die friedliche Arbeit, das Wohl und das Glück des Volkes* rühmten, oder noch, in deutscher und russischer Sprache Phrasen lesen wie etwa : *Es lebe der rote Oktober!* Allerdings sollte jeder DDR-Bürger fähig sein, das Idiom Puschkins und Lenins zu verstehen, da es für alle

Schüler des Landes Pflicht war, es zu lernen... Die Zusammenarbeit in allen Bereichen zwischen den zwei " Brüderstaaten " wurde als ein Muster gepriesen. Ein Beweis für deren Erfolg? Drei Tage vor meiner Rückreise nach Frankreich wurde der erste ostdeutsche Kosmonaut Siegmund Jahn an Bord eines sowjetischen Weltraumschiffes in die Stratosphäre geschleudert und machte die Titel der sozialistischen Presse. Wenn wir ein paar Worte mit den Leuten in den Geschäften austauschten, fragten sie uns stolz, ob wir über diese außerordentliche Heldentat Bescheid wussten... Und sie waren erstaunt über die bescheidene Dimension unserer Begeisterung.

Die Florenz des Nordens, Opfer und Herrlichkeit

Für uns Franzosen war Dresden ein ästhetisches Wunder, das zum Teil in Trauer war. Nach alten Gemälden und Fotos aus den Dreißiger Jahren konnten wir feststellen, dass es bis 1944 eine Kunstmetropole und eine Hochburg der Barockarchitektur gewesen war. Die Räume seiner Museen bargen manche Schätze der europäischen Malerei. Im musikalischen Bereich hatten Weber, Schumann und Wagner dort Ruhm erworben. Im zwanzigsten Jahrhundert hatte sich die Gruppe der expressionistischen Maler *die Brücke* in Dresden niedergelassen. Die Aussicht über die Elbebrücken, das Schloss der sächsischen Könige, die *Semperoper*, das *grüne Gewölbe*, die *Frauenkirche* galt als eine der berühmtesten Europas, die Gebäude des *Zwinger* bildeten ein herrliches Ensemble.

Wenn ich, vom Stadtzentrum kommend, den Fluss überquerte und Fotos vom anderen Ufer her aufnahm, gab ich mir soviel Mühe, wie ich konnte, um die schönsten Gebäude zur Geltung zu bringen. Dennoch musste meine Vorstellungskraft mir dazu helfen, zu sehen, was nicht mehr da war. Die *Frauenkirche* war nur noch ein Trümmerhaufen, das Schloss ein düsterer Komplex mit Mauern und Türmen, die noch durch Brände geschwärzt war.

Die vom britischen *Bomber Command* befohlene Zerstörung der Stadt zweieinhalb Monate vor dem Ende der Kämpfe in Europa hat diese Katastrophe zu verantworten, die Zehntausenden von Männern, Frauen und Kindern das Leben kostete - nichtoffizielle Quellen gaben sogar die Zahl von über hunderttausend Toten, mehr als die der Opfer durch die Atombombe in Hiroshima.

Eines Abends stand ich allein auf der Brücke, die zur *Hofkirche* führt. Die Kirchtürme hoben sich dunkel von einer rötlichen Dämmerung ab. Da dachte ich an die Apokalypse, die an jenem furchtbaren 13. Februar 1945 über der Stadt hereingebrochen war. Was war geschehen? Und warum?

Im Gegensatz zu dem, was den meisten anderen großen Metropolen des Reiches widerfahren war, die als Ziel von Luftangriffen gedient hatten, war Dresden bisher verschont gewesen. Im Februar 1945 zählte sie samt seiner Einwohner noch zusätzlich eine Million Flüchtlinge, die auf der Flucht vor dem Einmarsch der Roten Armee in Schlesien waren. Zwei nächtliche Luftangriffe der *Royal Air Force*, dann eine der *American Air Force* bei Tageslicht, führten in der Museumstadt zu einer unvorstellbaren Zerstörung von Gebäuden herbei und verursachten ein schreckliches Massaker in der Bevölkerung. Die wohl kalkulierte Mischung von zwei Projektiltypen, Sprengbomben und Brandbomben, hatte durch den damit geschaffenen Luftzug einen echten Feuertaifun zur Folge. Die Menschen, die nicht am lebendigen Leibe brannten - selbst das Wasser der Elbe kochte - wurden erstickt. Die unzähligen Leichen konnten nicht begraben werden;

man musste deshalb schließlich die Entscheidung treffen, sie auf riesigen Scheiterhaufen zu verbrennen.

Nach dem Krieg erhoben sich Stimmen in England, die die militärische Rechtfertigung dieses Luftangriffes in Frage stellten, von dem einer sich wohl fragen konnte, ob er nicht vor allem aus politischen Gründen beschlossen worden sei. Im Februar 1945 hatten die West-Alliierten vor einem starken Gegenangriff der Deutschen gerade einen schweren Kampf in den Ardennen geliefert. Churchill und Roosevelt konferierten mit Stalin in Jalta. War die Vernichtung Dresdens nicht etwa von den Engländern gewollt worden, um die Russen zu beeindrucken? Somit führten sie eine vortreffliche Demonstration der Allmacht der anglo-amerikanischen Luftwaffe vor...

Der Wiederaufbau Dresdens war eine Leistung. Vor dieser ungeheuerlichen Herausforderung schlugen einige vor, den Plan der Altstadt zu vereinfachen, den von Pöppelmann und Karl dem Starken errichteten *Zwinger* nicht wieder aufzubauen. Aber die Liebe zur deutschen Geschichte, der Wille, das Erbe zu retten, siegten. Das Meisterwerk des Barock erschien jetzt vor meinen Augen als das Ursprüngliche. Alle skulptierten Figuren waren mit äußerster Akribie wieder gemeißelt worden. Selbstverständlich war 1978 der Wiederaufbau der Semperoper noch nicht fertig, der des Schlosses hatte nicht begonnen, und es schien, dass die *Frauenkirche* sich aus ihren Trümmern nie wieder erheben würde. Die Ost-Deutschen hatten jedoch eine Leistung vollbracht, die um so beachtenswerter war, als die Sowjets alles geplündert hatten, was für sie in der DDR von Nutzen sein konnte - Hier hatte es keinen Marschallplan gegeben!

Dresden bekam langsam sein ehemaliges Antlitz wieder.

In einem Raum des Museums konnte ich mit Erschütterung ein modernes Gemälde sehen, das *den Tod von Dresden* darstellte. Vor einem blutfarbigen Hintergrund faltete eine in Grau angezogene Frau mit bleichem Gesicht und geschlossenen Augen ihre Arme auf ihrem Bauch zusammen, als hätte sie sich schützen wollen. Wie viele Frauen, die das Inferno des 13. Februar 1945 überlebt hatten, mochten sich wohl in diesem Bild des Leides wieder erkennen? Viele wahrscheinlich. Und wir verwöhnte Kinder der westlichen Gesellschaft konnten nur versuchen, uns den Schrecken von damals vorzustellen, auch den Heldentum und den Glauben an den Menschen derjenigen anerkennen, die seit damals an der Auferstehung des *Florenz des Nordens* mitgewirkt hatten.

Der Zug hat den Dresdner Bahnhof seit einer halben Stunde verlassen. Wir fahren in der Richtung BRD-Grenze. Heute Nachmittag werde ich in Stuttgart sein...

Ich habe eine Runde im Waggon gemacht : Es gibt sehr wenig Fahrgäste, ausschließlich alte Leute. Wenn unerwarteterweise irgendein Passagier sich dann für den Westen entscheiden sollte, wäre es ja kein Verlust für den *Arbeiter-und Bauernstaat*. Die Mauer wurde doch gebaut, um junge und qualifizierte Arbeitskräfte daran zu hindern, zum kapitalistischen Feind auszuwandern...

Ich bin also der einzige Mann unter dreißig inmitten dieser spärlichen und schweigsamen Bevölkerung.

Eigentlich hätte ich die Rückreise mit Johann und Nicole machen sollen, mit einem Abstecher in Prag. Das tschechische Generalkonsulat hatte mir das Visum vor unserer Abfahrt aus Frankreich ausgestellt. Aber ich war Ost-Europa, der grauen Gebäude, der umweltverschmutzenden *Trabanten* auf den Straßen, des Schlangestehens vor den Gaststätten müde. Ich hatte es satt, die Leute sagen zu hören : " Sprechen Sie nicht so laut... Seien Sie diskret... ", ich war der allgemeinen Eintönigkeit müde. Daher zog ich es vor, so schnell wie möglich in die BRD, dann nach Frankreich zurückzufahren, um die Wohltaten des freien Meinungsausdrucks und des Konsums wieder zu entdecken, so groß die Mängel des Liberalismus auch sein mögen.

Nicht, dass ich es bereue, diesen Aufenthalt in der DDR gemacht zu haben. Dort habe ich berühmte historische Stätten, heitere Landschaften entdeckt, dienstfertige, gastfreundliche Menschen getroffen. Ich habe sogar die Sehnsucht nach dem Frankreich meiner Kindheit empfunden, wenn ich auf dem Land von Pferden gezogene Pflüge sah, oder manchmal altmodische Fahrzeuge, oder noch Bauernhöfe, die authentischer aussahen als die adretten und tadellosen Gebäude im Westen. Ich hatte gelegentlich das Gefühl, in einem schwarz-weißen Film aus den Dreißiger Jahren zu sein.

Ich empfand jedoch fast immer eine diffuse Unterdrückung, einen Mangel an Wahrheit und Freiheit, und vor allem eine Art permanente Schizophrenie :

Einerseits hatte man uns West-Besuchern eingehämmert, der Sozialismus wäre dem Kapitalismus überlegen, andererseits hatten wir tagtäglich eine Gesellschaft vor den Augen gehabt, die, auch wenn sie nicht unter Unterversorgung litt, mindestens zehn Jahre Rückstand hatte im Vergleich mit den Ländern West-Europas. Um nicht einmal von der Angst vor den Stasi-Spitzeln und der Gegenwart der Streitkräfte des großen sowjetischen Bruders, die niemand den Mut gehabt hätte als Besatzungsmacht zu qualifizieren, zu reden. Der Chansonnier Rolf Biermann wird es einmal versuchen : er wird die russischen Panzer schmähen, dann aber die Konsequenzen am eigenen Leib erfahren : Nicht glücklich sei er also im sozialistischen Paradies? Er möge sich zum Teufel scheren! Und er wird mit Waffengewalt in die BRD ausgewiesen werden...

Wie lange noch werden die Leute einen solchen Widerspruch ertragen können?

Ein schreiender Indikator, dass die meisten Ost-Deutschen tun, *als ob* sie an die Tugenden ihres Systems glaubten, ist der

Minderwertigkeitskomplex, der sich im Laufe eines Gesprächs mit uns Leuten aus dem Westen bruchweise ausdrückt, wenn sogar Professoren und Mitglieder der SED etwa am Tage vor unserer Abreise sagen :

" Bei Ihrer Rückkehr in Frankreich, machen Sie bitte keine Schwarz-weiße Malerei. Sagen Sie nicht, dass bei uns alles mies sei... "

In einem grauen - man möchte eher " düsteren " Stadtviertel Dresdens sagen - wollte ich an einem Vormittag ein von einer großen roten Fahne flankierten Gebäude fotografieren. In unmittelbarer Nähe stationierte ein Bus. Ein Mann nähert sich mir und fragt mich : " Wer sind Sie? Was wollen Sie? ". Wie üblicherweise in einem solchen Fall antworte ich, ich sei ein französischer Tourist.

" Na, und? ", schimpft der Herr, " Geschieht es denn niemals in Frankreich, dass ein Bus eine Panne hat? Warum wollen Sie fotografieren? "

Die Tür des Abteils wird brutal geöffnet.

" Woher kommen Sie? Wohin fahren Sie? Ihre Papiere, bitte! "

Der Mann in Uniform, der eben so gebrüllt hat, prüft mich mit inquisitorischem Blick.

" Wo ist Ihr Gepäck?

- Im anderen Abteil…

- Warum?

- Ich habe eben das Abteil gewechselt.

- Warum? Bringen Sie Ihr Gepäck hierher zurück!

- Sie werden sofort beruhigt werden... Hier sind meine Papiere... "

Meine Hand zittert ein wenig, während ich in der Innentasche meiner Jacke suche. Ich weise meinen französischen Pass vor. Der Tonfall des Polizisten wird plötzlich anders, anständig, fast höflich. Ich empfinde ein seltsames Gefühl, eine Mischung von Erleichterung und Belustigung.

An der Grenzstelle bleibt der Zug lange Zeit wegen der Kontrollen stehen. Ich öffne das Fenster. Der Himmel ist grau, die DDR-Banner flattern im kalten Wind.

Ich versuche, Fotos aufzunehmen.

Unmöglich! Die Wagenkolonne steht zwischen zwei Wachttürmen. Wenn die Wächter, die oben auf dem ersten postiert sind, uns den Rücken zeigen, haben die vom Zweiten alle Waggons in der Schusslinie. Kein toter Winkel! Ein Klischee unbedingt machen zu wollen, wäre gefährlich : Ich will es nicht riskieren, dass meine Kamera konfisziert wird, oder mich noch übleren Gefahren aussetzen. Schade... Ich mache das Fenster zu.

So. Ich verlasse die DDR für immer. Die Landschaft, durch die wir fahren, ist dieselbe im Westen wie im Osten, aber es ist eine andere Welt. Ich bin wieder zu Hause, hier im Westen, und fühle mich da wohler.

DIE ROMANTIK

Wir sind allein im Abteil, Astrid und ich. Der Zug ist gerade aus dem Bahnhof Regensburg herausgefahren. Während die Geschwindigkeit steigt, fallen mir die rosaroten Farben des Himmels in der hereinbrechenden Dämmerung auf. Wir haben einen schönen Tag verbracht, meine Verlobte und ich.

In einem Monat werden wir unsere Trauung feiern. Astrid neigt sich zu mir, lässt ihren Kopf auf meine Brust fallen, schließt die Augen.

" Ich bin auch romantisch... ", flüstert sie.

" Alle Deutschen sind romantisch...", hatte mir eines Tages ein jüdischer Student aus meiner Bekanntschaft gesagt. Ich hatte ihm widersprochen. Jetzt frage ich mich, ob er doch nicht recht hatte. Astrid, ein Vorbild der Nüchternheit und der Rationalität, die stets misstrauisch ist vor jeder Form der Sentimentalität, die ihr als übertrieben erscheint, gesteht mir heute Abend, sie sei romantisch, wenigstens unter bestimmten Umständen.

Ist die Romantik die tiefe Motivation meiner Zärtlichkeit zu den Deutschen, zu ihrer Kultur?

Hans, ein Student aus Tübingen, den ich einmal in Dijon kennengelernt hatte, hatte elf Jahre vor der Szene, die ich gerade schilderte, nie aufgehört, mich vor der Romantik zu warnen, vor deren Illusionen, ihren Gefahren. Als ich eines Tages seine Aufmerksamkeit auf eine reizvolle blauäugige Studentin mit blonden Zöpfen lenkte und ihm sagte, sie erinnere mich an eine Figur aus den germanischen Sagen, antwortete er lächelnd : " Du machst einen Irrtum... ", um mich verstehen zu lassen, dass ich auf einem Irrweg sei, indem ich naive, ja riskante Träumereien pflegte. Das hinderte ihn allerdings nicht, mir einige Tage später von seiner leidenschaftlichen und unmöglichen Liebe zu einer gewissen, an einem Krebs leidenden *Maria* zu erzählen; dabei fügte er unter dem Siegel der Verschwiegenheit hinzu, er habe noch nie ein Verhältnis mit einem Mädchen gehabt. Widerspruch. Nichtgestandene, Nichtzugestehende Romantik?

Aber wie soll man über Romantik bei den Deutschen sprechen? Ist es nur eine mächtige Strömung des Denkens und der Künste am Anfang des Neunzehnten Jahrhunderts, oder ein Grundzug ihres Wesens, den sie mit der letzten Energie nicht zugeben wollen? Nun wäre es notwendig, den Begriff " Romantik " klar zu umreißen, denn es ist in der Alltagssprache oft zweideutig.

Ich habe oft in Deutschland gehört : " *Die Franzosen sind romantisch!* ", was mir seltsam vorkam, bis ich den Sinn dieser Aussage erläutern konnte. In der Tat bedeutet es : " Die Franzosen sind sentimental, *fleur bleue*, nicht sehr vertrauenswürdig in den Liebesbeziehungen, usw...", und steht im Gegensatz zur Idee, die sich die Deutschen von sich selbst machen : " Wir dagegen stehen auf dem Boden, sind realistisch, ernst, tief. "

Das Thema ist grenzenlos; deshalb werde ich mich nur mit zwei oder drei Seiten dessen auseinandersetzen und es mit meiner eigenen Geschichte in Verhältnis bringen.

Das Morbide

" Die Klassik ist die Gesundheit, die Romantik die Krankheit ".

Man kennt ja Goethes lakonische Definition. Im Laufe seines Lebens inszeniert sich der Dichter immer mehr als eine Art erhabene Figur des Olymps und stirbt, wenigstens dem Anschein nach, in einem inneren Frieden, den er ständig erstrebte und bewahren wollte. Als er Napoleon auf dem Erfurter Kongress trifft, akzeptiert er demütig eine Bemerkung des Kaisers, der die Psychologie seines *Werther* tadelt : der Stolz sei, so Napoleon, kein sinnvoller Grund, um Selbstmord zu begehen, auch wenn man hoffnungslos verliebt sei!

" Warum haben Sie das gemacht? ", fragt Napoleon, " Es ist nicht der Natur gemäß!"

Woran dachte also der junge Goethe, als er *Werther*, *Willkommen und Abschied* oder den *Urfaust* verfasste? Er war ganz einfach ein leidenschaflicher *Stürmer*, ein überzeugter Anhänger der Vorromantik und gab es kund! Nach seiner Italienreise hört aber alles auf. Er gibt jetzt seinem Werk einen immer ausgeglicheneren und klassischen Ton an. Seine Freunde wundern sich sehr darüber. Er selbst ist verwirrt vom rebellischen und heftigen Geist Beethovens, der ihn ihre gemeinsame Freundin Bettina Brentano treffen lässt : Zwei Menschentypen, zwei Lebensauffassungen, zwei Deutschland... Er zieht in Weimar in eine großräumige Wohnstätte ein, die die griechische und die römische Kultur verherrlicht. Der Besucher könnte fast meinen, er wäre im Nationalen Museum in Athen!

Er redet pedantisch vor allen Schriftstellern, Philosophen, Musikern, die ihn mit Hochachtung besuchen. Er will nun der Weise sein, der sich der Vernunft unterordnet, die Vorteile des mittelmeerländischen Himmels hochpreist. Er behauptet, sein *Faust* gefalle ihm besser in der französischen Übersetzung von Gérard De Nerval als in seiner eigenen Prosa! Der nationalistischen Flamme der *Befreiungskriege*, die den deutschen Boden gegen den Kaiser der Franzosen in Brand setzt, bleibt er fremd... Weit von ihm sind jetzt die Stürme, der dunkle Himmel, die ossianischen, seelenzerreißenden Leidenschaften, die nordischen Dämmerungen...

Derselbe Mann ist es aber, der mit fünfundzwanzig Jahren einen blitzartigen, immensen Ruhm mit seinem *Werther* gekannt hat. Die wahnsinnige Leidenschaft, die er darin schildert, die eines jungen Mannes nämlich, der in eine Frau, die einem anderen versprochen ist, absolut verliebt ist, und schließlich in den Selbstmord mündet, wird den Geist mancher Jünglinge entflammen, die leider den tragischen Helden dieser kurzen Novelle bis zu bitterem Ende werden nachahmen wollen. Aus diesem Grunde hatte Goethe allerdings später manche Gewissensbisse; jedenfalls las er sein Buch nur einmal nach dessen Veröffentlichung wieder, zweifelsohne ein Zeichen dafür, dass er schon Abstand vom Geist des *Sturm und Drang* nahm.

Dieser Mann ist es noch, der sieben Jahre nach *Werther* die Ballade *Erlkönig* geschrieben hat, eigentlich ein Höhepunkt der deutschen Dichtung, die Franz Schubert zur Musik eines hochberühmten Liedes inspirierte. Dieses Meisterwerk, das man für seine Form mit Bewunderung, mit Schrecken aber wegen seines Inhalts ansehen kann, bildet in acht Strophen wie eine Quintessenz der schwärzesten Romantik. Allerdings stammt es aus einer nordischen Ballade. Daher verdient es einen Augenblick unserer Aufmerksamkeit.

Wer reitet so spät durch Nacht und Wind?

Es ist der Vater mit seinem Kind ;

Er hat den Knaben wohl in dem Arm,

Er fasst ihn sicher, er hält ihn warm.

Der Rhythmus des Verses ist steigend, mit vier Hebungen. Stürmische Stimmung. Keine überflüssigen Worte. Hervorragender Sinn für die Synthese. Nacht und Wind, Ritt eines Vaters, der sein kleines Kind trägt. Schon bei den ersten Vokabeln wird der Leser in ein absolutes Drama gestürzt. Die deutsche Dichtkunst kennt die " Füße " der französischen Poesie nicht. Sie ist vor allem rhytmisch, musikalisch.

Ängstlich fragt der Vater sein Kind nach dem Grund seiner Verstörung und seiner Qual. Da kommt aus dem Mund des Kleinen das schreckliche Wort *Erlkönig*, das einige Kritiker als eine Verformung von *Elfenkönig* deuten. Diese Deutung ist logisch : Wir sind nämlich von vornherein in der Welt des Übernatürlichen, das das Kind mit seiner extremen Empfinsamkeit viel stärker wahrnimmt als der Erwachsene. Im ganzen Gedicht wird der Vater mit wachsender Verzweiflung versuchen, seinen Sohn vor einer geheimnisvollen, furchtbaren, steigenden Unterdrückung zu beruhigen. Aber sein ganzes Gerede ist ohnmächtig vor der Invasion der Todesmächte. Die Stimmen des Vaters, des Erlkönigs und des Kindes wechseln ab in einer immer aufgeregter werdenden Partitur, die am Ende an den Wahnsinn grenzt : Beschwichtigende Argumente des Ersten, verführerische Werbung des Zweiten, der dem Kind Gewalt antun will, immer schmerzhafter werdendes Gestöhne des kleinen Opfers... Der letzte Vers sprengt die erwartete Struktur des Satzes und verleiht damit dem Schlusswort den Klang eines Fallbeils.

In seinen Armen das Kind war tot.

Hatte das Kind einen so beeindruckenden Alptraum, dass es darüber gestorben ist?

Existieren die unheilbringenden Geister, ja der Teufel? Zwei Lektüren sind möglich. Dem Leser bleibt es überlassen, was er glauben will. Der Verfasser wird sich wohl hüten, ihm eine Interpretation aufzuzwingen.

Wir haben hier in einer ergreifenden Synthese einige Grundzüge der Romantik in ihrer morbiden Gestalt, die allerdings ihre ganze Faszination und Gefahr durchblicken lässt.

Gleich nachdem er das Gedicht entdeckt hatte, setzte sich Franz Schubert voller Begeisterung vor sein Klavier und brachte in der kürzesten Zeit die Partitur aufs Papier. Moritz Von Schwind wurde davon inspiriert, als er ein Gemälde voller Bewegung und Raserei malte, das auch allerorts bekannt ist.

Dämmerung, Wald, Angst, Gegenwart eines dämonischen und verführerischen Geistes, Anziehung zum allmächtigen weiblichen Element, Zusammenbruch der vernunftsmäßigen Denkens - dann der *Aufklärung* - Tod.

Die Form ist meisterhaft, der Inhalt unheimlich. Man denkt an die Schönheit des Mephistopheles, als er mit Faust diskutiert, mit dem endgültigen Zweck, ihm seine Seele zu rauben. Man schwebt, wie in *Hoffmanns Erzählungen*, zwischen absolut konkreten, alltäglichen, nicht diskutablen Fakten, und übernatürlichen Welten, die auf einmal in den Lebensbereich der Menschen eindringen und von denen man ahnt, dass die Vernunft allein sich ihnen unmöglich wird widersetzen können, so groß ist ihre Anziehungskraft.

In dieser Hinsicht muss ich eine Parallele ziehen mit dem von Werner Herzog 1978 gedrehten Film *Nosferatu*, eigentlich eine neue Version des stummen Werkes, das 1922 von Friedrich Wilhelm Murnau gemacht worden war. In den ersten Szenen haben wir rührende und harmlose Szenen des bürgerlichen Lebens eines Ehepaares in einem Städtchen Norddeutschlands vor Augen. Aber die Angst des kommenden Dramas ist schon gegenwärtig in den ahnungsvollen Alpträumen von Lucie, der Heldin. Traum, Ahnungen, Unterbewusstsein, das alles wohnt der Romantik inne.

Mit Jonathans Reise nach Transylvanien werden die Grenzen zwischen dem Wirklichen und dem Unwirklichen allmählich verschwinden. Die Ankunft des Reisenden im Schloss des Grafen Dracula, von bläulichem Nebel umgeben, die Begegnung und die nächtliche Mahlzeit mit dem letzten lassen die Angst auftauchen, auf dem Terrain einer Expedition, die auf den ersten Blick banal war. Letzten Endes ging es doch nur darum, einen Vertrag für den Kauf eines Hauses in Wismar abzuschließen. Aber ab jener ersten Nacht voller Geheimnisse werden sich die Katastrophen bis zum Ausgang verketten : Als blinder Passagier in einem Sarg an Bord eines Schiffes mit roten Segeln versteckt, bringt der Vampir die Pest nach Wismar. Das Übel verbreitet sich, ohne dass irgendjemand dessen Ursprung ahnt, Lucie ausgenommen... Dann ist es die Rückkehr vom erschöpften, kranken, " dämonisierten " Jonathan, und das unnütze Opfer seiner Gattin, die es annimmt, von dem Ungeheuer getötet zu werden, weil sie sich einbildet, ihn auf diese Weise unschädlich zu machen und die Stadt zu retten. Schließlich wohnen wir erschrocken dem Triumph des Bösen bei, da Jonathan Nosferatus zerstörerisches Werk nun weiterführen und somit den unheilvollen Neubeginn der todbringenden Mächte für ewig besiegeln wird.

Diese zwei Stunden Kino sind umso wirksamer auf unsere Phantasie als sie uns Bilder sehen lassen, die oft wunderschön und an verschiedenen Stellen von einer verzaubernden Musik untermalt sind.

Im Gegensatz zum positiven Schluss vom Film Murnaus – bei ihm wird das Böse nämlich von Lucies Opfer besiegt - lässt das Werk Herzogs der Hoffnung überhaupt keinen Platz : Misserfolg der Vernunft, Misserfolg der Wissenschaft, Unnützbarkeit der Religion, Ohnmacht der Liebe. Zwischen den zwei Filmen gab es Hitler und Auschwitz...

Herzog war sich sicher dessen bewusst, dass er mit diesem Film eines der dunkelsten Themen der Romantik wieder aufgriff, das Thema von manchen literarischen Werken und insbesondere das von *Erlkönig*.

Ludwig

An jenem Montagvormittag, dem 8. November 2011, hatte ich gerade einen Krach mit meinem Schwiegervater, dessen gutes Gewissen mich aufs Äußerste ärgert. Zwölf Tage sind es her, dass meine Frau und ich uns in Steinbach aufhalten, um unseren Eltern für den Alltag zu helfen. Nervös, fast zornig steige ich die Treppe zu meinem Zimmer hinauf und packe meine Reisetasche. Als ich vorhin aufstand, beabsichtigte ich, den Tag in Nürnberg zu verbringen; ich hatte vorhin den Gedanken verdrängt, mich nach Füssen zu begeben, dort am Fuße der Alpen, um das Königsschloss *Neuschwanstein* wieder zu sehen, das ich seit Ewigkeiten nicht mehr besichtigt habe! Eine derartige Aussicht versetzte mich nämlich in eine wahre Ängstlichkeit. Da hätte ich das

Gefühl gehabt, ein Tabu zu brechen. Jetzt aber ändere ich meinen Plan : Doch, ich werde heute nach Füssen fahren!

Die Sonne glänzt, während ich mit hoher Geschwindigkeit auf der Autobahn fahre. Wie konnte ich den Mut haben, mich aus einer Routine herauszureißen, die zwar unangenehm, aber mir auch ein Gefühl der Sicherheit gibt? Mich wieder auf den Weg der Götzen meiner Jugend zu machen? Es ist mir, als wäre ich in einem Zustand der Schwerelosigkeit, von allem gelöst, von meiner Familie, von einem Haus, von der Zeit, dazu aber mit der in meinem tiefen Inneren wohnenden Angst, es mit der Einsamkeit aufnehmen zu müssen. Aber ich habe meinen Entschluss gefasst, und werde ihn nicht kehrtmachen. Ich werde die Herausforderung annehmen und wieder einmal mein Schicksal ins Gesicht schauen.

Es war vor sechsunddreißig Jahren. Ich hatte eben mit meiner Freundin gebrochen. Ich reiste allein, im Bus, im Zug, mit ein paar Habseligkeiten in meinem kleinen Rucksack, und übernachtete in Jugendherbergen. Ohne mir dessen bewusst zu sein, war ich ab und zu depressiv. Die grüne Ebene überragend, stand *Neuschwanstein* auf seinem Felsen. Als ich zu Fuß in Schwangau ankam, brach ein Gewitter aus. Ich wurde klatschnaß, und zog mich unvermerkt in den Toiletten eines Restaurants um. Ich kaufte einige Dias, verzichtete aber darauf, das Schloss an jenem Abend zu besichtigen. In der Dämmerung nahm ich traurig die Straße nach Füssen. Am folgenden Tag setzte ich meine Pilgerfahrt auf den Spuren Ludwigs II. fort, stieg die Pollätschlucht hinauf. Die Gewässer des Gebirgsbaches waren schaumig und gelblich. Ich machte ein paar Aufnahmen.

In den Gemächern des Königs gab es eine so große Menschenmenge, dass ich mich dort stundenlang aufhalten konnte, von den Fremdenführern unbemerkt. Der Himmel blieb grau, das Wetter regnerisch. Ich hätte in diesem magischen Ort überglücklich sein sollen, und war es dennoch nicht.

In der Ebene wiedergekommen, beschloss ich, bei hereinbrechender Nacht ein letztes Mal bis zur Schwelle des Schlosses zurückzukehren. Die Schlucht war finster, die Wolken schienen an den Wipfeln der unzähligen Tannen zu hängen. Ich rannte fast und fragte mich : " Was suchst Du? Du bist verrückt! "

Seit sechsunddreißig Jahren hatte ich *Neuschwanstein* nie wieder gesehen.

Ludwig II., der berühmteste bayerische Herrscher, bestieg 1864 den Thron. Er war damals erst achtzehn Jahre alt und starb zweiundzwanzig Jahre später unter geheimnisvollen und tragischen Umständen. Die drei von ihm errichteten Schlösser hatten keinen anderen Zweck, als seinen Traum zur Realität werden zu lassen; nur eines dieser Schlösser wurde fertiggebaut. Ludwig ist als der *romantische König*, " der einzige König des Jahrhunderts " nach den Worten eines Gedichtes von Paul Verlaine, in die Geschichte eingegangen. Seine Laufbahn und Bauten faszinieren bis heute Millionen von Menschen aller Kontinente. Auch wenn sie das psychologische Problem, das die Figur Ludwigs darstellt, nicht leugnen, hegen die Bayern noch heute eine gewisse Zärtlichkeit für ihn und sind ihm *im Nachhinein* dankbar für die enormen Geldsummen, die seinetwegen jedes Jahr von den Touristen ausgegeben werden.

Unter den drei Schlössern löst *Neuschwanstein* die größte Begeisterung aus. Von der *Wartburg* inspiriert, steht es in einem fabelhaften Rahmen und versetzt den Besucher in eine Märchenwelt und eine rekonstruierte mittelalterliche Vergangenheit.

Man kann nur eine begrenzte Anzahl von Zimmern sehen, da die Innenausstattung nicht fertig wurde. Ludwig II. hielt sich nur einige Monate in Neuschwanstein auf, und dort wurde er im Juni 1886 von einer Delegation aus München festgenommen, unter dem Vorwand, sein geistiger Zustand würde ihm nicht mehr erlauben zu regieren. Vorläufig im Schloss Berg interniert, wurde er ein paar Tage später tot in den eiskalten Gewässern des Starnberger Sees aufgefunden, nicht weit entfernt von der Leiche von Doktor Gudden, dem Psychiater, in dessen Obhut er war. Niemals wurden die Umstände des Todes der beiden Männer geklärt, was der geheimnisvollen, dem Herrscher umgebenden Aura noch etwas zusetzt.

Die Figur, die Bauten und das Schicksal Ludwig des Zweiten hatten mich seit meiner Adoleszenz geprägt. In ihm begegnete mir eine Persönlichkeit der deutschen Romantik, die in meinen Augen so vorbildlich war, dass ich eines Tages am Ufer des Starnberger Sees ein paar Worte an ihn richtete, genau dort, wo ein einfaches Kreuz seinen noch heute zahlreichen Verehrern den Ort signalisiert, wo er ertrank. Damals war ich fünfundzwanzig.

" Ludwig, wenn Du wüsstest, wie ich dich verstehe..."

Um fünfzehn Uhr lasse ich meinen Wagen am Rande eines Waldweges und erblicke die Burg in einiger Entfernung. Ich zögere keine Sekunde und mache mich auf den Weg hinauf. Inmitten der Felsen, am Eingang der Schlucht angelangt, nehme ich mein Handy und rufe meine Frau an. Sie wundert sich darüber, wie schnell ich mein Ziel erreicht habe. Ich nicht. Ich bin hier in meiner geistigen Heimat, werde mir dessen bewusst, dass ich sie nie verlassen habe. Fast vier Jahrzehnte sind vergangen, seitdem ich an diesem Ort umherirrte. Für das Unterbewusstsein werde die Zeit aufgehoben, so die Psychoanalytiker.

Ich bin glücklich genug, um eine Eintrittskarte kurz vor der letzten Führung kaufen zu können. Die Besichtigung erfolgt fast im Eiltempo. Aber es ist mir gleichgültig. Alle diese Räume, deren Wände mit wagnerschen Motiven dekoriert sind, kenne ich vollkommen. Wir treten auf eine Terrasse hinaus, heben unsere Blicke zum riesigen weißen Turm hinauf, der am Gebäude anschließt. Uns gegenüber sind die bewaldeten Hänge von der untergehenden Sonne bestrahlt. Ein kalter Schauer läuft mir den

Rücken hinunter, wie oft bei der Dämmerstunde. Hier aber, was für eine Erfahrung... Der Geist Ludwigs, des Einsamen, des Romantikers, schwebt noch umher, und ich bin fast im Einklang mit ihm. Es gibt jedoch zwei Unterschiede mit dem, was ich in meiner jungen Zeit lebte : Heute Abend ist der Himmel hell und leuchtend, und ich habe, etwas zwei hundert Kilometer nördlich, eine Frau und eine Familie in diesem schönen Bayernland.

Wie einst laufe ich die Pollätschlucht hinunter, bis zum Platz, wo ich mein Auto geparkt habe. Trotz der wachsenden Dunkelheit habe ich keine Angst. Ich bin mir selbst treu : Zwar ist Einsamkeit da, aber auch Leben. Die Romantik, die Ludwig und so viele andere in den Tod getrieben hat, hat mich nicht zerstört.

Bevor ich mich auf die Suche nach einer Unterkunft in Füssen mache, halte ich die Straße entlang inne und betrachte die Aussicht, die sich mir anbietet. Hochseltene Schönheit. Auf dem sehr dunklen Hintergrund der gezackten Gebirgskette sticht *Neuschwanstein* ab, eine weiße, elegante Gestalt mit verschwommenen Konturen. Der tiefblaue Himmel ist vom Schimmer des Vollmondes sanft umflossen. Die Nacht ist die Wahrheit, behaupten die Romantiker, und der Tag die Lüge. Die mütterliche Liebe, die weibliche Umarmung gehören nicht zur Welt des Tages. Novalis schönste Gedichte tragen den Titel *Hymnen an die Nacht*. In der Ferne rechts steht das Schloss Hohenschwangau, orangenfarbig im Lichte der Scheinwerfer. Ferner erblickt man die Lichter von Füssen.

Ich irre in der schönen kleinen Stadt mit ihren Luxusschaufenstern, ihren leeren Straßen umher, suche nochmals einen Parkplatz, halte am Rande eines Bürgersteigs inne. Ich laufe allein, bin ein bisschen verloren. Es ist mir kalt. Ich erkenne kein einziges Gebäude wieder. Hier werde ich kein passendes Hotel finden.

Ich fahre wieder in Richtung Schwangau, mit der Absicht,

mein Glück in einem am Rande der Straße gelegenen Gasthof, den ich eine Stunde früher erblickte, zu versuchen.

Schwansee, eigentlich ein prädestinierter Name in Stätten, die von Ludwigs Erinnerung heimgesucht sind... Der Zufall ist mir günstig : Mehrere Zimmer sind frei. Ich gebe ein paar Telefonate, setze mich dann an einen Tisch für das Abendmahl. Wenige Gäste, gedämpftes Licht. Eine warmherzige Note wird mir sofort von dem Empfang Monikas, der Gastgeberin gegeben, die meine Bestellung mit einem Lächeln entgegennimmt. Ich fühle mich wohl, fast wie in einer Familie. Die Einsamkeit von *Neuschwanstein*, ganz nah und allgegenwärtig auf den Bildern, die die Wände der Gaststätte verzieren, mit der fast zärtlichen Aufmerksamkeit einer Unbekannten zu vereinbaren, das ist ja fast ein Wagnis, wofür ich der Vorsehung voller Dankbarkeit bin.

Aussöhnung der Romantik mit der einfachen Freude am Leben.

Natur und Mystik

Die Liebe der Deutschen zur Natur ist sprichwörtlich, und es ist kein Zufall, dass die grüne Bewegung ihre wahre Heimat in Deutschland gefunden hat, lange bevor sie eine schüchterne Erscheinung in Frankreich machte. Zwar hatte die Industrialisierung schon seit dem neunzehnten Jahrhundert dort verheerende Folgen gehabt, aber ein tiefes Verhältnis zum Wald, zum Gebirge, zu den Flüssen, den Gärten, der Pflanzen- und Tierwelt bestand nichtsdestoweniger weiter. Nun aber war diese Liebe zur Natur ein grundsätzlicher Bestandteil der romantischen Strömung und kann nicht getrennt werden von einer kontemplativen, ja vielleicht sogar mystischen Haltung, deren ferner Ursprung heidnischer Art ist. Vergleichsweise, und so sehr paradox es erscheinen mag, ist Frankreich vielmehr das Reich der Geometrie, der zum Dogma erhobenen allmächtigen Wissenschaft, die es sich anmaßt, alles zu erklären und das natürliche Milieu zu domestizieren.

Wagner prangerte schon die Unfähigkeit unserer Landsleute an, diese vitale, quasi fleischliche Beziehung der Deutschen zur Natur zu begreifen, als er Folgendes schrieb :

" Spaziergänger im *Bois de Boulogne*, Sie haben die Arien des *Freischütz* gesummt. Die Leierkästen brüllen in den Straßen den Chor der Jäger. Aber begreifen Sie, was Sie singen? Daran zweifle ich sehr. In der Tat, es fällt mir etwas schwer, zu sagen, worauf mein Zweifel beruht, weniger schwierig ist es dennoch, Ihnen diese so eigenartige deutsche Nation zu erläutern, die solche Töne geschaffen hat. Ich würde nahezu glauben, man müsse Ihnen den Wald erläutern. Sie haben keine Ahnung davon. Ihr *Bois de Boulogne* ist etwas grundsätzlich anderes; er ist fast so weit davon entfernt wie Ihre *rêverie* von unserer Empfindsamkeit. "

Alles ist gesagt in diesem Manifest, das den Anschein einer Kriegserklärung hat...

An diesem grauen Februartag des Jahres 1982 besuche ich die neue Pinakothek in München. Ich bleibe lange Momente vor den Gemälden von Ludwig Richter, Josef Anton Koch, Johann Christian Dahl. Der *Watzmann* von Richter ergreift mich durch den aus ihm ausgehenden Eindruck der Größe : weiße, sich in Wolken verlierende Bergfirste, welche felsige und bewaldete Hänge überragen, silberner Wasserfall, der bis in die Tiefe eines

Tälchens hinabfließt, kleine und diskrete Kapelle in der halben Höhe. Dahls Gemälde *Morgen nach einer stürmischen Nacht* beeindruckt mich noch mehr : Eine stürmische Morgenröte bricht über einem sehr bewegten Meer herauf. In der Ferne erblickt man das Wrack eines Schiffes. Rechts nehmen riesige Felsen ein Drittel des Bildes ein. Und auf einem sitzt ein Mann, wie gekrummt in sich gekehrt, der seinen Kopf versteckt und ein vor ihm stehendes Hündchen nicht zu bemerken scheint. Man ist fast erschrocken vor diesen winzigen Figuren angesichts der Macht der Natur und den wütenden Elementen.

Der Maler aber, der mich am Meisten begeistert, ist Kaspar David Friedrich. Ich bin von seiner *Vollmondnacht mit Schiffen auf der Ostsee*, wie durch sein *Tannenwäldchen im Schnee* wie hypnotisiert. Ich erkenne hier einen genialen Schöpfer, der ausgeprägte deutsche Eigenschaften vereinbart : Nahezu manische Detailgenauigkeit, Verherrlichung der Natur, mit der Der Mensch in einer Gemeinschaft lebt, Sinn für das Symbolhafte.

Der Fall Friedrich ist einmalig in der Galerie der berühmten Maler der deutschen Romantik. Für ihn ist die Landschaft das Grundelement. Wo überhaupt Menschen in Erscheinung treten, stehen sie mit dem Rücken zum Betrachter : Sie nehmen die Landschaft auf und werden zugleich von ihr eingesogen. Diese Landschaft ist beseelt und zugleich auch ein Spiegel der Seele. Einige meinen, sie sei sogar ein Symbolspiegel der christlichen Heilslehre. Friedrich selbst hat gesagt :

" Schließe dein leibliches Auge, damit du mit dem geistigen Auge zuerst siehest dein Bild. Dann fördere zutage, was du im Dunkeln gesehn, dass es zurückwirke auf andere von außen nach innen. "

Diese Kunst ist der charakteristische Ausdruck einer Mystik, die meines Erachtens nur den Anschein des Christlichen hat. Als einen Beweis dafür will ich nur die heftige Reaktion zitieren, die das in Friedrichs Atelier 1808 öffentlich aussgetellte *" Kreuz im*

Gebirge " auslöste : " *Ist es ein glücklicher Gedanke, die Land-schaft zur Allegorisierung einer bestimmten religiösen Idee zu gebrauchen? Ist es die Würde der Kunst und des wahrhaft from-men Menschen angemessen, durch solche Mittel, wie sie Herr Friedrich angewandt hat, zur Devotion einzuladen? "*, schrieb damals ein Kritiker. Hier berühren wir mit dem Finger einen we-sentlichen Zug der deutschen Romantik : Sie ist bestimmt mys-tisch, wenn man diesem Wort eine breitere Bedeutung verleihen will als die ursprüngliche, die von der Erfahrung der mit Christi vereinten Seele spricht, aber bei Friedrich sollte man eher von Pantheismus reden.

Sein außergewöhnliches Werk, das übrigens als das Kühnste der Romantik betrachtet wird, ist sicherlich *Der Mönch am Meer*, das man in Berlin bewundern kann. Sogar bei seinen Freunden rief es Unverständnis und Unbehagen hervor. Wie Eckart Klessmann es notiert " *Nie zuvor ist die Größe des Meeres, sein Ele-mentares, seine drohende Unendlichkeit so kompromisslos gese-hen worden, nie die Weite und Öde der Strandlandschaft so un-idyllisch erfasst worden. Der Horizont liegt sehr tief : So nimmt der dunkle - in seinen Farbabstufungen fast gewitternd scheinen-de - Himmel über dem Wasser nahezu Dreiviertel des Bildes ein, und nichts existiert als das winzige Männlein im Sand.* " Dank Infrarotaufnahmen wurde vor wenigen Jahren entdeckt, dass der Künstler ürsprünglich rechts und links vom Mönch je ein Segel-schiff konzipiert hatte; Friedrich hat sie aber wieder übermalt und damit erst seinen Mönch ganz der Verlassenheit ausgeliefert. Später hat sich Friedrich nie wieder so weit vorgewagt in dem Ausdruck einer geradezu tödlichen Verlassenheit.

Als 1821 der russische Dichter Wassili Andrejewitsch Schu-kowsky ihn zu einer gemeinsamen Reise in die Schweiz einladen wollte, lehnte Friedrich das Angebot ab.

" *Sie wollen mich mit sich haben, aber das Ich, das Ihnen gefällt, wird nicht mit Ihnen sein! Ich muss allein bleiben und wissen, dass ich allein bin, um die Natur vollständig zu schauen und zu fühlen; ich muss mich dem hingeben, was mich umgibt, mich vereinigen mit meinen Wolken und Felsen, um das zu sein, was ich bin. Die Einsamkeit brauche ich für das Gespräch mit der Natur. Einmal wohnte ich eine ganze Woche im Uttewalder Grund zwischen Felsen und Tannen, und in dieser ganzen Zeit traf ich keinen einzigen lebenden Menschen; es ist wahr, diese Methode rate ich niemandem - auch für mich war das schon zuviel : Unwillkürlich tritt Düsterkeit in die Seele. Aber gerade das muss Ihnen beweisen, dass meine Gesellschaft niemandem angenehm sein kann. "*

Eine solche Bemerkung ist nicht nur für Friedrichs Psychologie aufschlussreich, sie manifestiert ebenfalls einen Zug, den man bei manchem Romantiker feststellen kann, sei er Maler, Schriftsteller, Musiker oder einfacher anonymer Bürger. Ich meine damit die Tendenz zur Einsamkeit, das in ihm innewohnende Gefühl von etwas Unvermittelbarem.

" Ein ewiges Rätsel will ich bleiben, mir und den andern auch ", sagte Ludwig II. Gefährliche Egozentrik?

Die Romantik, ein immer noch aktueller Grundzug der deutschen Psychologie?

Die letzten Betrachtungen können zugleich die Reichtümer und die Risiken der Romantik durchblicken lassen. In seinem Essai *Die Tragödie der deutschen Romantik* nimmt Thomas Mann eine subtile Analyse dieses Phänomens vor. Für ihn ist die Romantik einer der schönsten Ausdrücke der *deutschen Innerlichkeit*, deren ferner Initiator er in Luther sieht. In dieser Hinsicht nennt er " *eine dunkle Tiefe und eine Inbrunst, eine Urseele, die sich der chthonischen, irrationalen und dämonischen Kräfte des Lebens nahe fühlt, und der Beobachtung, der nur rationalen Behandlung der Welt ein tieferes Wissen um das Sakrale, eine tiefere Beziehung zu dem Letzten entgegensetzt.* " Er betont, dass die Deutschen das Volk der Konterrevolution sind, die sich gegen den philosophischen Intellektualismus und den Rationalismus der Aufklärung auflehnte - Eine Rebellion der Musik gegen die Literatur, der Mystik gegen die Klarheit. Die Romantik ist gar nicht, so sagt er noch, eine schwachsinnige Exaltation, sondern " *Die Tiefe, die sich als Stärke und Fülle fühlt, ein Pessimismus der Ehrlichkeit, der es annimmt, was existiert, die Wirklichkeit, die Geschichte, gegen die Kritik und den Wunsch zur Weltverbesserung, kurz für die Stärke gegen den Geist.* "

Zwischen den Zeilen spürt man bei Mann die Kritik gegen die " Lateinische Oberflächlichkeit und Rethorik ", gegen das " Geschwätz ", das Heine schon bei den Franzosen angeprangert hatte.

Da muss ich an meinen Schwiegervater denken, der vor glänzenden Reden lachend sagte :

" Bla, Bla, Bla...", nie optimistische Prognosen über die Zukunft machte, stundenlang auf einer Bank still sitzenbleiben und seinen Garten oder einen Waldfleck kontemplieren konnte.

Ein Wort noch über die Geschichte : Die französische Revolution wollte damit kurzen Prozess machen. Die deutschen Philosophen aus dem neunzehten Jahrhundert, Hegel in erster Linie, schufen im Gegenteil die historische Wissenschaft. Daher begreift man die Beziehung der Romantik zur Vergangenheit, man wundert sich nicht über ihren Kult für das Mittelalter, die von ihren Malern geliebten Ruinen, die Forschungen der Gebrüder Grimm nach alten Volksmärchen, über ihre ganze nostalgische Dimension.

Thomas Mann ist dennoch ehrlich genug - und wohl hellsichtig - als er hinzufügt :

" Da ist der verwirrende Paradox der Romantik : Zwar verteidigt sie auf revolutionäre Art die irrationalen Kräfte des Lebens gegen die abstrakte Vernunft, aber er hat - gerade wegen dieser Hingabe an das Irrationale und die Vergangenheit - eine innere Verwandtschaft mit dem Tod. "

Sind die Deutschen heute noch romantisch?

Wie Hans, der mir sagte, ich sei es auf gefährliche Weise, haben mir andere deutsche Freunde immer geraten, mich für die Gegenwart zu interessieren, nicht zuviel zu träumen, und nicht zu versuchen, die Welt zu sehr zu poetisieren. Die Katastrophe des Hitlerismus, der auf skandalöse Weise versucht hatte, alle Werte der Vergangenheit zu annektieren und behauptete, er wäre deren Erbe, hat tiefe Spuren hinterlassen. Die Jugendlichen wollen pragmatisch, den anderen Kulturen offen sein, ignorieren aber oft ihre eigene. Von diesem Mangel an Wurzeln betroffen, können sie trotzdem irgendwie romantisch sein? Kann der tödlich verletzte Baum noch Schößlinge geben?

Trotz allem, was ich gerade erwähnte, kann ich ständig bei vielen unter ihnen das Fortbestehen eines Ernstes und der Fähigkeit zur Innerlichkeit, die ich eben nannte, beobachten, aber wie etwas Verdrängtes, Unbewusstes. Die respektvolle Haltung vor der Umwelt, also die Beziehung zur Natur, liefert ein Zeugnis dafür, ebenfalls die Bedeutung, die der Musik in den Schulen gegeben wird, oder noch überraschende schöpferische und poetische Eigenschaften. Zwar haben die wirtschaftlichen Erfolge Deutschlands und der allgegenwärtige Konsum diesen sehr schönen Tugenden schwer geschädigt, aber vielleicht nicht definitiv. Und man darf hoffen, dass Deutschland - vielleicht hat es schon begonnen, es zu machen - eines zukünftigen Tages aus den originellsten Quellen seiner Kultur noch einmal schöpfen wird, insbesondere aus der Romantik und deren besten Aspekte, nicht aber in ihre zerstörerischen Ausschweifungen wieder fallen wird.

DEUTSCHE MACHT UND FRANZÖSISCHE PROBLEME

Der Besiegte als Sieger

" Verglichen mit den Deutschen sind wir kleine Kinder...", sagte einmal mein Vater, da wir über die französische Wirtschaft redeten. Wahrscheinlich wurde ich von diesem Satz angesprochen. Sehr früh aber hatte ich öfters die Gelegenheit, ähnliche Aussagen zu hören aus dem Munde von Leuten, die aus verschiedenen Horizonten kamen. Im Großen und Ganzen bedauerten meine Landsleute ihre eigenen Defekte, den Mangel an Organisation, an Effizienz, an Disziplin, und drückten zur gleichen Zeit eine unverholene Bewunderung für unsere *Cousins germains* und deren legendäre Tugenden aus. In den Sechziger und Siebziger Jahren waren diese vor Allem im wirtschaftlichen Bereich offensichtlich. Das konnte als umso erstaunlicher erscheinen, als das besiegte Deutschland von 1945 schreckliche Verwüstungen erduldet und viel mehr Einwohner als Frankreich verloren hatte - selbst wenn ihre Bevölkerung wesentlich größer war - und in zwei Staaten aufgeteilt war!

Ich hörte eines Tages, wie Premier Minister Georges Pompidou im Rahmen eines Gesprächs über nationale und europäi-

sche Politik von der " sehr mächtigen deutschen Industrie " redete.

Ein Vetter meiner Eltern, der während des Krieges in einer
Produktionseinheit, wo Panzer hergestellt wurden, gearbeitet hatte, und für seine Liebe zu den *Teutonen* nicht besonders bekannt
war, wollte einmal die Stätten wiedersehen, wo er ein wenig idyl-
lisches Dasein erlebt hatte. Er fuhr also eines Sommers mit seiner Familie in die Bundesrepublik. Bei seiner Rückkehr nach
Frankreich konnte er seine Ehrfurcht vor dem ehemaligen Feind
nicht verheimlichen : " Es ist schöner als bei uns... Ein tolles Autobahnnetz! Kein einziger Wagen, der ein Farbendefekt hätte...
Makellose Häuser! "

In der Abschlussklasse trug ein vom Geographielehrer be-
handeltes Kapitel folgenden Titel : *Das deutsche Wirtschafts-
wunder*. Und dieses Wunder bezog sich allerdings nur auf West-
Deutschland, einen flächenmäßig doppelt so kleinen Staat wie
Frankreich, der aber viel mehr bevölkert war. Wie stand es aber
mit der DDR? Auch in diesem Fall machte unser Lehrer keinen
Hehl aus einem wirtschaftlichen Erfolg, der zwar nicht vergleichbar mit dem der BRD, doch aber imponierend war, da die
industriellen Einrichtungen in der sowjetischen Zone demontiert
und in die UDSSR transportiert worden waren, da auch das gleiche Gebiet vor 1939 zum größten Teil ein landwirtschaftliches
war. Dazu hatten die Ost-Deutschen den Vorteil eines Marschall-
plans nicht genossen. Daraus zog ich zwei Schlussfolgerungen :
Zuerst ließ sich dieser Erfolg nur durch eigenartige Eigenschaften
der Deutschen und organisatorische Faktoren erklären, die ich
entdecken wollte; dann erlaubte die Hypothese einer etwaigen
Wiedervereinignug der zwei Deutschland, die in meiner Studen-
tenzeit als sehr entfernt erschien, die Wiederherstellung einer
deutschen Supermacht, die als Konsequenz - oder als Ursache -
die Auflösung der zwei antagonistischen Blöcke in Europa, also
das Verschwinden des *eisernen Vorhangs*, haben würde. Diese

Hypothese ließ mich an den folgenden, berühmten, François Mauriac zugeschriebenen Satz denken : " Ich liebe Deutschland so sehr, dass es mich wirklich erfreut, dass es zwei gibt! "

Die Zahlen, die wir in der Abschlussklasse lernten, was die BRD betraf, stimmten einen nachdenklich : Eine Stahlproduktion, die zweimal höher als die französische war, Auto- und Chemiewerke, die unter den ersten der Welt zählten... Deutschland stand auch als Nummer eins im Export von Werkzeugmaschinen... Selbst die Landwirtschaft, obwohl sie einen schwachen Prozentsatz des Bruttosozialproduktes ausmachte, wurde uns als eine der modernsten und produktivsten Europas präsentiert.

Nach meinem ersten Deutschlandaufenthalt litt ich deswegen als Franzose unter einer Art Minderwertigkeitskomplex. Die Folge : Ich suchte oft Informationen, Argumente über die französischen Industrieleistungen, um meinen deutschen Freunden zu beweisen, dass mein Land dem Ihrigen nicht so unterlegen war, wie sie es sich vorstellten. In dieser Hinsicht konnte ich mindestens vor ihnen mit der Geschwindigkeit und der Qualität unseres Eisenbahnsystems, der Erfolge unserer Flugzeugbauindustrie, unserer nuklearen " *force de frappe* " argumentieren...

Ich musste jedoch feststellen, dass das alles sie nicht beeindruckte. Was die Franzosen selbst anbelangt, so hatte ich das Gefühl, dass, was ihre eigenen Erfolge auf dem wirtschaftlichen Gebiet auch sein mochten, sie vor den Deutschen systematisch unter Komplexen litten; somit rechtfertigten sie offensichtlich ein Wort De Gaulles : " Die Franzosen glauben nicht an sich selbst... "

Ein in jenen Jahren erschienenes Buch von Alain Peyrefitte mit dem Titel *Das französische Übel* schrieb den germanischen - und anglo-sächsischen - Wirtschaftserfolg dem Einfluss des Protestantismus und einer sich daraus ergebenden Ethik der Verantwortung zu, den Schwierigkeiten der lateinischen Länder hingegen, und Frankreichs insbesondere, dem des römischen Geistes, des Katholizismus, und einer Allmacht des Staates, die sich daraus ableiten ließ.

Wie war es aber in Wirklichkeit?

Nachdem ich darüber nachgedacht und verschiedene Zeugnisse verglichen hatte, erschien es mir, dass unser Minderwertigkeitskomplex vor relativ kurzer Zeit erschienen war und in erster Linie der Generation meines Vaters naheging, die das militärische Debakel im Jahre 1940 erlebt hatte. Dieses Ereignis hatte die Geister umso mehr traumatisiert, als Frankreich unter den Siegern von 1918 zählte und selbstsicher war, als es im September 1939 Hitler den Krieg erklärte. Der Zusammenbruch, fast ohne historischen Präzedenzfall, den die Leute vor Augen gehabt hatten, der Exodus von sieben Millionen Menschen auf den Straßen, der Waffenstillstand, dann die darauf folgende deutsche militärische Besatzung, hatten sie von der Schwäche Frankreichs vor der deutschen Macht überzeugt. Die Menschen erholten sich nicht davon trotz des von De Gaulle erschaffenen nationalen Mythos, des raschen Wiederaufbaus Frankreichs und des demographischen Aufschwungs des Landes in den Fünfziger Jahren.

Dennoch, so lange De Gaulle am Ruder war, wurde das Gefühl unserer wirtschaftlichen Unfähigkeit vor Deutschland wenigstens zum Teil durch die Statur des Generals, ebenfalls durch die von ihm kühnen ergriffenen politischen Initiativen getarnt, wie etwa 1958 die Einladung von Bundeskanzler Adenauer nach Colombey les Deux Eglises und der gemeinsam mit ihm unterzeichnete Deutsch-Französische Freundschaftsvertrag im Januar 1963, eigentlich eine gewagte Sache, da es nicht einmal zwanzig Jahre nach dem Ende des Dritten Reichs erfolgte. Bei dieser Aussöhnung spielte De Gaulle die gute Rolle, während der Kanzler, der sich demütig und respektvoll benahm, nicht die mindeste Überlegenheit für sich in Anspruch nehmen konnte. Die Begeisterung, mit der die deutschen Menschenmengen De Gaulle auf seiner Tournee durch die BRD ein paar Monate vor dem Abschluss des Vertrages zugejubelt hatten, bestärkte den Eindruck, Frankreich würde den Ton in Europa angeben.

Alles wurde aber nach der Krise von Mai 1968 anders, während deren der Ex-Kanzker Ludwig Erhard sich nicht genierte, Frankreich einen Seitenhieb auszuteilen, als er sein „ Staunen „ kundgab, unser Land habe einen Monat lang gelähmt sein und nahezu ins Chaos gestürzt werden können, wenn es auch seit einem Jahrzehnt unter dem Stab seines Präsidenten eine große Festigkeit zu genießen schien... War die französische Macht, die der Mann vom 18. Juni verkörperte, also nur eine Fassade? Ach, diese Franzosen mit ihrem Kikeriki waren doch immer noch dieselben...

Ende 1968 sprach unser Geschichtslehrer an einem Samstagvormittag über die deutsche Wirtschaft. Am Tage vorher war in den Medien von einer möglichen Abwertung des Franc nach der Offensive, die auf den Finanzmärkten gegen unsere Währung stattgefunden hatte, die Rede gewesen. Eine solche Abwertung hätte demnach mit einer Aufwertung der D-Mark gleichgesetzt werden können. " Es ist ja genau der Tag, an dem man vom deutschen Wunder sprechen darf... ", erklärte der Lehrer. Aber De Gaulle lehnte die Abwertung ab. In Wirklichkeit verschob er sie nur. Es war nun offenbar, dass die BRD der Wirtschaftsriese Europas geworden war. Diese Realität wurde uns fast offiziell ins Gesicht geworfen - es war ja kein Zufall - eben in dem Augenblick, da die gaullistische Ära zu Ende ging. Würden dann die Franzosen die ewigen Verlierer sein?

Unter der Präsidentschaft Pompidous begann mit Eilmärschen eine Industrialisierung der französischen Wirtschaft mit der eingestandenen Ambition, nicht nur England - dieses Ziel war schon fast erreicht - sondern auch und vor allem die Bundesrepublik zu übertreffen. Gestärkt von der Lesung einer amerikanischen Studie des *Hudson Institute*, die Frankreich als das Japan Europas darstellte, mit seiner jährlichen, zwischen 5% und 6 % pendelden

Zuwachsrate, und die prophezeite, wir würden 1980 die erste Wirtschaftsmacht auf dem Kontinent sein, machte ich mich daran, meinen Freunden und Kollegen von jenseits des Rheins unsere Leistungen lobzupreisen während meiner Arbeitsaufenthalte in Stuttgart. Ich erzählte ihnen insbesondere von der riesigen Hafenzone bei Fos sur Mer, die gerade im Aufbau war, und wo aus dem Boden ein industrieller Komplex schießen sollte, der den vom Ruhrgebiet konkurrieren könnte! Man hörte mir mit Überraschung und Skepsis zu : " *Infrastruktur in Südfrankreich?* ". Das schien allzu unvorstellbar.

Wenn ich das französische Farbfernsehsystem SECAM erwähnte, hörte ich die Widerrede, das deutsche PAL-System sei besser. Ebenso für die Produktion von Panzern : " *Unser LEOPARD ist besser als der französische AMX.* " Mein Freund Robert Filder sagte mit einem Lächeln : " *Wir sind die Stärksten, aber die Franzosen machen eine Riesenleistung, um an die Spitze in Europa zu kommen, und zwar auf Kosten der EG!* "

Diese Rivalität konnte als kindlich erscheinen in der Stunde, da von der notwendigen Einheit Europas immer mehr die Rede war. Allenfalls verringerte die erste Ölkrise im Jahre 1973 die französischen Ambitionen in hohem Maße. Aber gerade deshalb und in jenem Moment begann Frankreich Kernkraftwerke in großem Umfang zu bauen, um die energetische Unabhängigkeit des Landes zu sichern. Nun aber neue Kritik bei meinen deutschen Freunden : Wir hätten nicht die mindeste Sorge um die Umwelt in Frankreich! Somit entdeckte ich den Sinn der Vokabel *Ökologie*, von der ich in der Schule nie gehört hatte... Ein neues Zeitalter begann. Würde das Hauptziel des Wirtschaftsapparates noch lange darin bestehen, immer *mehr*, oder im Gegenteil auf vernünftige Weise zu produzieren, und dabei die Umwelt zu respektieren?

Ich war ein perfektes Produkt des französischen Unterrichtswesens und der französischen Ideologie. Als ich meine zukünfti-

ge Ehefrau kennenlernte, griff sie unmittelbar unsere Nuklearpo-
litik an, aber ich sah nicht sofort die Richtigkeit ihrer Position
ein. Abermals erkannte ich den Abgrund, den es geben konnte
zwischen den französischen Grundkonzeptionen und Ambitionen
einerseits, den deutschen Entscheidungen und Verwirklichungen
andererseits.

Meine Ehe und Integration in einer deutschen Familie, meine
immer zahlreicher werdenden Reisen nach Deutschland sollten es
mir endlich ermöglichen, über die Dinge und deren Ursachen mit
mehr Objektivität zu urteilen.

Am Anfang der achziger Jahre waren wir jedoch gar nicht
vorbereitet auf die gigantischen Umwälzungen, die in Europa
dem Kommen Gorbatschovs an die Macht 1985 folgen würden.
Erst vier Jahre später wurde der *Eiserne Vorhang* in Ungarn eröffnet, die DDR-Deutschen stürmten die Züge, um aus ihrem "
sozialistischen " Paradies zu flüchten, und am 9. November 1989
fiel die MAUER in Berlin. Ohne Krieg, ohne Blutvergießen. Ungläubig und gespannt starrten wir den Bildschirm unserer Fern-
sehgeräte an, hörten, wie die Kommentatore mit Prognosen über
die Zukunft wetteiferten. Ich konnte mir eine solche Revolution
ohne ein rasches Eingreifen der *Volksarmee* und der sowjetischen
Panzer, um ihr ein Ende zu setzen, nicht vorstellen, dem Beispiel
Beispiel folgend von dem, was 1953 in der DDR, 1956 in Buda-
pest, 1968 in Prag passiert war... Aber ich täuschte mich über die
Epoche, wie manche meiner Landsleute. Nichts Ähnliches erfolgte. Es war ein Wunder. Und der ganze Ostblock brach innerhalb
einiger Monate wie ein Kartenspiel zusammen.

Dennoch bildete sich niemand ein, dass weniger als ein Jahr
später, die zwei Deutschland nur noch eines zusammenbilden
würden. Unsere Medien, als hätten sie die Angst vor dem *großen
Deutschland* austreiben wollen, lullten uns mit dem Mythos einer
DDR ein, die an der Seite der BRD weiter bestehen würde, unter
dem Vorwand, die Ost-deutschen Bürger würden ihre " sozialen

Errungenschaften " nicht verlieren wollen, indem sie sich von der mächtigen BRD nicht passiv anschließen lassen würden.

Die Einigung wurde im Eiltempo von Bundeskanzler Kohl geführt. Selbst bei den West-Deutschen fanden manche, wie etwa der Mann meiner Schwägerin, " die Dinge würden zu rasch gehen"...

Wir Franzosen kannten eine letzte Atempause, bevor mit erneuerter Kraft unsere alten Minderwertigkeitskomplexe vor den Germanen wieder auftauchten. Es war während des Jahrzehnts, das dem Fall der Mauer folgte. Es stellte sich nämlich schnell heraus, dass die Integration und die Modernisierung Ostdeutschlands finanziell viel kostspieliger waren als man es den Bürgern der BRD hatte glauben lassen. Wenn ich mit Mitgliedern meiner deutschen Familie diskutierte, gewann ich den Eindruck, die Bürger der West-Länder bedauerten fast die Wiedervereinigung, da ihr Geldbeutel darunter leiden musste...

Zufriedenheit aber in Frankreich : Der beneidete Nachbar hatte Schwierigkeiten! Diese Erleichterung war jedoch nach etwa fünfzehn Jahren nicht mehr aktuell. Durch die mutigen und tiefen Reformen von Bundeskanzler Schröder auf dem Lohn- und sozialen Gebiet, durch die Euro-Währung gestärkt, wurde Deutschland, gleichauf mit China, wieder zum Weltmeister im Export, während die französische Wirtschaft sich in die Krise versenkte. Staatschef Sarkozy schien Bundeskanzlerin Merkel zu unterstehen, um gemeinsam mit ihr einen starken Euro zu verteidigen, und zog sich dabei die Wut der Franzosen zu, die einerseits ihren Niedergang konstatierten und beweinten, andererseits die praktischen Konsequenzen davon nicht ziehen wollten und nach allen Seiten weiter reklamierten, als hätte eine himmlische Manna nie aufgehört, den gallischen Boden zu tränken.

2012 zum Staatschef der französischen Republik gewählt, versprach der Sozialist François Hollande den Vertrag von Lissabon neu auszuhandeln, wozu er schließlich und selbstverständlich ganz und gar unfähig war. Die Rollen, im Vergleich mit dem, was sich zwischen De Gaulle und Adenauer abgespielt hatte, waren umgekehrt : Ein bisschen verwirrt bei seiner Ankunft am Berliner Flughafen, ließ sich Hollande von einer selbstsicheren Angela Merkel, die sich ja nicht belehren lassen wollte, am Arm fassen. Einige französische Sozialisten glaubten, sie könnten nun die Schuld der wirtschaftlichen Stagnation Frankreichs Deutschland abschieben; einer unserer Minister, der ein so guter Schönredner war wie ein unrealistischer Kerl, tadelte eine *politique à la Bismarck*. Er auch täuschte sich aber auch über die Zeiten. Die Deutschlandfeindlichkeit konnte niemand mehr betrügen.

Die Schlüssel des deutschen Erfolgs

Als lächerlich habe ich immer die Aussagen von französischen Spitzenverantwortlichen empfunden, die über dieses oder jenes wirtschaftliche Thema reden, und ohne mit der Wimper zu zucken, behaupten : " Wir sollen uns vom deutschen Konzept inspirieren lassen...". Selbst wenn sie sagten : " Wir wollen es! ", wäre das nur eine fromme Absicht, um nicht von frommer Lüge zu sprechen. Kann man nämlich schlicht und einfach das nachahmen, was zu einer Mentalität, einer jahrhundertelangen Geschichte, einer Sprache und einer Kultur gehört und dem daraus entstandenen politischen System?

Ich fragte eines Tages meine Frau, was nach ihrer Meinung

die Deutschen von den Franzosen am meisten differenziert. Sie zögerte einen Augenblick und sagte dann : " *Der Realismus* ".

Soll das heißen, dass wir Franzosen überhaupt keinen Sinn für die Realitäten hätten? Bestimmt nicht, aber diese Aussage enthält jedoch eine tiefe Wahrheit, deren sich vieler meiner Landsleute nicht bewusst sind.

" Die französische Sprache ist gut dazu geeignet, abstrakte Gedanken auszudrücken", wurde mir bei mancher Gelegenheit gesagt. Von den abstrakten Gedanken bis zum Mangel an Realismus gibt es vielleicht nur einen Schritt.

Und die deutsche Sprache? Man kann nur ihre Genauigkeit, ihre Logik, ihre Koherenz, ihre Fähigkeit zur Synthese feststellen. Ein Wort kann nicht an Stelle eines anderen gebraucht werden. Es ist schwer, im Deutschen zweideutig zu reden. Die Deutschen " kleben " so sehr an der Wirklichkeit, dass sie unseren Begriff *" Second degré "* nicht kennen. Mit einem Wort nehmen sie die ausgesprochenen Worte, die Arbeit, die Dinge, das Leben ernst. Zu ernst, werden die Franzosen sagen. Es wäre aber eine andere Debatte.

Das *made in germany* ist im Bereich der Herstellung von Produkten gleichbedeutend mit einem Gütesiegel in der ganzen Welt. Ein Angestellter vom Stuttgarter Ministerium, wo ich zeitweilig tätig war, kam eines Tages aus Südburgund zurück, wo er einen kleinen Betrieb besucht hatte. Als ich ihn über die Arbeitsmethoden, die er dort hatte beobachten können, befragte, antwortete er mir : " *Ja, ja, dort wird schon gut gearbeitet, aber nicht so genau, nicht so exakt wie hier!* "

Die Geduld, die Gründlichkeit, der Perfektionismus sind wahrscheinlich Tugenden, die man mehr jenseits des Rheins als diesseits treffen kann. Deshalb platzte im Herbst 2015 der VW-Skandal wie eine Bombe, als bekanntgegeben wurde, dass seit Jahren der Stolz der deutschen Autoindustrie einen Schwindel gebrauchte, um die Abgasteste bei *Diesel*motoren gewisser Automodelle, die in den USA verkauft wurden, zu frisieren. Können die Deutschen dann auch Betrüger sein? Innerhalb von einigen Tagen verlor die V-W Aktie bei den Börsen ein Drittel ihres Wertes, und das Image des Konzerns erlitt international einen schweren Schaden.

Über den deutschen Realismus möchte ich noch einiges hinzusetzen.

Der Deutsche bleibt vor jeder rethorischen Verschönerung der Realität fremd. Er hält sich an das, was existiert, baut keine Luftschlösser und Hirngespinste, wie die Franzosen es zu gern tun mögen. Die ausgeklügelten Reden, die dazu dienen, die Realitäten zu verschleiern, lassen ihn kalt. Er will nach Aktenlage urteilen, und verlangt hartnäckig Fakten, wo der Franzose Konzepte und Theorien aufweist. Im politischen Bereich zum Beispiel ist das sehr deutlich. Wie oft musste ich den Tadel der Deutschen hören, die Franzosen würden sich für mehr halten, als das, was sie sind, ihren Einfluss im Kreise der Nationen überschätzen, sich mit großen Worten wie etwa " die Menschenrechte „ berauschen, von denen sie sich einbilden, der Rest der Welt würde sie dafür beneiden, während sie sie in ihrem eigenen Land nicht unbedingt in die Tat umsetzen!

Der deutsche Realismus war schon bei Bismarck festzustellen : als Napoleon III. ihm sagte : " Sie sind zu stark gegenüber Frankreich geworden... Eines zukünftigen Tages werden wir Krieg führen müssen. ", antwortete der Kanzler ruhig : " Dann führen wir Krieg! " weil er der preußischen Macht vor dem überheblichen Frankreich sicher war.

Eine falsche und lange Zeit sehr verbreitete Idee bei den Franzosen war, dass die Deutschen ihre Kraft aus einem barbarischen und primitiven Atavismus schöpften, die Hand in Hand mit einem unbedingten Gehorsam zur Autorität, gleichgültig welcher

Art, einherging. Im Großen und Ganzen wären die Deutschen sehr dynamische, unzivilisierte Menschen und zugleich, ihren Panzern des Typs *Tiger* oder ihren Schlachtschiffen des Typs *Bismarck* ähnlich, unzerstörbare Automaten gewesen. Im Gegensatz dazu sah sich der Franzose als eine intelligente, schlaue und geschickte Person, eine Art David, der dazu berufen wäre, den germanischen Goliath schließlich zu Boden zu werfen. Dazu glaubte dieser ideale Franzose, er besäße einen kritischen, aufsässigen Geist und er unterwärfe sich niemals irgendwelcher Macht, sei sie politischer, militärischer oder wirtschaftlicher Art.

Die klare Beobachtung der Fakten zwingt einen, diese Mythologie über den Haufen zu werfen. Denn die kollektive Stärke der Deutschen ist überhaupt nicht auf eine allgemeine Verdummung oder eine passiv hingenommene Indoktrinierung zurückzuführen, sondern auf eine Summe individueller Handlungen, die von dem Einzelnen erfüllt werden, indem er sich dessen bewusst ist, den eigenen Interessen und dabei dem allgemeinen Interesse zu dienen. Mit anderen Worten scheinen die Deutschen, mehr als die Franzosen, *den Sinn für ihre individuelle Verantwortung* sich selbst und der nationalen Gemeinschaft gegenüber zu haben. Dadurch lassen sich zum Teil sowohl ihre ehemaligen militärischen Siege als auch ihr wirtschaftlicher Erfolg nach 1945 erklären, nachdem ein für alle Mal jeder kriegslustiger und revanchistischer Geist bei ihnen getilgt wurde. Das hängt ganz bestimmt mit der protestantischen Ethik zusammen - auch wenn der Katholizismus in mehreren Gebieten vorherrschend ist - die dem Einzelnen und seinen freien Entscheidungen den Vorrang gibt. Dies sieht man an dem realistischen und selektiven Schulsystem, das mehr als in Frankreich die persönlichen Begabungen der Schüler fördert, anstatt sie in die Schablone einer generellen intellektuellen Nivellierung zu zwängen, die angeblich " die Gleichheit für alle " schafft. Das hängt auch mit einer ausgezeichneten Ausbildung der Lehrlinge in den Betrieben zusammen, die sie dann nicht widerwillig einstellen, weil dies für das Unternehmen eine

Investition in die Zukunft ist.

Bei verschiedenen Anlässen konnte ich dieses Vertrauen, das dem Einzelnen geschenkt wird, persönlich feststellen. Meine erste Berufserfahrung als Saisonarbeiter am Fließband ausgenommen, wurde ich gerade in Deutschland dazu eingeladen, Verantwortungen zu übernehmen, sowohl in der Arbeit als auch im Vereinswesen, obwohl ich Ausländer war. Scheinbar hatte man zu mir Vertrauen, während ich mich in Frankreich zuerst als glaubwürdig hätte erweisen sollen. Ich hätte ein meine Kompetenzen bestätigendes Diplom vorzeigen oder mich einem Vorgesetzten unterordnen müssen, der sich angeblich in seinem Fach perfekt ausgekannt hätte, und damit beauftragt gewesen wäre, mir alles ins Detail zu erklären, bevor er sich getraut hätte, mich agieren zu lassen. Der Franzose, der lange Zeit Deutschland nur durch das Prisma des preußischen Militarismus und des Nazi-Totalitarismus sah, merkt nicht, dass er, auch wenn er sich als ewiger Nörgler aufführt, ja schließlich viel passiver ist als der Deutsche vor der Behörde im Allgemeinen und besonders vor der polypen Allmacht eines Staates, der Gott ersetzen und alle Probleme verwalten will.

Es fällt einem auf, dass der Allmächtige im *Grundgesetz*, das heißt in der Verfassung der Bundesrepublik, genannt wird, was in Frankreich, wo Gott aus dem öffentlichen Raum ausgeschlossen wurde, ja undenkbar wäre. Eine große Anzahl von Franzosen, abgesehen von den Katholiken, die von *Frankreich* als von *der ältesten Tochter der Kirche* sprechen, meinen, dass der Laizismus, die im Lande der Revolution eingeführt wurde, ein unersetzbarer Fortschritt wäre, an der die übrige Welt sich ein Beispiel nehmen sollte. Würde Deutschland davon profitieren, wenn es das täte? Daran darf man stark zweifeln. In Bayern haben die Kruzifixe nicht nur in manchen Häusern, sondern auch in den Cafés, den Gaststätten, den ärztlichen Praxen, einen Ehrenplatz... Selbst Hitler traute sich nicht, das in Frage zu stellen, solange der militärische Sieg ihm nicht als gesichert erschien. In den vom Christentum stark geprägten Regionen ist die christliche Religion fester Bestandteil der örtlichen Kultur. Bis in den letzten Jahren nahm niemand Anstoß daran. Es war für die Leute eine Art Selbstverständlichkeit. Als ich zum ersten Mal in Deutschland eingestellt wurde, lautete eine der Fragen des Formulars, das ich ausfüllen musste : *Religion?* Die Kirchen in Deutschland waren lange Zeit - und sind es noch - reich, besitzen viele Krippen, Kindergärten, Kliniken, Altersheime... Noch vor dreißig Jahren war der Haushalt der Diözese Köln mit dem der ganzen Kirche in Frankreich quasi vergleichbar. In der Ex-DDR beeinträchtigte selbstverständlich die marxistische Ideologie den christlichen Glauben und die kirchlichen Institutionen sehr, zumal diese einer, wenn nicht aktiven, doch schweigsamen Unterstützung des National-Sozialismus oft bezichtigt wurden.

Die evangelischen und katholischen Geistlichen werden mittels einer *Kirchensteuer* bezahlt, vor der sich jedoch immer mehr Bürger drücken, indem sie aus der Kirche austreten. Kann diese Tendenz massiv werden? Sollte es der Fall werden, dann würde das Gesicht Deutschlands auf lange Sicht dadurch tief verändert werden.

Im Gegensatz dazu erscheint Frankreich als tief entchristianisiert nach mehr als einem Jahrhundert Säkularisierung, auch wenn die Kirchen hier und da eine unleugbare Vitalität kennen, selbst wenn sie in der Gesellschaft sehr kleine Minderheiten darstellen. Angesichts des Erfolgs der Deutschen darf man sich dann die Frage stellen : Haben der Atheismus und ein manchmal schlecht verstandener Laizismus dem Vaterland der Menschenrechte geschadet, während das in Deutschland eingebürgerte *Konkordatsystem*, gemeinsam mit christlichen Werten, die an manchen Orten noch lebendig sind, zum germanischen Wohlstand beigetragen hätte?

Um diese kurzen Betrachtungen abzuschließen, werde ich

zwei äußerst bedeutende Fakten erwähnen, die oft in Frankreich schlecht bekannt sind. Ich will nämlich zuerst vom Föderalismus, dann von der Struktur des deutschen Industriegewebes sprechen.

Historisch ist Deutschland ein Konglomerat sehr zahlreicher Staaten, die selbst ferne Nachfahren der *deutschen Stämme* sind : Sachsen und Bayern sind die bekanntesten. Das von Napoleon zerstörte Heilige Römische Reich Deutscher Nation zählte mehr als drei hundert Staaten... Das Bismarcksche Reich ließ seinen verschiedenen territorialen Komponenten eine große Selbstständigkeit; der 1871 proklamierte deutsche Kaiser herrschte über eine Föderation. Der einzige Zeitabschnitt, da die regionalen Freiheiten, wie übrigens die anderen, abgeschafft wurden, ist der national-sozialistischen Zentralisierung zuzuschreiben; eigentlich eine Anomalie in der deutschen Geschichte.

Im Vergleich dazu ist Frankreich, zuerst mit der absoluten Monarchie, dann noch mehr mit der Revolution, dem ersten und dem zweiten napoleonischen Reich ein langer Marsch zum " Allstaatlichen ", der von der Dritten Republik (1870-1940) abgeschlossen wurde. Mit seinem Plan für eine Gründung von Regionen im Jahre 1969 war De Gaulle der erste, der eine Dezentralisierung zu schaffen versuchte; er wollte nämlich die Rolle der Regionen neu definieren und ihnen politische Verantwortungen geben. Sein Plan wurde aber abgelehnt. 1981 wurde dieser vom jüngst gewählten Staatschef Mitterand neu aufgegriffen. Die " Regionalisation " *à la francaise* kann jedoch nicht mit dem System der deutschen Bundesländer verglichen werden. Abgesehen von Regionen, die eine stark geprägte kulturelle Identität besitzen, wie Das Elsass, die Bretagne oder Korsika, beruhen Konglomerate wie die Region *Rhône Alpes* nicht auf einer unbestreitbaren historischen und geographischen Basis. Man hat, wenn auch teilweise, das Gefühl, es handle sich um künstliche Gebilde, um nicht von einer zusätzlichen Bürokratie zu sprechen, die die schon bestehende - das Departement, die früher die verwaltungsmäßige Grundeinheit war, ist nämlich nicht abgeschafft worden - noch schwerer werden lässt. Schließlich können die regionalen Parlamente in Frankreich nicht auf der gleichen Ebene gesetzt werden wie die Regierungen der deutschen Länder. Paris bleibt Paris, was man auch immer machen will. Berlin wird niemals eine ähnliche Rolle zugeteilt werden. Deutschland ist polyzentrisch, und es kommt seiner Wirtschaft zugute, verleiht ihr eine Flexibilität, die in Frankreich nicht existiert.

Das deutsche Industriegewebe besteht zwar aus großen Konzernen, aber auch und in erster Linie aus einer beeindruckenden Anzahl von mittelgroßen Betrieben. Erst recht sichern sie Deutschland seinen Erfolg im Export. Im Vergleich besitzen wir selbstverständlich große Industriegruppen, die international gut klassifiziert sind, aber es gibt wie einen Abgrund zwischen ihnen und einer Menge kleiner Betriebe, unter denen eine wachsende Zahl immer mehr Schwierigkeiten zu überleben hat. Außerdem sind zur jetzigen Zeit der Verlegungen manche französische Standorte rundweg in Länder mit billigen Arbeitskräften ausgewandert, während parallel die deutschen Betriebe klug genug waren, manche Produktionsteile in der Tschechischen Republik, in Polen oder Rumänien herstellen zu lassen, während die Endmontage jedoch in Deutschland stattfindet.

Fragen

Die Gründerväter Europas, Jean Monnet, Robert Schumann, De Gasperi, Adenauer, von einem hohen und edlen Ehrgeiz getrieben, wollten den Völkern Westeuropas eine Aussöhnung und eine enge Zusammenarbeit ermöglichen, nach den Katastrophen, die wir ja zu gut kennen. Die deutsch-französische Ausssöhnung war eine der bewundernswertesten Ergebnisse jenes Unternehmens. Sie erlebte diverse Phasen. Nach dem ursprünglichen und begeisterungsvollen Schwung, der 1963 der Unterzeichnung des Elysée-Vertrags folgte, kam eine Zeit des Realismus und der gegenseitigen Anpassung. Ich erinnere mich ganz genau an die erste Partnerschaft zwischen meiner Ortschaft und einer deutschen Stadt gleicher Größe. Eine Nachbarin erzählte uns von dem Ereignis, als die französische Gruppe von dem ersten freundlichen Austausch zurückkam, der jenseits vom Rhein stattgefunden hatte. Alle französischen Teilnehmer hatten den Krieg und die Okkupation erlebt. " Uns war gesagt worden, keine Anspielung auf jene tragische Epoche zu machen, um unsere Gäste nicht zu verletzen. ", sagte sie, " Aber die Mahnung war überflüssig, da wir so gut empfangen wurden! Es war trotzdem ein Schock für uns, Polizisten in Uniform zu sehen, sie Deutsch sprechen zu hören... ". Ihr zufolge hatten die Franzosen den Deutschen leckerhafte Kochrezepte beigebracht! Und am letzten Tag, als die französische Kapelle mit Holzblas- und Blechinstrumenten *Alter Kamerad* gespielt hatte, hatte das deutsche Publikum außer sich vor Begeisterung Beifall geklatscht.

Aber so sehr die Beziehungen zwischen De Gaulle und Adenauer herzlich und vertrauensvoll gewesen waren, so komplex sollten diejenigen zwischen Staatschef Pompidou und Bundeskanzler Brandt werden. Im Gegensatz zum General war der Nachfolger des Gründers der Fünften Republik von der deutschen Macht nicht fasziniert. Er zog es vor, eine neue *Entente cordiale* mit England zu schließen, dem er die Tür zur Europäischen Gemeinschaft öffnete, um die politischen Kräfte auf dem alten Kontinent wieder auszugleichen. Später verstanden sich Giscard d´Estaing und Helmut Schmidt viel besser- auf Englisch! - und sie legten den Grund zur zukünftigen Euro-Währung. Mitterrand und Kohl waren es jedoch, die schließlich den Euro zu Stande brachten, der am Anfang eine Quelle so großer Hoffnungen war und zehn Jahre später soviel Frust und Besorgnisse herbeiführen sollte. Kohl und Mitterrand gaben sich die Hand in Verdun; das war ja ein starkes und höchst symbolisches Bild. Damals konnte man sich noch Illusionen über den Fortbestand einer tiefen deutsch-französischen Freundschaft machen. Die beiden Männer hatten den Krieg erlebt. Es ist nicht der Fall ihrer Erben. Wir leben in der Ära des Pragmatismus, und welches Volk ist pragmatischer als das deutsche zur Stunde, da, einmal wieder eins, es eine Masse von über 80 Millionen Einwohner darstellt?

Viele Franzosen entdecken verwirrt, dass die Euro-Währung, eigentlich eine getarnte D-Mark, vor allem einem Deutschland profitiert, das mächtiger und strenger ist als seine lateinischen Partner in den Finanzsachen. Und während die Regierung von Angela Merkel Stein und Bein schwört, sie wolle weiter die Einigung Europas, schaut sie besorgt nach einem sich in immer üblerem Zustand befindlichen französischen Nachbar, befestigt aber zugleich ihre Beziehungen zu außer-europäischen Mächten wie China sowohl auf dem kommerziellen als auch auf dem politischen Gebiet.

Nun, kommen ein Wiedererwachen des jahrhundertlangen deutsch-französischen Antagonismus, den De Gaulle prophezeit hatte und infolgedessen das Ende des europäischen Traums, oder erleben wir nur eine kritische Phase vor der Bildung einer übernationalen Regierung, die bald als eine Notwendigkeit erscheinen wird, damit Europa nicht untergeht? Die letzte Hypothese erscheint mir als die Wahrscheinlichste, denn sie entspricht dem " Sinn der Geschichte ", vor allem wenn man die zahlreichen Gebiete betrachtet, auf denen eine deutsch-französische Zusammenarbeit schon praktiziert wird, wie dem technologischen, dem wissenschaftlichen, ja sogar dem militärischen.

Das alte Minderwertigkeitsgefühl übersteigen

Die letzten Zeilen vermitteln gewiss den Eindruck einer sehr manichäischen Darstellung, nach der Frankreich noch lange Zeit dazu verurteilt sein wird, schlecht beieinander zu sein angesichts eines dynamischen und effizienten, zu erstaunlichen Wiedergeburten ständig fähigen Deutschland. Deshalb möchte ich ein Korrektiv hinzufügen, indem ich einen Faktor in Betracht ziehe, den ich bisher noch nicht erwähnt habe, nämlich die Demographie. Zwar wird die Bundesrepublik noch für einige Jahre das am meisten bevölkerte Land des Kontinents bleiben. Aber die endemische Schwäche seiner Geburtenrate seit Jahrzehnten wird es ihm nicht möglich machen, ihre Macht immer aufrecht zu erhalten, es sei denn, sie greift zu einer zusätzlichen Einwanderung von Ausländern. Nun aber ist Deutschland schon jetzt ein Staat mit einer starken Einwanderungsrate. Angenommen, es würde Millionen von Arbeitern aus Ost-Europa und der muslimischen Welt aufnehmen, dann wäre es nicht, wenigstens in einer ersten Phase, Integrationsschwierigkeiten ausgesetzt -sie existieren allerdings bereits - die zwangsläufig eine zugleich politische und wirtschaftliche Auswirkung haben und somit seine sprichwörtliche Dynamik bremsen würde? Die massive Ankunft von Flüchtlingen aus Syrien und dem Irak als Folge des Krieges im Nahen Osten im Jahre 2015 hat zwar zuerst in der deutschen Bevölkerung ein Elan der Solidarität ausgelöst, welche die großzügige

Haltung der Bundeskanzlerin verkörperte, dann aber die Kritik und die Warnungen mancher Persönlichkeiten : Man solle ja aufnahmebereit sein, aber nur in gewissen Grenzen… Gleichwohl wird für das Jahr 2015 die Zahl der Einwanderer die beträchtliche Höhe von 900 000 erreichen. Schon vor der jetzigen „ Flüchtlingskrise „ behaupteten allerdings Autoren von Instituten der Zukunftsforschung, jeder dritte Deutsche werde 2040 ausländischer, ja außereuropäischer Herkunft sein.

Wenn im letzten Fall Frankreich freilich wesentlich weniger großzügig war als die Bundesrepublik, bestehen bei uns auch ähnliche Probleme. Aber dem Anschein nach und dem lauten Geschrei derjenigen zum Trotz, die prophezeien, das Land des Heiligen Ludwig werde morgen von einer muslimischen Welle überflutet werden, kann man leicht wetten, dass die Assimilation der Einwanderer in zwei Generationen vollbracht sein wird, ohne dass Frankreich deswegen verschwindet. Eine Familienpolitik, die zwar unzulänglich, aber großzügiger ist als die, die seit langer Zeit jenseits des Rheins praktiziert wird, verleiht unserem Land mittel- und langfristig einen unbestreitbaren demographischen Vorteil. Der deutsche Schriftsteller Thilo Sarazzin, dessen dramatisierende Werke jenseits des Rheins für Polemik sorgen, ist der Meinung, in etwa zwanzig Jahren werden sich die Bevölkerungszahlen von beiden Ländern ausgleichen. Das würde den Franzosen, wenigstens auf diesem Gebiet und nach länger als einem Jahrhundert, es endlich möglich machen, sich einmal nicht mehr in der Rolle der " kleinen Buben " zu fühlen gegenüber dem großen Nachbarn.

Wie lässt sich die für Deutschland seit den Sechziger Jahren typische *Kinderfeindlichkeit* erklären? Im wilhelminischen Reich und im Dritten Reich war die Vitalität der deutschen Bevölkerung die stärkste Europas. Dieses Element ist übrigens gar nicht unbedeutend, will man die expansionistische Politik von beiden oben erwähnten Regimes verstehen. Aber der kollektive Selbstmord der alten Welt zwischen 1914 und 1945, dem das Wunder des materiellen Wiederaufbaus folgte, hat das immense geistige Vakuum, den Mangel an Hoffnung und an einem langfristigen Projekt der Europäer, insbesondere der Deutschen, nicht ersetzt. Es blieben dann nur noch der Materialismus und die Konsumgesellschaft übrig, die in Deutschland so prägnant sind, dass es einem kaum schwerfällt, zu verstehen, dass die aus deutschem Boden stammenden kinderreichen Familien nicht besonders zahlreich sind.

Frankreich steht auch an einer Wende seiner Geschichte. Wie wir es schon festgestellt haben, stellen die Franzosen als Individuen weniger ein Problem dar als ihre Vorurteile und kollektiven Minderwertigkeitsgefühle, sowie die Verkalkung durch ihr politisches und bürokratisches System. Sollte eine bedeutende Krise oder eine Revolution in Frankreich ausbrechen, da würde sie zwar zuerst zu Ausschreitungen führen, dann aber im besten Fall eine Befreiung der besten Eigenschaften der Franzosen - Großzügigkeit, Erfindungsgabe, Sinn für das Universale – zur Folge haben, nach dem Zusammenbruch ihres übergroßen Staates.

Hoffentlich würde demnach *das Land der Menschenrechte*, die *älteste Tochter der Kirche* wieder Vertrauen in ihr Schicksal gewinnen und seinen Nachbarn, Deutschland in erster Linie, die Hand reichen, um gemeinsam ein neues Europa aufzubauen, das seinen Kindern eine Zukunft geben könnte.

OPA

Der Soldat und der Arbeiter

Oktober 1982.

Astrid und ich fahren seit etwa zwei Stunden auf der Autobahn. Wir haben am Ende des Nachmittags München verlassen, als die Nacht schon hereinbrach. Dämmerung, dann Dunkelheit. Blendende Scheinwerfer der unzähligen Fahrzeuge, die mit hoher Geschwindigkeit dahinrasen. Der Freund meiner zukünftigen Schwägerin sitzt am Steuerrad. Sie tauscht ein paar Worte mit ihm aus. Er aber ist wortkarg, und beginnt, Radio zu hören. Ich bin eingeschüchtert, etwas ängstlich. Wie wird die erste Begegnung mit Astrids Eltern ablaufen?

Wir verlassen die Straße, biegen in ein Dorf mit wohlhabenden Häusern ein. Dann erscheint der Innenhof eines gut aussehenden stattlichen Gebäudes, des Bauernhofes, wo meine Verlobte ihre Kindheit verbracht hat.

Der Flur entspricht dem Bild, das ich mir davon gemacht hatte, bevor ich ihn sah. Kein zu aggressives Licht, ein Fliesenbelag am Boden; einige ausgestopfte Tiere - ein Dachs, eine Eule, ein

Eichhörnchen - hocken auf befestigten Ständern an der Wand. Die Küche ist von bescheidenen Ausmaßen. Ein Tisch, ein paar Stühle, ein ganz einfaches Sofa. Ein Feuer brennt in dem alten Ofen. Die Stimmung empfinde ich als gemütlich. Die Hausherrin grüßt mich mit Zurückhaltung. Nach Astrids Meinung ist sie nicht zu sehr begeistert, dass ihre Tochter einen Ausländer heiraten will. Trotzdem fühle ich mich wohl. Ich nehme am Tisch Platz. Es wird bald Zeit sein zu essen.

Einige Augenblicke später erscheint der Familienvater. Er hat noch seine Arbeitskleidung an und kommt aus dem Stall. Ein großer, robuster, fast schlanker Mann, der zwischen fünfundfünfzig und sechzig Jahren alt sein kann. Sein Haar ist blond, sein Blick sehr klar. Sein Händedruck ist stark und aufrichtig.

" Willkommen in Steinbach! ", sagt er mir.

Er erzählt sofort von seiner Durchreise durch Frankreich während des Krieges. Er war in einer Kaserne in Moulins einquartiert, in meiner Gegend also. Es folgt ein fast vereinbarter Kommentar : " Der Hitlerkrieg war ein Wahnsinn... ". Ich stimme zu, ohne ein Wort hinzuzufügen. Dann wird eine *Danksagung* gebetet und wir fangen an zu essen.

Dieses Abendmahl besteht aus einer Wurstplatte mit Bier, und stimmt mich sofort fröhlich. Es wird schnell für mich eines der Symbole des Lebens in Steinbach werden.

Die Nacht ist ziemlich aufgeregt. Meine Verlobte und ich wohnen in einem Schlafzimmer mit niedriger Decke, und die Betten bieten sehr wenig Komfort. Aber der Reiz des Neuartigen gleicht leicht solche kleine Unannehmlichkeiten aus.

Als wir am folgenden Morgen aufstehen, sitzen Astrids Eltern schon am Küchentisch und nehmen ihr Frühstück. Mein zukünftiger Schwiegervater liest die örtliche Zeitung : ein unabänderlicher Ritus ist es, dem ich dreißig Jahre lang bei jedem meiner

Aufenthalte beiwohnen werde. Um mich anzusprechen, bemüht er sich, *Hochdeutsch* zu reden, was mir eine verhältnismäßige Verständigung seiner Aussagen ermöglicht. Ich werde dennoch immer Schwierigkeiten auf dieser Ebene mit ihm haben, wegen der starken dialektischen Färbung seiner Sprache. Allerdings, wenn er sich mit Mitgliedern seiner Familie austauscht, hat er ja keinen Grund mehr, sich in dem Idiom der Lehrer und der Prediger auszudrücken, sondern spricht den niederbayerischen Dialekt, dem ich mich - und auch nie ganz! - nur auf lange Sicht gewöhnen werde.

Nach dem Mittagessen, das nicht viel länger als eine Viertelstunde dauert, nehmen wir im Wohnraum Platz. Der Hausherr will sich mit mir über zwei oder drei Fragen unterhalten. Als Verteidiger der traditionellen Moral, so vermute ich, ist er zufrieden mit der Entscheidung, die Astrid und ich getroffen haben, vor der Eheschließung nicht zusammenzuwohnen. Andererseits trägt er seine Auffassung der Rolle des Mannes in der Ehe vor. " Pass auf, dass deine Frau dich nicht in den Pantoffel steckt! ". In dieser Hinsicht erwähnt er den unheilvollen Einfluss, den einige Lehrer mit modernen Vorstellungen auf meine zukünftige Frau gehabt haben sollen.

Es scheint, es gibt zwischen uns eine Eintracht. Astrids Mutter sagt aber fast nichts; sie beobachtet mich. Sie beschränkt sich darauf, an die Gefangenschaft eines ihrer Brüder in Frankreich nach 1945 zu erinnern, sagt dabei, es sei für ihn sehr schwierig gewesen...

Während der nächsten Aufenthalte, die ich in Steinbach machte, erzählte mir mein Schwiegervater vom Krieg. Wie viele deutsche Familien war die Seine in jener dramatischen Zeit hart betroffen worden. Sein älterer Bruder Josef, der ebenfalls Landwirt war, hatte sich in die *Wehrmacht* freiwillig gemeldet und war im September 1943 in der Ukraine gefallen. Ein kleines Porträt dieses sehr jungen Mannes thront auf dem Geschirrschrank im

Salon; ein anderes, viel größeres, mit Trauerflor verziertes Bild hängt in einer an den Schlafzimmern liegenden Abstellkammer. Sehr oft betrachtete ich das Foto dieses Jungen mit aufrichtigem Blick, reinen Gesichtszügen und sah ihn als ein Opfer, nicht vom Fanatismus, sondern von einem blinden Patriotismus an. Millionen von seinen Kameraden hatten ein Schicksal gehabt, das dem Seinen ähnlich gewesen war. Auf dem Speicher entdeckten wir eines Tages eine Metallkiste, in der alte Papiere eingeordnet waren. Unter ihnen war die Todesnachricht von Josef, die seiner Witwe vom verantwortlichen Offizier der Division geschickt worden war. Dieser lobte den Gefallenen, dessen Sinn für Kameradschaft, und sein Opfer " für Deutschland in seinem Freiheitskampf ". Weniger als ein Jahr früher war ein halber Bruder meines Schwiegervaters in Stalingrad gefallen. Meine Schwiegermutter ihrerseits hatte zwei Brüder im Feuersturm des Krieges verloren.

Mein Schwiegervater verdrängte nicht jene schmerzhaften Erinnerungen. Auch wenn er zugab, der von Hitler ausgelöste Konflikt sei eine entsetzliche Tragödie gewesen, war er dennoch stolz auf die Dekorationen, die er dabei erworben hatte. Er hatte nämlich das eiserne Kreuz erster Klasse, dann zweiter Klasse bekommen, das Sturmabzeichen, und schließlich die Nahkampfspange. Ein Foto von ihm in Uniform, wo er mit all diesen Trophäen behängt war, hängt an gutem Platz im Wohnraum im ersten Stock. Ich verweilte öfters davor und meditierte über die Geschichte der Familie meiner Frau und die Eigenartigkeit meines Schicksals. Hätte ich als Halbwüchsiger, als ich Bücher über den Zweiten Weltkrieg las und Flugzeug- Panzer- und Schiffsmodelle baute, mir vorstellen können, ich würde eines Tages Mitglied einer solchen Familie werden, stundenlang historische Texte *in deutscher Sprache* lesen, und Deutschland als mein zweites Vaterland ansehen?

Astrids Vater erschien mir im Laufe der Jahre als ein starker und erfahrener Mann, ein mutiger, unternehmungslustiger Arbeiter, und ein außergewöhnlich sturer Typ, für das Beste wie für das Schlimmste. Mit vierzehn Jahren war er schon Waise gewesen und sagte über sich selbst, er sei sehr früh mit dem Ernst des Lebens konfrontiert worden ". Da die Bande in der Familiengemeinschaft und der Sinn für Verantwortung damals noch sehr solide waren, nahm er ohne zu murren sein Geschick in die Hand. Seine berufliche Tätigkeit wurde vom Krieg unterbrochen : Mit siebzehn Jahren zog er die Uniform an und fuhr nach Frankreich; nachher kämpfte er in Italien, dann in Ungarn und kehrte schließlich 1945 mit ein paar Kameraden in sein Dorf zurück, wo er geschickterweise zu einer List griff, um der Gefangenschaft zu entkommen. Er machte sich dann wieder an die Arbeit und heiratete im Jahre 1950. Das Ehepaar hatte vier Kinder, drei Töchter und einen Jungen; Astrid war die älteste.

Betrachtete ich das ganze Werk, das er vollbracht hatte, seine Fähigkeiten, die ihm erlaubten, mit über sechzig Jahren beträchtliche Arbeiten in der Land- und der Forstwirtschaft durchzuführen, wie etwa ein großes, von ihm erworbenes Haus zu renovieren und eine Garage zu bauen, seine Großzügigkeit für seine Kinder und Enkelkinder, dann bewunderte ich ihn ohne jede Schwierigkeit. In meinen Augen war er der Vertreter einer Epoche, in der eine ungewöhnliche Ausdauer erforderlich gewesen war, um zu leben und zu überleben - der Krieg, dann der Wiederaufbau - und auch der Inhaber von Tugenden und Kompetenzen, die in meiner eigenen Familie nicht geläufig waren. Natürlich konnte ich die letzten von denjenigen nicht trennen, die mir seit langer Zeit zur Ehrfurcht vor den Deutschen im Allgemeinen gezwungen hatten.

Während der ersten Jahre meiner Ehe reiste mein Schwiegervater zweimal nach Burgund, um uns zu besuchen. Bei dieser Gelegenheit wollte er nach Moulins fahren, um dort die Spuren der Kaserne, wo er 1943 kurzfristig einquartiert worden war, wieder zu sehen! Eine Stunde lang fuhren wir in der Stadt herum, ohne das zu finden, was wir suchten. Unser einziges Hilfsmittel war ein winziges schwarz-weißes Foto, auf dem eine Landserdivision der *Wehrmacht* vor einem Café, das in der Nähe des oben erwähnten Gebäudes defilierte. Als wir im Begriff zu verzichten waren, erkannte ich endlich das Lokal. Wir hielten an. Man kann sich die Verblüffung der Caféinhaber ja vorstellen, denen wir das uralte Dokument zeigten! Nachdem er ein Bier an der Terrasse getrunken hatte, stellte sich mein Schwiegervater stolz vor unseren Kameras, um an diesem Ort, zweiundvierzig Jahre später, noch einmal verewigt zu werden. Leider sollte er nicht die Freude erleben, die berühmte Kaserne zu sehen, da sie seitdem abgerissen worden war...

Im Nachhinein kam mein Schwiegervater mehrere Male nach Frankreich, um uns zu besuchen, insbesondere in der Weihnachtszeit, mit Dieter, dem Bruder Astrids. Dabei brachte er einen Weihnachtsbaum und Lattenkisten voller schöner roter Äpfel. Obwohl ihr Aufenthalt von sehr kurzer Dauer war, freute ich mich immer darüber, sie aufnehmen zu können und empfand stark die Familienbande, die uns einigten.

Festigkeit und Starrsinn

Die großen Tugenden des Vaters meiner Frau hatten als Kehrseite eine unglaubliche Dickköpfigkeit, wenn es um gewisse Themen ging. Und diese Tendenz wurde im Laufe der Jahre immer stärker. Erst beim Schlusskapitel seines Lebens begriff und ertrug ich die Konsequenzen davon. Sehr lange erschien mir nämlich mein Schwiegervater unter den Zügen eines Weisen, der das Maß aller Dinge genommen hatte und schließlich ziemlich gutmütig war. Mit diesem trügerischen Bild fand ich mich leicht ab. Unsere eigentlich begrenzten Gespräche erlaubten es mir nicht, ihn weder zu verstehen noch seine Schwächen zu durchblicken. Ich erinnere mich an einen Tag, an dem wir beide vor einer sehr schönen Landschaft auf einer Bank nebeneinander saßen. Wir sprachen nicht, und ich empfand diese Stille nicht als eine Seelengemeinschaft vor der Natur, sondern als die Unmöglichkeit zu kommunizieren zwischen zwei Menschen, die aufgrund ihres Alters und ihrer Erfahrung tief verschieden waren. Ich war allerdings nicht in der günstigeren Position, da ich wegen meiner Bewunderung für ihn einen Minderwertigkeitskomplex entwickelte. Welches Gewicht mochte ich wohl haben vor einem Menschen, der soviel gearbeitet hatte, in seinem Boden und in der Realität wortwörtlich eingewurzelt war, einfache Freuden genoss, während ich der Sohn eines träumerischen, überempfindlichen Vaters war, der an sich selbst zweifelte und das Leben verfluchte? Welche Diskussionsthemen konnten uns wohl verbinden? Er las ja täglich die Zeitung der Region, während ich über Nietzsche und Schopenhauer meditierte, deutsche Opern liebte, die er selber für einen Unsinn hielt, wenn er zufälligerweise ein paar Bilder davon im Fernsehen sah.

Zu seinen negativen Seiten würde ich sagen, dass mein Schwiegervater unfähig war, eine Meinung in Frage zu stellen, die er für richtig hielt. Er verkrachte sich mit mehreren Mitgliedern seiner Familie, die er dann bis zu seinem Tod nicht mehr sehen wollte, auch wenn sie im gleichen Dorf lebten. Er ertrug es weder, dass einer seiner Brüder für die sozialdemokratische Partei stimmen konnte, noch dass sein bester Freund " Kriegserinnerungen " schrieb, die seines Erachtens der historischen Wahrheit widersprachen. Derartige falsche Urteile oder erfundene Geschichten waren für ihn fast ein Frevel, sowie die Nichteinhaltung gewisser Sitten und Gebräuche.

Opa blieb jedoch immer für mich das Fundament, auf dem das Leben der Familie beruhte, der Garant einer materiellen und zugleich gefühlsmäßigen Sicherheit. Sein Bild konnte ich von dem umliegenden Land und Wald nicht trennen; dort machte ich regelmäßig einsame und lange Wanderungen, traf dabei fast nie ein lebendes Wesen, wurde nie müde, die schnurgerade gezogenen Wiesen und Felder zu bewundern, dem Rauschen der Bäche im Schatten der großen Tannen zu lauschen. Wenn ich bei grauem Wetter oder am Abend einen Spaziergang unternahm, hatten die Tiefe und die Dunkelheit des Forstes etwas Unheimliches. Im Gegenteil schuf an den sonnigen Tagen das Spiel des Lichtes und der Farben ein herrliches Schauspiel und eine wunderbare Atmosphäre; meine burgundische Heimat hatte nichts Vergleichbares anzubieten. Aber meine Einsamkeit wurde mir nicht zur Last, denn ich war sicher, ein paar Stunden später die Familie wiederzufinden, die um den Tisch versammelt war unter dem Hirtenstab von Opa, der als Patriarch zwar unwirsch, aber auch solide wie eine Eiche war.

In den Vollmondnächten verweilte ich manchmal auf der Terrasse des Hauses. Von dort aus warf ich einen Blick auf das ganz nahe stehende *Schloss*, das das Dorf überragte, auf dessen hellgelbe Mauern und Türme die blauweißen Fahnen im Winde flatterten. Und jedes Mal konnte ich mir eines Gefühls des Staunens nicht erwehren : Diese Erde und diese Familie waren die meinen geworden, ohne dass ich sie gesucht hätte. Mein Schicksal hatte mich hierher geführt und ich spürte, ich war dort zu Hause. Ich stieg dann die Treppe wieder hinunter und begann in der Küche zu lesen, üblicherweise bis Mitternacht. Sollte es mal vorkommen, dass Opa für einen Augenblick sein Schlafzimmer verließ und mich dort entdeckte, da sagte er mir mit vorwurfsvollem Ton

: " Geh´doch ins Bett!". Für ihn verstieß mein Benehmen gegen die geltenden Normen.

Abschied von Opa

Die letzten zwei Lebensjahre meines Schwiegervaters wurden von Rheuma betrübt, die seine Fortbewegung störten, sowie von einem Krebs, der erst spät als solcher erkannt wurde. Aber fast nie hörte ich ihn sich beschweren. In den Jahren 2010, 2011 und 2012 hielten wir uns, meine Frau und ich, mehrmals für einen Monat in Steinbach auf, um uns um unsere Eltern zu kümmern. Somit lösten wir meinen Schwager Dieter und meine beiden Schwägerinnen Ulrike und Brigitte ab, die den guten Gang der Dinge im Haus verwalteten. Da meine Schwiegermutter auch unter Gesundheitsproblemen litt, war jedoch die Lage nicht leicht. Nachdem sie sich wegen Herzbeschwerden einer ärztlichen Behandlung unterwerfen musste, wurde sie allmählich von der Alzheimerkrankheit heimgesucht. Opa ärgerte sich über ihre Vergesslichkeit und Gedächtnisschwächen und benahm sich dann hart ihr gegenüber. Er sagte, sie sei nur noch gut für ein Altersheim. Oma nahm die Sache ganz schlecht, da sie in den Anfängen ihrer Krankheit noch hellsichtig genug war, um die große Härte wahrzunehmen, der sie zum Opfer fiel. " Geheiratet hat er mich nur, weil ich fleißig war.. ", jammerte sie bitter, " Oh, ich würde lieber sterben! ". Bei dieser Gelegenheit begriff ich besser das Wesen der Beziehung, die Opa mit seiner Frau verband. Das Gefühl hatte in ihrer Ehe eine sehr bescheidene Rolle gespielt.

Als unermüdlicher und erst recht ehrlicher Mensch hatte mein Schwiegervater immer für die Sicherheit und den materiellen Wohlstand der Seinen gesorgt. Er hatte aber gar nichts von einem sentimentalen Menschen. Da er zu einer Generation gehörte, die vor allem den Sinn für Pflicht und Opfer gehabt hatte, kümmerte er sich überhaupt nicht um Psychologie, Zartheit oder Diplomatie! Als Astrid und meine Töchter ihn auf seine schreiende Ungerechtigkeit Oma gegenüber aufmerksam machten, wurde er etwas weicher und zeigte ein Minimum an Verständnis. Für mich, der in einer anderen Welt geboren war, an der Drehscheibe einer Zeit, in der eine traditionelle Erziehung noch herrschte, aber der Individualismus und die Suche nach der persönlichen Entfaltung schon dabei waren, Könige im Leben des Einzelnen zu werden, hatte das Bild, das mir das Ehepaar meiner Schwiegereltern bot, etwas Altmodisches und Tragisches zugleich. Da war der Ehemann und Vater das unumstrittene Oberhaupt gewesen, während die Frau sich darauf beschränkte, im Dienste der drei K - Kinder, Küche, Kirche zu stehen.

Als guter bayerischer Katholik ging Opa zwar ab und zu in die Messe, Oma verpasste im Gegenteil keinen einzigen Gottesdienst. Für meinen Schwiegervater war dennoch Religion vor allem ein gesellschaftlicher Ritus, die Kirche eine Kultstätte, wo es erforderlich war, gut angezogen zu sein und sich gerade zu halten. Er schätzte überhaupt nicht das freizügige, sogar ausgelassene Benehmen, das ich dort hatte, besonders nach der Kommunion. Er hörte übrigens auf, in der Kirche zu erscheinen, ab dem Tage, da er sich schämte, nicht mehr in der besten Form zu sein. Sein Glaube beschränkte sich darauf, die Gebote der Kirche im sittlichen Bereich einzuhalten. Und was das ewige Leben anbetrifft, so blieb es für ihn im besten Fall eine Hypothese, und zwar so sehr, dass er zeitweilig versucht wurde, Sterbehilfe für sich in der Schweiz praktizieren zu lassen.

Die Aussicht des Todes erschreckte ihn nicht. Seit Jahren

hatte er seine Bestattungszeremonie minutiös vorbereitet, das Foto gewählt, das in der Zeitung veröffentlicht werden sollte, nachdem er den letzten Atemzug getan haben würde, den Text selber verfasst, den er während des seinem Tode folgenden Gottesdienstes gelesen wissen wollte. Darin erwähnte er die wichtigsten Episoden seiner Existenz, zählte stolz die Dekorationen, die er auf dem Schlachtfeld gesammelt hatte, sowie die Zahl und die schulischen Erfolge seiner Enkelkinder auf. Er konnte sich eines ziemlich großen Nachwuchses brüsten : drei Töchter und einen Jungen, und neun Enkelkinder, denen er erhebliche Geldsummen hinterließ. Er schien mit seinem Werk und sich selbst vollkommen zufrieden zu sein. Während meiner letzten Aufenthalte bei ihm wurde diese Genugtuung zur Ursache für heftige Auseinandersetzungen zwischen uns beiden. Als er sehr harte Worte für seine Schwiegerschwester hatte, die er seit Ewigkeiten nicht mehr besuchen wollte, erklärte ich ihm, er habe Fehler wie sie, nur Gott sei gut, und er würde sich in der Stunde seines Todes dessen bewusst werden. Aber nichts half. Bei einem anderen Anlass bat er mich darum, ihm den Grund einer Haltung zu erklären, die ich meiner Tochter gegenüber gehabt hatte. Als ich ihm antwortete, ich wäre ihm keiner Rechenschaft schuldig, hob er seine Krücke hoch mit einer aggressiven Geste und sagte mir, ich verdiene eine Strafe. Da legte ich ihm die Hand auf die Schulter und sagte ihm, er sei nicht besser als ich. " Doch ", sagte er mir ruhig und schaute mich an mit seinen großen blauen Augen, " Ich bin besser als Du... "

Der Konflikt dauerte fort : Opa schickte mir zehn Fragen über Haltungen und Worte, die ihn von mir im Laufe der Jahre schockiert hatten. Er forderte mich auf, mich zu rechtfertigen. Seine Forderung ärgerte mich sehr. Ich, der diesen Mann sehr bewundert hatte, stand plötzlich im offenen Krieg mit ihm. Meine Aufregung und mein Groll hatten eine destabilisierende Wirkung, bis zum Moment, da ich von seinen Vorwürfen Kenntnis nahm. Ich war auf schwere Kritik gefasst, wie etwa über die Erziehung, die ich meinen Kindern gegeben hatte. Darum ging es aber nicht. Ich lachte mich wortwörtlich tot, als ich seine Vorwürfe las : am Ostersonntag hatte ich Holz gespalten, aus dunklen Motivationen seine verhasste Schwägerin besucht, hatte während eines Gottesdienstes kein korrektes Benehmen gehabt... Ich antwortete ironisch. Aber als eingefleischter Archivar wollte mein Schwiegervater noch eine Fotokopie seines Briefes zu seinen Akten nehmen. Er verlor die Fotokopie, verlangte den Urtext. Dieser ganze lächerliche Prozess dauerte noch, als er wegen der Verschlimmerung seines Gesundheitszustandes in die Klinik gebracht wurde.

Diese Krämpfe der letzten Monate wurden mir zuerst zur Ursache der Unruhe und des Zornes, dann aber, ab dem Moment, da ich mir der Sinnlosigkeit der Debatte bewusst wurde, eine Lehrquelle. Mir war mehrmals gesagt worden, ich sollte weder Opa ernst nehmen, noch ihm widersprechen. Das erschien mir schwierig, ja vielleicht sogar unmöglich. Er hatte mir nämlich jahrelang so sehr imponiert, dass ich den kindlichen Charakter seiner Besessenheiten und seines Starrsinnes nicht wahrnehmen konnte. Ich besaß ebenfalls weder den Abstand noch die Weisheit, die mir erlaubt hätten, die Dinge weniger dramatisch und die ganze Geschichte mit einem Lächeln zu nehmen. Erst in der letzten Minute fasste ich endlich die Lage mit dem notwendigen Realismus ins Auge. Ich schrieb ihm einen halb ernsten, halb ironischen Brief, in dem ich sagte, wir hätten beide trotz unserer Grundunterschiede einen gemeinsamen Fehler, und zwar das Rechthabenwollen bis zur Sinnlosigkeit. Er antwortete, meine Bemerkung ginge ihn keinesfalls an : Ich sei ja ein unbußfertiger sturer Kerl, er nicht.

8. Oktober 2012 am Vormittag. Wir haben gerade zwölf Tage in Steinbach verbracht. Es ist die Frühstückszeit. Opa sitzt schweigend am Tisch. Ich erkundige mich über seinen Gesundheitszustand :

" Wie geht´s? "

" Nicht besonders..."

Eine Stunde später sind wir im Begriff, das Haus zu verlassen. Meine Schwägerin wird uns zum Münchner Flughafen fahren. Ich trete in das Schlafzimmer meiner Schwiegereltern ein. Sichtbar leidend, liegt Opa mit geschlossenen Augen auf seinem Bett. Ich spüre, dass ich ihn zum letzten Mal sehe. Undefinierbare Gegenwart des Todes, der schon da ist in einem zwar geheimnisvollen, aber greifbaren Voraus. Ich blicke zum großen religiösen Bild hin, der über den Zwillingsbetten hängt, nähere mich.

Ich beuge mich über meinen Schwiegervater, fasse ihm die Hände. Ich bin bewegt.

" Auf Wiedersehen, Opa... Danke für alles ", sage ich einfach.

" Auf Wiedersehen, Jacques... ", sagt er, ohne die Augen aufzumachen.

6. Dezember 2012. Die ganze Familie ist versammelt für die Requiemmesse, die für Opa in der schönen Kirche von Steinbach gelesen wird. Für diesen Umstand ist die Kirche voll. Draußen scheint die Sonne. Viele Dorfbewohner haben uns vorhin ihr Beileid ausgedrückt vor der kleinen Kapelle, wo die von Blumen umgebende Urne ruht. Rechts und links davon sind zwei Fotos, eines von meinem Schwiegervater, jovial, lächelnd, und ein anderes von dem Waldeseck, das er so sehr liebte.

Jugendliche von der Familie lesen biblische Texte vor, die von Dieters Frau ausgewählt wurden. Der Pfarrer beginnt seine Predigt mit der Vorlesung der autobiographischen Notiz. Man spürt jedoch, dass er Opas Ehrentitel nicht ganz ernst nimmt. Immerhin, sie ist vorgelesen worden, und demnach soll der Betroffene damit zufrieden sein. Ist er aber schon selig, oder wird er noch etwas abwarten müssen? Meine Tochter hatte ihn gewarnt : Es würde ein schlimmer Irrtum sein, seine Leiche verbrennen zu lassen. Zu seinen eventuell nicht vergebenen Sünden sei er deswegen dem Risiko des Fegefeuers ausgesetzt! Niemand aber kann an der Stelle von Gott sprechen.

Während des Gottesdienstes weint Oma stillschweigend. Wenn ihre logische Kenntnis der Dinge viel zu wünschen übrig lässt, begreift ihr Herz voll und ganz, was los ist.

Am Ende der Zeremonie versammelt sich die nahe Familie vor dem Grab der Familie Bimmel. Alle Gesichter sind ernst. Der Priester bringt die Urne, tut sie in die kleine dafür vorgesehene Aushöhlung.

Stille.

Als wollte es sich an unserer Trauer beteiligen, verschwindet das Licht der Sonne; dunkle Wolken bedecken den Himmel. Eine Fanfare spielt *Ich hatte einen Kameraden*. Und plötzlich überfällt uns ein Schneesturm, der Wind weht, die Flocken wirbeln nach allen Seiten herum. Schnell verlassen wir den Friedhof, um uns in die Gaststätte zu begeben, die unten an der Straße steht.

" Opa vertreibt uns, damit wir uns in seinem Namen wärmen und essen! ", sagt Max mit Humor.

Die Dinge sind so rasch gegangen. Rascher als alle es sich vorgestellt hatten, ich ausgenommen. Am 8.Oktober wusste ich, dass ich meinen Schwiegervater erst im Himmel wiedersehen würde. Er war in die Klinik gebracht worden, wo er mehrmals mit Radiotherapie behandelt worden war, dann war er, scheinbar in guter Form trotz der Müdigkeit, nach Hause zurückgekehrt. Nach einem Gespräch mit dem Arzt hatte er es akzeptiert, unter Vollnarkose den Tumor einige Zeit später entfernen zu lassen. Nach der Operation war der Arzt mit sich selbst ganz zufrieden : Alles sei wunderbar abgelaufen. Dann aber waren Schwierigkeiten aufgetreten : Selbst für einen Mann seines Schlages war so ein Eingriff eine harte Prüfung. Komazustände waren aufgeregten Phasen gefolgt. Er hatte geschrien, die Perfusion weggerissen. Es hatte Lungenprobleme gegeben, die die Verabreichung neuer Medikamente erfordert hatten. Als sein Zustand zu kritisch geworden war, hatte ihm ein Priester die Ölsalbung gespendet. Am 29. November hatte mir Astrid am Ende des Vormittags gemeldet : " Mein Vater ist gestorben... ". Die Operation, die angeblich sein Leben verlängern sollte, hatte drei Wochen früher stattgefunden. In Wirklichkeit hatte sie sein Ausscheiden beschleunigt.

Wir sind im Wohnraum und sitzen auf dem Sofa, wo ich Opa so oft vor dem Fernseher einschlafen sah. Gegen zehn Uhr stand er mühsam auf, stützte sich auf seine Krücke und ging schwerfällig in die Küche und ins Schlafzimmer, wo er Oma wiedertraf, die schon lange schlief.

Während seines ersten Aufenthaltes in der Klinik hatte ich ihm einen letzten Brief geschrieben : Ich bedankte mich für seine Großzügigkeit und bat ihn auch um Verzeihung. Zum Schluss sagte ich ihm, er sei für mich im Laufe der Zeit zu einem zweiten Vater geworden.

"Ich bin der neue Opa! ", sagt Dieter. Er ist der Erbe, das stimmt, ein so unermüdlicher Arbeiter wie der Opa, und auch noch eigensinniger.

Aber alles ist anders geworden. Es konnte nur einen, einen einzigen Opa geben.

Zeitfracht Medien GmbH
Ferdinand-Jühlke-Straße 7
99095 Erfurt, Deutschland
produktsicherheit@kolibri360.de